Margery Sharp

Die vollkommene Lady

MARGERY SHARP

DIE VOLLKOMMENE *Lady*

ROMAN

AUS DEM ENGLISCHEN
VON WIBKE KUHN

EISELE

Besuchen Sie uns im Internet:
www.eisele-verlag.de

MIX
Papier
FSC® C083411

Die Originalausgabe »The Nutmeg Tree«
erschien 1937 bei Arthur Barker, London.

Taschenbuchausgabe
1. Auflage April 2021

Gesetzt aus der Stempel Garamond
Satz: LVD GmbH, Berlin
Druck und Bindearbeiten: CPI books GmbH, Leck
ISBN 978-3-96161-094-5

1. KAPITEL

I

JULIA, VERHEIRATETE Mrs. Packett – wenn man höflich sein wollte: Mrs. Macdermot – lag in ihrer Wanne und sang die Marseillaise. Ihre schöne, kraftvolle Altstimme klang heute jedoch weniger volltönend als sonst, denn an diesem Sommermorgen standen im Badezimmer neben den üblichen Einrichtungsgegenständen auch noch ein lackiertes Beistelltischchen, sieben Hutschachteln, ein halbes Dinner-Service, eine kleine Standuhr, Julias sämtliche Kleider, eine Einzelbett-Matratze, fünfunddreißig sentimentale Romane, drei Koffer und die Kopie eines Hirschgemäldes von Landseer. Das übliche Badezimmerecho fiel daher weg, und wenn hin und wieder die Decke erzitterte, dann nicht wegen Julias Gesang, sondern weil die Männer von der Möbelvermietungsfirma Bayswater noch nicht fertig waren mit der Abholung der gemieteten Möbelstücke.

Auf der anderen Seite der Tür verrieten gelegentliche Schlurfgeräusche, dass die zwei wartenden Gerichtsvollzieher nicht mal einen Stuhl zum Hinsetzen hatten.

Derart belagert sang Julia. Mit jedem Atemzug sog

sie den verbenenduftenden Wasserdampf ein und stieß ihn in Form einer ebenso großzügigen Bruststimme wieder aus. Das tat sie weder aus Trotz noch, um sich bei Laune zu halten, sondern weil sie es zu dieser Morgenstunde gewohnt war. Der kriegerische Ton war lediglich der kriegerischen Melodie geschuldet, und die Wahl der Melodie war einfach dem Umstand geschuldet, dass sie am Vorabend einen Brief aus Frankreich bekommen hatte.

Also sang Julia, bis in der Pause vor der Wiederholung eine müde Stimme heiser durch die Tür tönte:

»Sind Sie denn *immer* noch nicht fertig, Ma'am?«, fragte die Stimme.

»Nein«, sagte Julia.

»Aber Sie sind doch schon anderthalb Stunden da drin!«, protestierte die Stimme.

Julia drehte den Heißwasserhahn auf. Sie konnte beinahe unendlich lang in einer Badewanne liegen, und während ihrer wiederholten Versuche abzunehmen hatte sie sich oft zwei oder drei Stunden halb gar gekocht. Doch wie man jetzt nur zu deutlich sehen konnte, hatte Julia dadurch nicht abgenommen. Im Alter von siebenunddreißig Jahren und bei einer Körpergröße von gerade mal 1,60 Meter hatte sie einen Brustumfang von 97, einen Taillenumfang von 78 und einen Hüftumfang von 104 Zentimetern. Und obwohl diese drei lebenslustigen Punkte von äußerst ansprechenden Kurven verbunden wurden, sehnte sich Julia nach einer modischen Zahnstocher-Silhouette. Sie sehnte sich danach, aber nicht konsequent genug. Ihr bequemes Fleisch weigerte sich dagegen, gefoltert zu werden. Es betrachtete Orangensaft als Appetitanreger, nicht als eigentliche Nahrung;

und so lag Julia in ihrer Wolke aus Dampf, rosarot vor Hitze, und sah aus wie die oberste Göttin eines barocken Deckengemäldes.

Die Tür ratterte.

»Wenn Sie hier einbrechen«, rief Julia und drehte den Hahn zu, »werde ich Sie wegen tätlichen Angriffs anzeigen!«

Die Totenstille verriet, dass die Drohung gewirkt hatte. Man hörte, wie sich die Männer gedämpft berieten, dann nahm eine zweite Stimme, die noch müder klang als die erste, die Diskussion wieder auf.

»Es sind doch nur fünf Pfund, Ma'am«, bat die Stimme. »Wir wollen Ihnen doch gar keinen Ärger machen …«

»Dann gehen Sie«, gab Julia zurück.

»Das können wir nicht, Ma'am. Es ist unsere Pflicht. Wenn Sie uns die Sachen einfach mitnehmen lassen oder, noch besser, uns die fünf Pfund zahlen …«

»Ich habe keine fünf Pfund«, sagte Julia wahrheitsgemäß, und zum ersten Mal verfinsterte sich ihre Miene. Sie hatte nicht mal ein Pfund: Sie besaß noch genau sieben Shilling und acht Pence, und sie musste am nächsten Morgen nach Frankreich reisen. Fünf Minuten lang lag sie in der Wanne und grübelte. Sie ging der Reihe nach alle Personen durch, von denen sie sich in der Vergangenheit Geld geliehen hatte. Dann dachte sie an die, denen sie selbst etwas geliehen hatte, aber das eine war so hoffnungslos wie das andere. Mit aufrichtigem Bedauern dachte sie an den verstorbenen Mr. Macdermot. Und ganz zum Schluss dachte sie an Mr. Lewis.

»He!«, rief Julia. »Kennen Sie den Antiquitätenhändler am Ende der Straße?«

Die Gerichtsvollzieher berieten sich.

»Wir kennen da einen Pfandleiher, Ma'am. Heißt auch Lewis.«

»Das stimmt schon«, gab Julia zu, »aber Antiquitätenhändler ist er auch. Einer von Ihnen muss schnell dort hingehen und Mr. Lewis herholen. Er wird Sie bezahlen.«

Sie berieten sich abermals; aber nachdem sie zwei Stunden (im Stehen) gewartet hatten, waren sie bereit, nach jedem Strohhalm zu greifen. Julia hörte, wie sich Schritte entfernten, und das Schlurfen der Füße, die vor der Tür blieben. Dann trocknete sie sich die Hände ab, steckte sich eine Zigarette an und griff auf dem Beistelltischchen nach einem Brief mit einer französischen Marke.

II

Obwohl er erst am Vorabend gekommen war, konnte sie ihn bereits auswendig.

Meine liebe Mutter,

es ist ein seltsamer Gedanke, dass Du meine Handschrift nicht kennst. Ich schicke Dir dies über die Bank, und wenn Du nicht gerade im Ausland bist, müsstest Du diesen Brief umgehend erhalten. Könntest Du bitte herkommen und mich besuchen? Es ist zwar eine lange Reise, aber es ist schön hier, ganz oben am Rand der Haute Savoie, und wir sind noch bis Oktober hier. Aber es wäre mir am liebsten, wenn Du sofort kommen würdest (falls es Dir möglich ist). Großmutter hat Dich auch eingeladen, Du kannst bleiben, so lange Du willst. Wie Du vielleicht weißt, sind Sir William Waring und sie jetzt meine Vor-

munde. Die Sache ist die [an dieser Stelle wurde die kleine, säuberliche Handschrift auf einmal größer], *dass ich heiraten möchte, und Großmutter will mir nicht ihr Einverständnis geben. Ich weiß, dass es in dieser Frage alle möglichen juristischen Komplikationen gibt, aber Du bist immerhin meine Mutter, und ich finde, man sollte Dich in dieser Sache auch zu Rate ziehen. Wenn Du kommen kannst, wäre der beste Weg der Zug um 23.40 Uhr von Paris nach Ambérieu, wo Dich ein Auto abholen kann. Ich hoffe sehr, dass Du es einrichten kannst.*

Deine Dich liebende Tochter
SUSAN PACKETT

Dafür, dass es der Brief eines zwanzigjährigen verliebten Mädchens an seine Mutter war, war das Schreiben nicht unbedingt ausführlich zu nennen, doch Julia verstand. Aus diversen Gründen hatte sie ihre Tochter seit sechzehn Jahren nicht mehr gesehen, und die bloße Tatsache, dass diese Tochter sich ihrer jetzt erinnerte und sie um Hilfe bat, war so ausnehmend rührend, dass Julia selbst jetzt, beim zwanzigsten Durchlesen, eine Träne oder zwei in die Wanne tropfen lassen musste. Aber es waren sentimentale Tränen, keine kummervollen; beim Gedanken daran, eine Reise nach Frankreich zu unternehmen, um in Liebesdingen zu vermitteln, jubilierten ihre Lebensgeister. »NEHME ZUG DONNERSTAG ALLES LIEBE MUTTER« hatte sie zurücktelegrafiert, und erst in dem Moment war ihr ihre katastrophale finanzielle Situation wieder eingefallen. Sie hatte kein Geld, keine angemessene Garderobe, und einen Gläubiger, der gerade zur Zwangsvollstreckung schritt. Aber all das war jetzt nicht wichtig, wenn Susan sie sehen wollte. Susan wollte sie sehen, Susan war unglücklich, also würde sie zu Susan fahren …

»Aber sie wurde doch auf den Namen Suzanne getauft!«, dachte Julia plötzlich, und starrte immer noch auf die Unterschrift, als sie der grüßende Klang von Mr. Lewis' Stimme wieder in die Gegenwart zurückholte.

»Meine liebe Julia!«, rief er. »Was hat das alles zu bedeuten, warum hast du mich holen lassen? Du willst dich doch nicht wirklich ertränken? Dieser Mann …«

»Das ist ein Gerichtsvollzieher«, rief Julia zurück. »Es sind beides Gerichtsvollzieher. Schick sie weg.«

Ein paar Augenblicke später zogen sich die schweren Schritte zurück, die leichteren kamen wieder.

»Also, Julia, was ist denn los? Diese Männer …«

»Sind sie weg?«

»Sie sind weg, und ich musste sie nicht zweimal bitten«, erwiderte Mr. Lewis. »Das sind durch und durch anständige Männer, meine Liebe, wie auch ich. Aber weiter als bis zur Treppe haben sie sich nicht zurückgezogen.«

»Können sie uns hören?«

»Sie können mich hören, falls ich um Hilfe rufe. Sie scheinen zu glauben, dass du bei dir im Bad noch mehr Sachen stehen hast als die übliche Badezimmerausstattung.«

»Habe ich auch«, sagte Julia. »Deswegen habe ich dich ja auch rufen lassen. Ich habe Sachen hier drinnen, die ich verkaufen muss – *gute* Sachen – und du warst immer fair zu mir, Joe, deswegen frage ich dich auch als erstes. Ich habe hier einen echten lackierten Beistelltisch, und eine neue Matratze, und eine echt antike Standuhr, und ein schönes Dinner-Service und ein Bild von einem Hirsch, ein richtiges Gemälde. Ich nehme dreißig Pfund für alles.«

»Nicht von mir. Ganz sicher nicht«, sagte Mr. Lewis.

Julia setzte sich auf, und das Wasser spritzte zu allen Seiten.

»Du bist doch ein alter Geizkragen! Also, allein der Hirsch ist das schon wert, und den wollte ich eigentlich gar nicht mitverkaufen. Ich biete dir den Tisch und die Uhr und eine neue Matratze und ein Dinner-Service, und das zu einem Spottpreis.«

»Gut, dann lass mich die Sachen eben anschauen«, sagte Mr. Lewis geduldig.

»Die kannst du selbstverständlich nicht anschauen. Ich liege hier in der Badewanne.«

»Du meinst, ich soll sie blind kaufen?«

»Ganz genau«, bestätigte Julia. »Versuch dein Glück.«

Mr. Lewis überlegte. Er war die Sorte Mann, der gerne alles ganz klar und eindeutig hatte.

»Du meinst, du willst mir Sachen für dreißig Pfund verkaufen, die ich noch nicht mal gesehen habe, die wahrscheinlich fünfundzwanzig Shilling wert sind und eigentlich irgendeinem Narren gehören, der dir Kredit gegeben hat?«

»Ganz genau«, rief Julia fröhlich, »nur, dass sie eher sechzig wert sind, und ich stehe nur mit fünf in der Kreide. Was ist dein Lieblingslied?«

»An der schönen blauen Donau«, sagte Mr. Lewis.

Julia begann es zu singen.

III

Eine halbe Stunde verging. Die Männer von der Möbelverleihfirma Bayswater waren mitsamt den gemieteten Möbeln verschwunden. Ein Mann von den Gaswerken war vorbeigekommen und hatte das Gas abgestellt. Doch die Gerichtsvollzieher blieben, und auch Mr. Lewis, denn selbst durch eine verriegelte Tür triumphierte Julias Persönlichkeit. Als sie des Singens müde wurde, unterhielt sie sie mit Anekdoten aus ihrem früheren Leben am Theater, und als ihr die Anekdoten ausgingen, imitierte sie Filmstars, und das so erfolgreich, dass sie alle überrascht waren, als die Standuhr zwölf Uhr Mittag schlug.

»Ist das die echt antike Uhr?«, erkundigte sich Mr. Lewis interessiert.

»Ja«, sagte Julia, gleich wieder ganz Geschäftsfrau. »Und jetzt hör zu, Joe. Ich muss gleich morgen früh nach Frankreich. Ich brauche zehn Pfund für den Zugfahrschein hin und zurück, und einen Fünfer für diese beiden hartnäckigen Herren. Das macht fünfzehn Pfund, und ich habe keinen Lumpen mehr zum Anziehen. Sagen wir achtzehn Pfund zehn Shilling, und dann leg ich den Hirsch noch obendrauf.«

»Vierzehn«, sagte Mr. Lewis.

»Siebzehn«, sagte Julia. »Sei fair!«

»Seien Sie doch fair, Chef«, echoten die Gerichtsvollzieher – jetzt ganz entschieden auf Julias Seite.

Mr. Lewis spürte, wie er weich wurde. Ein Beistelltischchen, ein Dinner-Service, eine Matratze und eine Standuhr – da hing nun alles von der Uhr ab. Die Glocken waren gut, das hatte man gehört, und wenn die Uhr für Julias Augen antik aussah, dann würde sie wohl für die meisten Menschen ebenfalls antik aussehen. Es war sogar denkbar, dass es tatsächlich eine Antiquität *war*, und alte Standuhren brachten eine Menge Geld …

Julia hatte schon gewusst, was sie tat, als sie an seinen Spielerinstinkt appellierte.

»Sechzehn Pfund zehn Shilling«, sagte Mr. Lewis. »Entweder wir machen das Geschäft jetzt, oder wir lassen es.«

»Einverstanden!«, sagte Julia und stieg endlich aus der Wanne.

2. KAPITEL

I

JULIA SAH ihren zukünftigen Ehemann zum ersten Mal bei Tageslicht an einem Frühjahrsmorgen des Jahres 1916, als sie um halb elf Uhr morgens aufwachte und entdeckte, dass er immer noch neben ihr schlief. Sie wusste seinen Namen, Sylvester Packett, und dass er Oberleutnant bei den Kanonieren war. Trotz der Tatsache, dass er sechs Abende hintereinander von zwölf bis vier Uhr morgens mit ihr getanzt hatte, war das alles, was sie von ihm wusste. Er war der schweigsamste junge Mann, den sie je kennengelernt hatte; nicht mal Champagner lockerte ihm die Zunge, und sie war mit Bedauern (aber mit philosophischem Gleichmut) zu der Schlussfolgerung gekommen, dass er nur mit ihr tanzte, weil er nicht schlafen konnte. 1916 erging es vielen jungen Männern so, sie wäre kein bisschen überrascht gewesen, wenn er in der Nacht zuvor schon mit ihr mitgekommen wäre, nur um zu sehen, ob er *auf diesem Wege* Schlaf finden könnte … Julia mit ihren achtzehn Jahren zog diese Idee ohne Verwunderung oder Groll in Erwägung: Wie so viele andere Dinge, war das einfach so wegen Dem Krieg.

»Armer Junge!«, flüsterte Julia, denn sie wurde schnell sentimental und weinte jedes Mal, wenn sie eine Liste von gefallenen Soldaten sah. Der junge Mann rührte sich im Schlaf, seufzte und schlief wieder weiter. Er hatte noch vier Tage Heimaturlaub, und wenn er nur bei ihr blieb – dachte Julia – würde er jede Nacht so schlafen …

Sylvester Packet blieb. Er hatte eigentlich zu seiner Familie in Suffolk runterfahren wollen, aber in Suffolk konnte er nicht schlafen, und bei Julia konnte er es. Es war bedauerlich, aber das war eben Der Krieg.

Julia weinte, als er ging. Ihre Zuneigung war uneigennützig gewesen – sie lehnte alle Geschenke ab, bis auf eine Anstecknadel mit seinem Regimentsabzeichen. Doch ihre Zuneigung war auch vorübergehender Natur, und wäre da nicht ein peinlicher, unerwarteter Umstand eingetreten, hätte sie nie mehr an ihn gedacht.

II

Anfang August fiel Julia nach einer fünfstündigen Probe für *Pretty Louise* in Ohnmacht. Nachdem sie mithilfe ihrer Freundinnen wieder zu sich gekommen war und sie den Rat eines Fachmanns eingeholt hatte, ging sie nach Hause und schrieb an Sylvester.

Jede Erpressung lag ihr fern. In ihrem Brief stand einfach, dass sie ein Baby bekommen würde und mit Sicherheit wüsste, dass es seines war, und sie wäre ihm sehr zu Dank verpflichtet, wenn er ihr aushelfen könnte, aber wenn nicht, sollte er sich auch keine Sorgen machen. »Alles Liebe und beste Grüße, Julia.« Die Antwort darauf versetzte ihr den größten Schock ihres Lebens.

Er kam nach Hause und heiratete sie.

Das Ganze geschah während eines achtundvierzigstündigen Fronturlaubs, und Julia hatte in ihrem ganzen Leben noch keine unangenehmeren zwei Tage erlebt. Zunächst war ihre Stimmung – die sowieso nie sonderlich tief sackte – vor Erleichterung und Dankbarkeit in die Höhe geschnellt, doch es gelang ihm, sie wieder zu dämpfen. Er war zwar nicht mehr schweigsam, doch er war todlangweilig. Stundenlang erzählte er ihr von einem öde klingenden Ort in Suffolk – einem uralten Haus namens Barton, in einem alten Garten, in einem Dorf, das fünfzehn Kilometer vom nächsten Bahnhof entfernt lag, wo seine Familie offenbar seit Hunderten von Jahren gelebt hatte, ohne Auto oder Telefon. Er hätte sie sogar dorthin mitgenommen, hätten sie mehr Zeit gehabt. Julia, die einerseits froh war, diesem Besuch zu entgehen, ihn aber auch unbedingt trösten wollte, stellte einen Besuch bei seinem nächsten Heimaturlaub in Aussicht. Da fing er plötzlich an, an seinem Daumen herumzuknabbern, und wechselte das Thema. Er benahm sich tatsächlich so, als würde ihn die Zukunft nichts mehr angehen. Er kaufte sich nicht mal mehr neue Hemden. Julia bestand darauf, dass sie ins Ritz essen gingen und eine Musikkomödie besuchten, um ihn aufzumuntern, aber auch diese Bemühungen blieben erfolglos.

Und wenn schon dieser Abend misslungen war, so war die Hochzeitsnacht der totale Reinfall.

Julia verbrachte sie nämlich allein. Ihr Ehemann saß die ganze Nacht am Schreibtisch und schrieb einen Brief. Er war an seine Familie adressiert, aber nicht direkt: Die Bank hatte Anweisungen, den Brief zum rechten Zeitpunkt weiterzuleiten, erklärte er. Als dieser Brief gelesen wurde, stellte man fest, dass er detaillierte Anweisungen für die Erziehung seines ungeborenen Kindes enthielt, von dem er durchwegs als »dem Jungen« sprach. Der Junge sollte auf Barton zur Welt kommen und den Namen Henry Sylvester erhalten. Bis zum Alter von neun Jahren sollte er auf Barton bleiben, dann auf eine vorbereitende Schule für Winchester gehen. Nach dem Abschluss in Winchester sollte er sich zwischen der Armee und einem Medizinstudium entscheiden, und dann entweder auf die Militärakademie in Sandhurst oder nach Cambridge gehen. Wenn er unentschlossen sei, solle er sich für die Armee entscheiden. »Doch unter gar keinen Umständen«, so schrieb sein Vater unerwartet kategorisch, »soll er Militärarzt werden.«

Das waren die groben Richtlinien. Es wurde auch Vorsorge für ein Pony getroffen – »das ausgetauscht werden muss, sobald der Junge zu groß dafür geworden ist; nichts ist schlimmer für ein Kind, als wenn es merkt, wie seine Füße am Boden schleifen« – und für Crickettraining in den Sommerferien. Mit zwölf Jahren sollte der Junge das alte Einsteigergewehr seines Vaters bekommen, mit achtzehn seine Purdey 12: Sein Großvater würde ihm beibringen, wie er mit ihnen umzugehen hatte. All das und noch viel mehr war bedacht und gründlich überlegt zu Papier gebracht worden, mit Korrekturen, Einfügungen und mehreren Abschriften. Denn dieses lange, detaillierte und umfangreiche Dokument enthielt weit mehr als sein offizielles Testament, nämlich den letzten Willen von Sylvester Packett.

In einem kurzen Nachtrag stand dort:

Ich habe es nie jemand verraten, aber in der alten Pumpe am hinteren Ende des Obstgartens nistet meistens eine

Meise. Außerdem hat im alten Weißdorn in der Ecke vom großen Acker ein Dompfaff sein Nest. Richtet ihm aus, dass man beim Ausblasen der Eier unbedingt langsam vorgehen muss. Und natürlich darf man nie mehr als ein Ei herausnehmen.

Dein dich liebender Vater
SYLVESTER PACKETT

Zwei Monate später fiel er in Ypres, und das Kind, das in Barton zur Welt kam, war ein Mädchen.

III

Sie wurde auf den Namen Suzanne Sylvester getauft. Der erste Name wurde von Julia ausgewählt, weil er sowohl patriotisch (da französisch) als auch hübsch war; und die Packetts ließen ihr ihren Willen. Sie waren unglaublich gut zu ihr. Als Mutter ihres Enkelkindes (trotz des falschen Geschlechts) nahmen sie sie mit offenen Armen auf. Voller Zuneigung und ohne viel zu hinterfragen wurde sie als Tochter des Hauses aufgenommen. Sie wünschten sich nur, dass sie und das Kind dort blieben und glücklich waren.

Und Julia versuchte es auch. Neunzehn Monate lang kümmerte sich die brave und sittsame junge Mrs. Packett wie eine Marionette um die Blumen, machte Besuche, ging in die Kirche und spielte mit dem Baby, wann immer die Kinderschwester es ihr erlaubte. Abend für Abend saß diese Marionette mit ihren Schwiegereltern am Esstisch, jeden Abend spielte sie danach eine Stunde lang leichte klassische Stücke auf dem Klavier im Salon. Bei den gediegenen Festen, wie sie die Nachbarschaft veranstaltete, spielte sie dieselben Stücke auf den Klavieren ihrer Gastgeber. Alle ihre Abendkleider waren hochgeschlossen, und zwei von ihnen hatten sogar lange Ärmel.

So sah die Marionette aus, die Julia in ihrer Dankbarkeit zusammengebastelt hatte, und die Dankbarkeit zog auch die Fäden. Die echte Julia saß im Zimmer der jungen Mrs. Packett und weinte vor Langeweile, doch selbst ihre Tränen wurden, wenn man sie entdeckte, nur für ein weiteres Zeichen für das treue, zärtliche Herz dieser Marionette gehalten. Julias Herz war tatsächlich zärtlich: Am schlimmsten empfand sie in ihrer Langeweile, dass ihr jemand fehlte, den sie hätte lieben können. Sie hatte natürlich ihr Kind und liebte es sehr, aber mit »jemand« meinte Julia einen Mann. Einen Mann zu lieben, lag in ihrer Natur: Nur musste der Mann auch am Leben sein und da sein und sie zurückküssen können. Die Liebe an einer Erinnerung festzumachen – selbst an der Erinnerung eines Ehemannes – lag Julia überhaupt nicht ...

Man musste es ihr wirklich zugutehalten, dass sie es unter diesen Umständen ein Jahr und sieben Monate aushielt, bevor sie all ihre Bemühungen aufgab und zu ihrer leichtsinnigen Lebensführung zurückkehrte.

IV

Diese leichtsinnige Lebensführung beinhaltete zunächst eine Statistenrolle in einer Komödie, von der Julia durch eine Freundin gehört hatte, die einen Freund hatte, der einen Mann in der damals ums Überleben kämpfenden britischen Filmindustrie kannte. Sie traf diese Freundin bei Selfridge's, bei einem ihrer seltenen Ausflüge in die Stadt; sie begegneten sich zufällig (in der Strumpfabteilung), aber nachdem sie zusammen Tee getrunken und sich über die alten Zeiten unterhalten und zu Abend gegessen hatten und ins Bodega gegangen waren, um sich mit dem Freund zu treffen, und dann ins Café Royal weitergezogen waren, um wiederum *dessen* Freund zu treffen, hatte Julia ihren letzten Zug verpasst. Sie übernachtete in der Wohnung der Freundin und fand es herrlich, auf dem Sofa in einem Bademantel zu schlafen, der nach Theaterschminke roch, und diese Nacht und dieser Geruch besiegelten ihre Zukunft. Am nächsten Morgen eröffnete sie ihren Schwiegereltern, dass sie wieder in die Stadt ziehen würde.

»Aber – was wird mit Susan?«, fragte Mrs. Packett rasch.

Julia zögerte. Der Brief ihres Ehemanns, der jetzt in Mrs. Packetts Schmuckkästchen verschlossen war, war in der Annahme geschrieben worden, dass das Kind ein Junge werden würde, aber es galt immer noch als eine Art Evangelium. Der alte Henry Packett beschäftigte sich vorwiegend mit Ponys, vor allem Shetlandponys, so wie die Anforderungen des Cambridger Frauencolleges Girton seine Frau beschäftigten.

»Das Kind muss natürlich hier bleiben«, sprach Henry Packett seine Gedanken aus.

»Wenn Julia die Trennung ertragen kann …«, begann seine Frau etwas taktvoller.

Julia spürte, dass sie es ertragen konnte. Diese neunzehn Monate ihres Daseins als junge Mrs. Packett hatten ihren ganzen Vorrat an mütterlicher Zuneigung aufgebraucht; und ihr war auch bewusst, dass das Leben in Barton für ein kleines Kind viel besser war als das Leben in der Stadt, auf das sie sich freute. Sie hatte noch keine festen Pläne, doch sie hoffte und vertraute darauf, dass es ganz bestimmt unangemessen für ein Kind sein würde.

»Tja … wenn sie euch nicht zu sehr zur Last fällt …«

»Zur Last!«, rief Mrs. Packett fröhlich. »Ist das hier denn nicht ihr Zuhause? Genauso wie deines, meine Liebe, wann immer du herkommen willst.«

Danach verlief alles reibungslos. Sie missbilligten, sie bedauerten, aber sie waren unerschütterlich gut zu ihr. Ihr Patriotismus hatte es Julia nicht gestattet, ihre Kriegerwitwenpension zu beziehen, sie hatte in Barton wie eine Tochter gelebt, mit dem Kleidergeld einer Tochter, und das wurde nun auf dreihundert Pfund im Jahr aufgestockt. Julia, die seltsame Gewissensbisse verspürte, hielt den Betrag für zu hoch, doch die Packetts bestanden darauf. Anscheinend schätzten sie Julias Fähigkeiten, sich selbst ihren Lebensunterhalt zu verdienen, nicht sonderlich hoch ein, und die Witwe ihres Sohnes konnte unmöglich von weniger leben. Das war der Erbanteil, den musste sie nehmen, und wenn sie wollte, durfte sie jederzeit zurückkommen und das Haus ihrer Schwiegereltern als das ihre betrachten.

V

Im nächsten Jahr kam sie fünf Mal nach Hause. Im Jahr danach fuhr sie zum Geburtstag ihrer Tochter hinunter, blieb aber nicht über Nacht. An den darauffolgenden Geburtstagen schrieb sie nur noch. Doch als Susan neun war, hatte Julia eine plötzliche Anwandlung von Mütterlichkeit und lud das Kind für eine Woche Sightseeing in die Stadt ein. Die Gelegenheit war gut, denn Mr. Macdermot, dessen Wohnung Julia bis dahin geteilt hatte, war ans Krankenbett seiner Ehefrau nach Menton gerufen worden – doch Susan kam nicht, und als Antwort auf ihre Einladung erhielt Julia einen denkwürdigen Gegenvorschlag.

Die Packetts waren bereit, so schrieben sie, die komplette Verantwortung für das Kind zu übernehmen, und sie später zu ihrer Erbin zu machen, wenn Julia ihrerseits auf alle rechtlichen Ansprüche verzichtete. Sollte sie das tun, konnte sie Susan selbstverständlich sehen, wann immer sie wollte, entweder in Barton oder an einem anderen Ort, den die Großeltern ausgesucht hatten, sie konnte das Kind jedoch nicht ohne ihre Erlaubnis alleine wegholen. Diese letzte bittere Pille wurde versüßt von der warmen Einladung Mrs. Packetts, doch sofort hinunterzukommen und einen Monat zu bleiben.

Julia dachte eingehend über beide Vorschläge nach, akzeptierte den ersten und lehnte den zweiten ab. Sie war nur zu froh, die Zukunft ihrer Tochter so vollkommen und reibungslos gesichert zu wissen, aber sie wollte keine Entsagungsszene. Außerdem beteiligte sie sich auf eine vornehme, schirmherrinnenähnliche Art an einer neuen Schauspielgruppe, die von einem ihrer Theaterfreunde geleitet wurde. Sie würde bald zu Besuch kommen, erklärte sie den Packetts, aber jetzt im Moment nicht.

Zwei Monate später hörte sie wieder von ihnen. Nachdem sie diesen Zeitraum anstandshalber abgewartet hatten, schickten ihr die Packetts eine einmalige Zahlung von siebentausend Pfund in Regierungsanleihen, anstelle ihres monatlichen Taschengelds. Diese überraschende Großzügigkeit interpretierte Julia ohne Groll als Ausdruck des Wunsches, sie endgültig loszuwerden, doch da hatte sie nur zum Teil recht. Es sollte auch Mrs. Packetts Gewissen beruhigen. »Mit ein wenig eigenem Geld«, sagte Mrs. Packett (die ganz offen altmodische Ansichten vertrat), »wird sie sich einen Ehemann angeln können.«

Julia angelte sich keinen Ehemann, sondern wurde Managerin der Theatergruppe. Sie inszenierte zwei Stücke innerhalb von sechs Monaten, und als das zweite abgesetzt wurde, waren von ihren siebentausend Pfund noch genau neunzehn Pfund sechs Shilling übrig.

VI

Der Tod von Mr. Macdermot ungefähr drei Jahre später brachte Julia daher in eine sehr prekäre Situation. Sie war einunddreißig, zu alt (und auch zu mollig), um wieder auf die Bühne zurückzugehen; sie hatte sich an gewisse Annehmlichkeiten, um nicht zu sagen an Luxus gewöhnt, und sie hatte keinerlei Ausbildung für irgendeinen respektablen Beruf, der ihr Geld eingebracht hätte. Doch sie kam zurecht. Sie war sehr vielseitig. Sie bekam immer noch einige kleine Nebenjobs, zum Beispiel war sie einmal (in einer Nachtclub-Szene) die Dame, die in den Brunnen fiel. Hier und da präsentierte sie als Mannequin Modelle für fülligere Figuren. Ihr fröhliches Lächeln warb für ein neues Backpulver und ein Tonikum für Frauen über vierzig. Außerdem lieh sie sich natürlich Geld von den Gentlemen, mit denen sie befreundet war, und das waren nicht gerade wenige. Manchmal nahm sie auch das Angebot ihrer Gastfreundschaft an. Das einzige, was Julia nie in den Sinn kam, war eine Rückkehr nach Barton zu den Packetts.

Der Kontakt zu ihnen war für immer abgeschnitten. Mit aufrichtiger Bescheidenheit betrachtete sie sich gründlich und musste anerkennen, dass sie nicht gut genug für sie war. Und ganz bestimmt nicht gut genug für eine Tochter, die (wie Mrs. Packett einmal berichtet hatte) in Wycombe Abbey zur Schule ging und Reitstunden hatte und deren beste Freundin die Tochter eines Lords war …

Also schloss Julia gedanklich mit der Sache ab und vergaß monatelang (da sie immer schwer beschäftigt und immer knapp bei Kasse war), dass sie überhaupt eine Tochter hatte.

Erst als Susan in Schwierigkeiten war, erwachten Julias Mutterinstinkte auf einmal wieder zum Leben, aber das geschah nicht ohne Hintergedanken. Die unmittelbare Wirkung dieser Instinkte bestand darin, dass sie zwei Gerichtsvollzieher beschämte und Mr. Lewis übers Ohr haute.

3. KAPITEL

I

DIE ADRESSE, die Susan auf den Umschlag geschrieben hatte, lautete *Les Sapins, Muzin, près de Belley, Ain*, und sobald sie die Wohnung wieder für sich hatte, ging Julia ihren Kleiderschrank durch, um zu überprüfen, welche Sachen diesem Reiseziel angemessen waren – wenn sie denn überhaupt welche hatte. Es lag natürlich auf dem Lande, wie Barton, und war wahrscheinlich relativ ähnlich, nur von Natur aus etwas heiterer, weil es in Frankreich lag. Julia breitete ihre drei Abendkleider aus und musterte sie nachdenklich: Sie hatte eines aus mitternachtsblauem Taft – dessen Corsage so massiv verstärkt war, dass man auf Träger verzichten konnte – das würde mit einem Schal oder einem kurzen Jäckchen wahrscheinlich gehen. Aber über die anderen beiden – eines weiß, mit einem Oberteil, das hauptsächlich aus einer schwarzen Mohnblüte aus Samt bestand, eines grün, mit Pailletten – konnte Julia nur den Kopf schütteln. Nicht mal in Frankreich würden die Packetts sich *so* heiter geben.

»Ich muss wie eine Dame aussehen«, dachte sie. »Ich muss eine Dame *sein* …«

Der Gedanke war gleichermaßen erschreckend und erfrischend. Es würde schwierig werden, aber sie konnte es schaffen.

Und in einer Hinsicht hatte Julia in der Tat mehr Glück, als ihr bewusst war: Ihre Vorstellung von Damenhaftigkeit war ganz deutlich umrissen, ohne jede doppeldeutige Schattierung oder kleinere Andeutungen, wie ein akkurates Schnittmuster; und wie ein Schnittmuster befasste es sich auch nur mit der Oberfläche. Normale Damen waren für Julia keine Damen. Sie waren gute Menschen, aber das war etwas anderes. Wenn man von Julia aus dem Stegreif eine Definition verlangt hätte, hätte sie wahrscheinlich gesagt, Damen trinken nicht mit vollem Mund, und sie schleppen keine Männer ab. Wenn man sie gefragt hätte, warum nicht, hätte sie geantwortet, weil sie eben Damen sind. Wenn man dann mit uncharmanter Hartnäckigkeit weitergebohrt hätte, ob man eine Dame erst erkennen konnte, wenn man wartete, bis sie etwas aß und trank oder sie einem zuzwinkerte, hätte Julia ihre Definition ausgeweitet: Man konnte eine Dame immer an ihrer Garderobe erkennen. Die war zwar modisch-elegant, aber die Kleider einer echten Dame sprangen einem nie ins Auge, und wenn sie plötzlich ihre Unterwäsche wechseln wollte – dieses Detail musste man Julia freilich entlocken, bevor sie selbst zur Dame wurde –, konnte sie das jederzeit tun.

Am Ende beschloss Julia auch, nur eine einfache Fahrkarte zu lösen, und sich mit dem gesparten Geld ein neues Abendkleid zuzulegen. Außerdem kaufte sie ein Leinenkostüm, einen Hut von Matron's Model und drei Paar Bodys. Von denen hatte sie zwar schon jede Menge, aber da waren überall Polizisten auf den Beinen aufgestickt.

Und am Bahnhof in Victoria Station kaufte sie sich zum ersten Mal in ihrem Leben ein Buch.

Es war *Die Forsyte-Saga*, und Julia wählte es einerseits aus, weil sie das Gefühl hatte, eine Menge Buch für ihr Geld zu kriegen, und andererseits, weil sie schon oft gehört hatte, dass Galsworthy ein Guter Autor war. Sie dachte sich, das sei genau die Art Buch, die Susan ihre Mutter gerne lesen sehen würde, und Julias mütterliche Zuneigung war sogar so stark (wenn auch episodisch), dass sie zwischen London und Dover drei ganze Kapitel las.

II

Alleinreisende Damen sprachen nie mit irgendjemand; deswegen bedankte sich Julia bei dem Marineoffizier, der ihr über die Gangway half, und bei dem Handelsreisenden, der ihr einen Liegestuhl aufstellte, nur mit einem vornehmen Kopfnicken. Sie hatte keine Schwierigkeiten, einen einsamen Platz zu finden, denn es waren nur wenige Passagiere an Bord. Mit ihrem Mantel auf den Knien und der *Saga* aufgeschlagen auf dem Schoß machte sie es sich gemütlich, um sich weiter in die Literatur zu vertiefen.

Eine Lehrerin im Regenmantel, die nach einem geschützten Platz Ausschau hielt, kam näher und blieb stehen.

»Ob es hier wohl windgeschützt ist?«, überlegte sie.

Julia nickte mit dem Kopf.

»Ich glaube nämlich«, fuhr die Lehrerin fort, jetzt jedoch in förmlicherem Ton, »dass ein Sturm aufzieht.«

Julia nickte nochmals. Die Lehrerin ging weiter. Daraufhin las Julia (mit einer kurzen Pause, in der sie zuschaute, wie ein Daimler an Bord gehoben wurde) in einem Zuge drei Kapitel von *The Man of Property*. Auch wenn sie es ein wenig zäh fand, gefiel ihr das eher, denn das bestätigte nur ihre Meinung, ein wirklich gutes Buch zu lesen. Außerdem konnte kaum jemand mehr Dame sein als diese Heldin. Da hatte sie schon so viel Sex-Appeal, hatte aber überhaupt kein Vergnügen damit! Was könnte damenhafter sein? So las, so sinnierte Julia – selbst eine Dame, wie jedermann sehen konnte – und hob zwischen den Absätzen kaum ihren Blick.

Sie kam jedoch nicht umhin, eine Gruppe zu bemerken, eine Frau und fünf Männer, die sich fast unmittelbar gegenüber von ihr über die Reling lehnten. Es war die Verteilung der Geschlechter, die ihre Aufmerksamkeit auf sich zog. Eine Frau auf fünf Männer! Julia schaute sie noch einmal an und konnte nichts erkennen, womit sie so ein Glück verdient hätte. Sie war klein, untersetzt, mindestens fünfzig, mit so auffallend goldenem Haar und so auffallend roten Lippen und so viel blasslila Puder auf der Nase, dass nicht mal ein komplett schwarzes Outfit ihre Ähnlichkeit mit einem Ara verbergen konnte. Julia konnte nicht anders als die Augenbrauen hochziehen, doch bevor sie sich wieder ihrem Buch zuwandte, warf sie noch einen kurzen Blick auf die fünf Männer. Sie waren unterschiedlich groß, von sehr groß bis sehr klein, aber sie hatten alle die gleichen breiten Schultern, geraden Rücken und schmalen Hüften, es bestand sogar eine gewisse vage Ähnlichkeit in ihren Gesichtszügen, obwohl der größte (der Fred genannt wurde) auch bei Weitem der bestaussehende war. Er war einer der bestaussehenden Männer, die Julia je gesehen hatte.

»Bestimmt Theaterleute«, dachte sie, und in diesem Moment fiel sie Fred ins Auge. Seine Augen waren hellbraun und schauten sie mit unverhohlener Bewunderung an – genau die Sorte Augen, die Julia gefielen. Doch sie reagierte nicht. »Das kommt jetzt überhaupt nicht in Frage!«, beschwor sie sich selbst und begann mit dem achten Kapitel.

Die Literatur hatte sie immer noch in ihrem labilen Griff, als das Schiff, das bis jetzt einigermaßen anständig dahingefahren war, auf einmal die zunehmende Bewegung der See aufnahm und vermittelte. Die heimtückischen Wellen des Ärmelkanals machten ihrem Ruf alle Ehre, und mehr als ein Passagier stolperte hastig vorbei, um auf dem Unterdeck den Kampf mit ihnen aufzunehmen. Zu Julias vielen nützlichen Eigenschaften zählte auch ihre herausragende Seetüchtigkeit, und sie fühlte sich so wenig beeinträchtigt, dass sie beschloss, einen Spaziergang zu unternehmen. Sie hatte kalte Füße, und die leeren Decks boten genug Platz, um sich flott zu bewegen. Mit (trotz ihrer Matrosenbeine) leicht schwankenden Schritten ging sie zweimal auf und ab, dann fiel ihr auf, dass sie auf der anderen Seite besser vor dem Wetter geschützt wäre, und sie ging weiter, um das Schiff zu umrunden. Es lag ihr so fern, Gesellschaft zu suchen, dass der Anblick einer Gruppe von fünf Männern sie normalerweise sofort hätte umkehren lassen, aber ihr Verhalten – sie wirkten bestürzt und betroffen – zog sie sofort an. Sie umstanden einen Liegestuhl, soweit Julia erkennen konnte, und als sie näherkam, verriet ihr ein nicht abreißendes lautes, weibliches Stöhnen, dass es sich bei dem Opfer – sei es das Opfer eines Unfalls oder eines schlichten *mal de mer* – um die Dame handelte, die in Begleitung dieser Herren reiste. Sie lag völlig reglos da, ein in sich zusammengefallener Haufen, so dass Julia sich einen wilden Augenblick lang vorstellte, dass der Daimler sich gelöst und sie überfahren haben musste. Doch es war nur Seekrankheit, wie eine jähe Konvulsion im nächsten Augenblick zeigte, und als ein Steward hinzueilte, löste sich die Gruppe, und Fred sonderte sich von ihnen ab. Julias damenhafte Zurückhaltung schmolz dahin wie Schnee.

»Wenn Sie Brandy brauchen«, sagte sie ohne Umschweife, »ich hätte eine Flasche in meiner Tasche.«

Doch er schüttelte den Kopf.

»Sie hatte schon zu viel. Es liegt am Schweinefleisch.«

»Es scheint ihr wirklich sehr schlecht zu gehen«, murmelte Julia mitfühlend. Die Erleichterung darüber, den Mund wieder aufzumachen und sich wieder wie ein gewöhnlicher Mensch benehmen zu können, war so groß, dass sie in ihr eine echte Regung von Interesse und Anteilnahme auslöste. Julia hätte in diesem Moment nicht nur der Leidenden ihren Brandy gegeben, sie hätte der Leidenden auch den Kopf gehalten. Doch das taten bereits zwei von den Männern, es wurde also nur noch Mitgefühl benötigt.

»Es *geht* ihr auch sehr schlecht«, stellte Fred fest. »Das sieht Ma mal wieder ähnlich – bis zur letzten Minute alles eitel Sonnenschein, und dann kommt es auf einen Schlag, und sie meint, dass sie sterben muss. *Die da …*« Er deutete mit einem Kopfnicken hinter sich, zu den vier Leidtragenden. »*Die da* wollen ihr das Korsett aufmachen, aber sie will es nicht zulassen.«

»Womit sie vollkommen recht hat«, sagte Julia voller Anteilnahme. »Der Magen will Halt und Stütze, keine Lockerung. Sie müssten es eher noch enger schnüren.«

»Mas Korsett kann man nicht mehr enger schnüren – nicht ohne sie umzubringen. Ich weiß gar nicht, wie sie darin überhaupt atmen kann.« Sie lauschten einen Augenblick mit respektvollem Schweigen, als das Stöhnen der Dame auf einmal eine Oktave höher klang. »Eine großartige kräftige Lunge, nicht wahr?«, fragte Fred mit kläglichem Stolz. »Früher konnte sie *The Lost Chord* am Trapez hängend singen.«

»Artisten?«, fragte Julia, die sich zu ihrer Intuition gratulierte.

Mit der Geschmeidigkeit eines Zauberkünstlers holte er seine Karte hervor. Sie war etwas großformatiger als normal, musste sie aber auch sein: »DIE SECHS FLIEGENDEN GENOCCHIOS« stand darauf: »TRAPEZ UND HOCHSEIL. *Tollkühn. Atemberaubend. Unglaublich. Die Koh-i-Noor der Luftakrobatik*.« Die erste Zeile war rot gedruckt, die zweite in Silber, die dritte in Blau, das bot insgesamt ein sehr beeindruckendes Bild.

Julia hatte ihrer Bewunderung noch kaum Ausdruck verliehen, da legte er eine zweite Karte über die erste. Auf einer kleineren Fläche las sie bescheiden aufgedruckt Namen und Anschrift von Mr. Fred Genocchio, 5, Connaught Villas, Maida Vale.

»Das ist meine persönliche Karte«, sagte Fred. »Behalten Sie sie.«

Julia ließ sie in ihre Tasche gleiten. Sie genierte sich etwas, keine eigene zu haben, die sie ihm im Gegenzug hätte geben können, und da Fred so erwartungsvoll vor ihr stand, musste sie sich notgedrungen mündlich vorstellen:

»Ich bin Mrs. Macdermot. Ich bin auf dem Weg zu meiner Tochter.«

»Wohnt sie in Paris?«

»Nein, in Haute Savoie.« Das gefiel Julia: Haute Savoie klang so viel besser – weitgereist und distinguiert. Sie hätte natürlich am besten gleich Ain sagen sollen, aber sie wusste nicht, wie man das ausspricht.

»Das liegt ein bisschen abseits von unserer Tournee-Route«, gab Mr. Genocchio zu. »Aber wir besuchen nur die ganz großen Etablissements. Wir haben heute Abend unsere Premiere – auch wenn es nur eine Hallenshow ist – im Casino Bleu.«

»Die Landschaft ist dort sehr schön«, fuhr Julia fort, die das Gefühl hatte, dass die Haute Savoie noch nicht genügend Eindruck gemacht hatte. »Berge und so. Ich liebe die Natur.«

»Genau wie Ma«, sagte Mr. Genocchio. »Wenn man mit ihr nach Richmond rausfährt, freut sie sich wie ein Schneekönig.« Er blickte noch einmal über die Schulter, offenbar wurde ihm in dem Moment wieder klar, was momentan seine Hauptsorge war; man winkte ihn zurück zur Gruppe. Doch nicht einmal der bestürzende Anblick, der sich ihm bot, ließ ihn seine Manieren vergessen:

»Das ist Mrs. Macdermot, Ma. Sie hat gefragt …«

Doch Julia war in der Zwischenzeit klar geworden, dass sie einen Fehler gemacht hatte.

»Packett«, korrigierte sie mit fester Stimme.

»Mrs. Packett, Ma.« Fred ließ sich korrigieren, ohne sich seine Verwunderung anmerken zu lassen. »Sie hat gefragt, ob sie dir irgendwie helfen kann.«

»Niemand kann mir helfen« stöhnte Ma in ihrer Qual. »Ich wünschte, ihr würdet alle fortgehen. Ich sterbe, das weiß ich ganz genau, und die wollen mir das Korsett aufschnüren.«

Die fünf Männer tauschten Blicke untereinander, dann schauten sie zu Julia. »Frauen!«, schienen ihre Blicke zu sagen. »*Frauen!*«

»Nun, das werden sie schön sein lassen«, sagte Julia. »Je fester Sie geschnürt sind, desto besser, das habe ich auch schon Mr. Genocchio gesagt.«

Mr. Genocchios Mutter – denn das war sie – stöhnte nur von Neuem auf. Sie war für keinerlei Trost empfänglich, nicht mal für den Trost, dass man sie in ihrem Korsett sterben lassen würde. »Geht weg!«, ächzte sie. »Geht alle weg und lasst mich allein!«

Offensichtlich konnte man nichts tun. Ein paar Minuten lang blieben sie noch teilnahmsvoll, aber hilflos bei ihr stehen, wie Passanten um ein gestürztes Pferd. Dann hakte sich Fred bei Julia ein und führte sie langsam fort.

»Sie hat recht«, sagte er. »Wir können nichts tun. Gehen wir lieber etwas trinken.«

III

Als sie sich an die Bar setzten, erkundigte sich Julia, die angesichts von so viel Leid noch immer voller Mitgefühl war, ob Ma denn die sechste der Sechs Fliegenden Genocchios war.

Fred schüttelte den Kopf.

»Nein. Ma fliegt nicht; mein alter Herr war der sechste, und wir haben das so auf der Karte beibehalten. Ma kündigt die Nummern an – in einer hautengen Hose, wissen Sie. Und unter uns, das steht ihr auch nicht mehr so wirklich gut.«

»Ich glaube, hautenge Hosen sehen nie so wirklich

gut aus«, sagte Julia taktvoll. »Zumindest nicht an Frauen. Bei einem Mann mit einer guten Figur ist das wieder was anderes.«

»Sie sollten sich unsere Show wirklich ansehen«, meinte Mr. Genocchio.

Mit seiner geschmeidigen Zauberkünstlerbewegung holte er scheinbar aus der Luft einen Fächer von Fotos in Postkartengröße. Auf allen außer einer waren die Sechs Fliegenden Genocchios in diversen erstaunlichen Posen zu sehen – sie schossen durch die Luft wie Kanonenkugeln, hielten sich nur mit den Zähnen fest, und die oberste Karte war Fred ganz allein vorbehalten. Und er sah großartig aus: in hautenger, schwarzer Hose vor einem hellen Hintergrund sah er aus wie ein langes, schlankes, perfekt ausgewogenes Dreieck, das von den breiten Schultern makellos nach unten zu den Füßen zusammenlief. Julia betrachtete das Bild bewundernd; sie musste gar nichts sagen, ihre Augen sprachen Bände.

»Sie sollten heute Abend kommen«, meinte Fred ernst. »Um wie viel Uhr fährt Ihr Zug?«

»Um zwanzig vor zwölf«, sagte Julia, doch sie zögerte. Die fünf Stunden Aufenthalt in Paris hatte sie sich in Gedanken für ihr Buch reserviert; sie wollte sich in den Wartesaal Erster Klasse setzen und sich in der Welt der Literatur verlieren, während faszinierte und faszinierende Franzosen vergeblich versuchten, mit ihr anzubändeln. Sie fand, dass ihre Reise so beginnen sollte, denn sie hatte den Startpunkt bereits an den Gare du Lyon verlegt. Wenn sie jetzt mit den Genocchios in ein Kabarett ging, musste sie den Startpunkt noch weiter nach hinten verschieben – auf zwanzig vor zwölf, um genau zu sein, was bedeutete, dass ihr so viel weniger Zeit blieb, sich ihre neue Rolle ganz zu eigen zu machen. Doch so hopplahopp Julia in allem anderen war – und ganz besonders in Herzensangelegenheiten – so sehr rühmte sie sich auch, eine gewissenhafte Künstlerin zu sein, und jetzt lieferten sich diese zwei Seiten ihres Charakters ein erbittertes Tauziehen. Dann schaute sie noch einmal auf die Postkarte, und der Teufel trug den Sieg davon.

»Na gut«, sagte sie. »Aber meinen Zug werde ich nicht verpassen. Meine Tochter holt mich nämlich ab.«

Seine Dankbarkeit wurde vom Eintreten der anderen vier Genocchios unterbrochen – drei Brüdern und einem Cousin – die dem Beispiel ihres Anführers gefolgt waren. Und in der Gesellschaft so vieler Männer erlebten Julias Lebensgeister einen jähen Aufschwung. Innerhalb von fünf Minuten war sie der sprühende Mittelpunkt der kleinen Tischrunde. Die Wärme, der Lärm, der Druck von Freds Knie an ihrem, das war ihr alles gleichermaßen angenehm, und erst als Freds Hand unter den Tisch wanderte, fiel ihr auf einmal wieder ein, dass sie ja eine Dame war. Was ihr wirklich schwerfiel, denn diese muskulösen Finger sprachen eine vertraute, aufregende Sprache, auf die ihr fröhlicher Körper nur zu gern reagiert hätte, doch der Geist triumphierte und Julia erhob sich.

»Ich werde mal nach Ma sehen«, verkündete sie. »Es ist doch sträflich, sie so lang alleinzulassen.«

Doch sie machte die Sache nur noch schlimmer. Als sie über eine Metalltreppe aufs nächsthöhere Deck gehen wollte, hätte sie eine Bewegung des mittlerweile stampfenden Schiffs beinahe von den Füßen gerissen. Julia taumelte rückwärts, und sie hätte das Gleichgewicht verloren, wäre da nicht der starke Arm des Trapezkünstlers gewesen. Fred war ihr nach oben gefolgt und hielt sie nun in einer Umarmung, die so unnötig fest war, dass endgültig keine Zweifel mehr an seinen Gefühlen blieben. Er hatte sich Hals über Kopf in sie verliebt, und Julia, die immer ehrlich mit sich war, hatte keinen Zweifel, dass sie sich ebenfalls sehr leicht in ihn verlieben könnte. Doch sie hielt sich vornehm zurück, vielleicht bezog sie ihre moralische Stärke aus der *Forsyte-Saga*, die sie immer noch unter dem Arm hatte, und die sich schmerzhaft in ihre Rippen bohrte. Jedenfalls entwand sie sich ihm, anstatt seine Umarmung zu erwidern.

»Wenn Sie sich nicht benehmen«, keuchte sie auf (denn das Schiff bewegte sich tatsächlich aufs Lebhafteste), »werde ich heute Abend nicht kommen. Ich habe Ihnen doch bereits gesagt, dass ich zu meiner Tochter will.«

»Na gut«, sagte Fred bedauernd.

Er verstand. Er war ein perfekter Gentleman. Er nahm den Arm von ihrer Taille und stützte sie nur mehr ganz leicht (mit der Hand unter dem Ellbogen), gerade so viel, wie es die Bewegung des Schiffs erforderlich machte. So gingen sie anständig nebeneinander aufs Deck, um sich unter Mas Aufsicht zu begeben.

Julia war traurig. Sie ahnte, dass sie sich wirklich wunderbar hätten amüsieren können, wenn die Umstände nur ein bisschen anders gewesen wären.

IV

Im Zug nach Paris, der zu drei Vierteln leer war, belegten die Genocchios mit Julia zwei benachbarte Abteile. Im ersten lag Ma, die sofort wieder zusammengebrochen war, nachdem man sie am Zoll gestützt hatte, und die immer noch von Joe, Jack, Bob und Willie umsorgt wurde; das andere hatten Julia und Fred für sich allein. Die Situation war weniger gefährlich als sie aussah, denn ab und zu kam einer der kleineren Genocchios herein, um die Fortschritte zu melden oder eine Zigarette zu rauchen; doch auch in den Zwischenpausen, in denen sie ganz allein waren, verhielt sich Fred nun tadellos. Er sprach ruhig und ernsthaft, hauptsächlich über Geld, und legte einen geziemenden Familienstolz an den Tag. Die Genocchios, so ließ er Julia wissen, waren keine schlichten Straßenkünstler; sie waren ursprünglich Italiener, und mochten sie auch noch nicht mit William dem Eroberer ins Land gekommen sein, so doch zumindest zur Regierungszeit Charles II., was sie mit Theaterspielplänen belegen konnten. Ein solcher Theaterspielplan mit ihrem Namen darauf war im Victoria and Albert Museum ausgestellt. Er, Fred, war als kleiner Knirps von seinem Vater und seinem Onkel dorthin mitgenommen worden, um ihn zu betrachten – beide waren bemerkenswerte Künstler, und sein eigener Großvater war bei der Vorstellung aufgetreten. Es gab keine andere Familie in diesem Berufsfeld – abgesehen von den großen Lupinos natürlich – die auf eine vergleichbare Bilanz verweisen konnten. Julia lauschte verzückt, und ihr Interesse ließ nicht nach, als Fred sich von der Vergangenheit in die Gegenwart vorarbeitete. Er sprach von Geld auf der Bank, von einem eigenen Haus in Maida Vale, denn die Genocchios waren nicht nur Künstler, sie waren auch clever. In zweihundert Jahren war nicht einer von ihnen auf Gemeindekosten begraben worden. Sie mochten ihre Auf und Abs gehabt haben, natürlich (welche Familie hatte die nicht? Man sehe sich doch nur die Bourbonen an!), aber im letzten Jahrhundert hatten sie immer ihr eigenes Dach über dem Kopf und Geld auf der Bank gehabt.

»Sie müssen ja großartige Ehemänner abgeben«, meinte Julia in aller Aufrichtigkeit.

»Allerdings. Und wenn wir heiraten, bleiben wir treu. Kein Wanken und kein Weichen. Ma wäre auf dieser Reise auch nicht dabei, wenn nicht vor sechs Monaten Dad gestorben wäre. Erst sah es so aus, als könnte sie gar nicht über seinen Tod hinwegkommen, aber dann gefiel ihr auf einmal der Gedanke, mit uns zu reisen, und wir dachten, es könnte sie aufmuntern. Aber das war ein Fehler«, endete Fred düster. »Ihr Magen war schon immer ihr Schwachpunkt.«

Er verfiel wieder in Schweigen, offenbar beschäftigt mit seinen beruflichen Sorgen. Um ihn abzulenken, erkundigte sich Julia nach der nachrückenden Generation, doch da wurde seine Miene nur noch düsterer.

»Bob und Willie sind verheiratet, aber die haben nur ein paar Töchter. Durchaus nette, helle Kinder, aber abgesehen vom Namen – es ist eben selten, dass Frauen erstklassige Akrobaten werden. Sie lernen tanzen.« Fred seufzte. »Ich sollte selbst heiraten. Aber vor sechs Jahren war da mal ein Mädchen …«

Julia drückte seine Hand. Sie konnte nicht anders, und er ergriff sie, wie sie es beabsichtigt hatte.

»Sie ist ins Netz gestürzt, aber irgendwas muss sie sich innerlich dabei getan haben. Ich glaube, sie hatte sich gewünscht, es wäre gar kein Netz da gewesen. Auf jeden Fall ist sie drei Monate später gestorben, und eine Weile war ich ganz schlecht auf das ganze Geschäft zu sprechen.«

»Ich bin überrascht, dass Sie in dem Moment nicht alles hingeschmissen haben«, sagte Julia.

»Hingeschmissen?« Er schaute verblüfft zu ihr auf. »Natürlich hab ich nicht hingeschmissen. Aber es hat mich schon verstört, wenn Sie verstehen, was ich meine. Ich kann nicht behaupten, dass ich seitdem keine Frau mehr angeschaut hätte, denn das habe ich durchaus; aber Heiraten war eine andere Frage.«

»Ich glaube, sie hätte nicht gewollt«, sagte Julia sanft, »dass sie nie wieder …«

»Hat sie auch nicht. Aber als sie starb, sagte sie: ›Sag deiner Frau liebe Grüße von mir, Fred.‹ – einfach so. Ach je, ich wollte Sie nicht aufregen.«

Denn Julia war bereits in Tränen ausgebrochen. Kein Gedanke an ihr Aussehen hatte je ihrem empfindsamen Herzen Beschränkungen auferlegt, und die Tränen mischten sich mit ihrem Rouge, bis Freds Taschentuch rosarot gefleckt war. Als sie sich zum Schluss die Nase putzte, sah sie fünf Jahre älter aus, aber das schien Fred nicht zu stören. Er legte ihr einen Arm um die Schultern und versuchte, ihre Tränen selbst zu trocknen.

»Nein«, schluchzte Julia. »Gehen Sie sich um Ma kümmern. Ich möchte mich frisch machen.«

Er ging sofort – der perfekte Gentleman. Sowie Julia wieder allein war, versiegten ihre Tränen rasch, und sie fühlte sich auf eine angenehme Art emotional gereinigt, so dass sie sich ganz konzentriert mit ihrem Schminktäschchen hinsetzen konnte. Zweifellos genoss sie diese Reise über alle Maßen: Ihr Kummer war in dem Moment, in dem sie ihn empfand, absolut echt, aber er war eben doch nur eine zufällige Begebenheit auf ihrer durch und durch interessanten, kunterbunten Reise. Sie hätte ihn nicht missen wollen. Sogar das eilige Auffrischen ihres Gesichts-Make-ups bereitete ihr Vergnügen, und statt ihres dezenteren (Packett)-Lippenstifts trug sie einen neuen, kussechten in Flamingorosa auf. Die Wirkung war umwerfend, doch als Mr. Genocchio zurückkam, schien er es gar nicht zu bemerken.

»Ich mache mir Sorgen um Ma«, sagte er finster. »Sie muss sich immer noch übergeben.«

Julia blickte besorgt auf.

»Dazu kommt, dass sie einschlafen wird, sowie sie aufhört sich zu übergeben. Joe, dieser Dummkopf, hat ihr den Cognac so üppig eingeflößt, als würde er ihn in eine Karaffe gießen. Wenn Sie mich fragen …« Er warf sich auf den Sitz. »Sie wird heute Abend nicht auftreten können.«

»Na ja, sie ist ja nicht wirklich Teil der Show, oder?«, fragte Julia in einem Versuch, ihn zu trösten. »Ich meine – es ist ja nicht so, als würden *Sie* ausfallen.«

»Sie hat uns eine Atempause verschafft. Und bei unserer Nummer kann man eine Atempause gut gebrauchen. Außerdem – ich weiß, dass Sie das nicht glauben würden, wenn Sie sie so sehen – aber Ma ist gut. Sie hat ein einnehmendes Lächeln und besitzt einfach so einen gewissen Charme. So ein Funkeln im Auge. Sie wären überrascht, wie viel Applaus sie einheimst.«

»Das liegt einfach nur an der Erfahrung«, bemerkte Julia, was man durchaus zweideutig verstehen konnte. »Können Sie nicht am Theater einen Ersatz finden?«

»Kann schon sein, aber wir haben nicht viel Zeit, und sie hassen es, wenn jemand mit Problemen ankommt. Aber es ist müßig, sich jetzt Sorgen zu machen. Wenn sie wieder gesund wird, ist sie gesund, und wenn nicht …«

»Wenn sie nicht rechtzeitig wieder gesund ist, helfe ich Ihnen aus«, erklärte Julia.

Die Worte waren ihr kaum über die Lippen gekommen, da wurde ihr klar, dass es ein Fehler war. Es gibt Momente, da muss man seiner Hilfsbereitschaft Grenzen setzen, und das hier war so einer. Wenn man seine Tochter besuchen will – zumindest, wenn man eine Tochter wie Susan besuchen will – sollte man unterwegs keinen Umweg über geliehene Strumpfhosen nehmen. Doch in diesem Moment hatte Fred ihre Hände in fast schon übertriebener Dankbarkeit ergriffen, und von seinen Fingern strömte dieser ganz besondere Kitzel in ihre. Es war der flirrende Kitzel des Theaters, der Kitzel der anderen-Seite-des-Vorhangs, den sie so lange hatte vermissen müssen, und den sie (wie ihr jetzt klar wurde) so schmerzlich vermisst hatte. »Nur dieses eine Mal!«, sagte sich Julia. »Nur dieses eine letzte Mal, bevor ich zu alt bin!«

Und so kam es, dass Julia nicht zur Gare du Lyon weiterfuhr, sondern an der Gare du Nord ausstieg.

4. KAPITEL

I

JULIA WAR vor dem unzulänglichen Garderobenspiegel auf einen Stuhl geklettert, um ihre Beine aus nächster Nähe betrachten zu können. Sie hatte sie schon so lange nicht mehr in Strumpfhosen gesehen, dass sie ebenso neugierig wie beklommen war – insbesondere, weil die Strumpfhosen, die Ma immer trug, definitiv Übergröße hatten. Doch Mrs. Genocchio war zwar stämmig, aber auch recht klein, und das Material war sehr elastisch. Julia hatte sie geschickt hochgezogen, dass sie halbwegs straff anlagen, und das Spiegelbild räumte nun jeden Zweifel aus. Auf den fünf Zentimeter hohen Absätzen ihrer eigenen silbernen Schuhe erhoben sich Julias Beine stark und wohlgeformt bis zum silbernen Lendenschurz, und wenn sie auch nicht ganz Mannequinqualität besaßen, hatten sie trotzdem sehr wohl ihre Anziehungskraft.

»Männer machen sich doch sowieso nichts aus Bohnenstangen«, sagte Julia und war sehr zufrieden mit sich selbst.

Mit der gebotenen Vorsicht wegen ihrer Absätze kletterte Julia vom Stuhl herunter und betrachtete nun ihre obere Hälfte. Sie war leicht bedeckt von einer Art Badeanzugoberteil, schwarz wie die Strumpfhose, darüber trug sie einen silbernen Bolero. Ein Kopfschmuck aus schwarzen Straußenfedern, die auf einer silbernen Tiara befestigt waren, vervollständigte das Kostüm. Wer auch immer es entworfen hatte, musste sehr guten Geschmack gehabt haben (fand Julia).

Es klopfte an der Tür, sie fuhr vom Spiegel zurück und nahm eine lässig-elegante Pose ein.

»Ich bin es – Fred«, rief Mr. Genocchio.

»Kommen Sie herein«, rief Julia.

Auf einmal pochte ihr Herz ganz schnell. Wenn sie ihm nun nicht gefiel? Wenn er sie nun zu … mollig fand? Mit leidenschaftlicher Abneigung blickte sie zurück auf all die französischen Gebäckstücke und Kuchen, die sie jemals gegessen hatte. Warum hatte sie sie gegessen, wo sie doch immer gewusst hatte, dass sie einmal ihr Ruin sein würden? Einmal hatte sie vier Eclairs nacheinander vertilgt, um Mr. Macdermot zu amüsieren … »Er hätte sich schämen sollen!«, dachte sie verbittert, und wenn ihre Gefühle auch überzogen scheinen, sollte man sich vor Augen halten, dass Julia immer für den gegenwärtigen Moment lebte, und dieser Moment hatte ganz und gar Fred gehört.

Ihre Angst war jedoch unbegründet. Als Fred auf der Schwelle stand, verriet sein Gesicht sprachlose Bewunderung.

»Sie sind wunderbar!«, sagte er schließlich.

»Sie ebenfalls«, sagte Julia aufrichtig.

Denn keine Fotografie hätte ihm jemals gerecht werden können. Ein Foto konnte nur den Glanz seiner schwarzen Strumpfhose widergeben, nicht aber das Spiel seiner Muskeln darunter; nur die Schönheit seiner aufrechten Haltung, nicht aber die Schönheit seiner geschmeidigen Bewegungen. Fred durchquerte das Zimmer wie ein schwarzer Panther, und als sie ihn bewundernd anstarrte, erlangte Julia, ohne es zu merken, etwas, was sie lange begehrt hatte. Sie erlangte einen Hauch von Kultur, und wenn sie sie nicht als solche erkannte, dann deswegen, weil man nicht erwartet, in einer Theatergarderobe das zu finden, was man in einem guten Buch gesucht hat. Doch so geschah es: Nachdem sich Julias Augen am Anblick dieses perfekten Vertreters seiner Art sattgetrunken hatten, konnte Julia sie nie wieder auf einen zweitbesten richten, ohne ihn als solchen zu erkennen.

»Ich habe zu viele Einzelteile«, stellte sie fest, als sie sich im Spiegel betrachtete.

Fred starrte sie verblüfft an.

»Sie sehen großartig aus. Was genau gefällt Ihnen denn nicht?«

»Das alles hier.« Julia schlüpfte aus dem Bolero und nahm den Kopfputz ab und hielt ihn hinter dem Rücken. »Das ist alles schön, Fred, aber ich habe das Gefühl, ich sollte schlichter auftreten.«

Sie standen nebeneinander und betrachteten ihr Spiegelbild, doch ohne das Gegenstück der Federn wirkten Julias Hüften, noch betont durch den silbernen Lendenschurz, überproportional breit. Sie schüttelte den Kopf.

»Ich hab nicht die Figur dafür«, gab sie traurig zu. »Ich sollte es lieber lassen.«

»Ihre Figur ist ganz großartig«, sagte Fred. Und er meinte es ernst. Er betrachtete sie mit zutiefst empfundener Bewunderung. Als Julia ihren Kopfschmuck wieder aufsetzte, sagte er auf einmal: »Ist Mr. Packett eigentlich auch dort, wo Sie hinfahren?«

»Er ist tot«, sagte Julia. »Er ist im Krieg gefallen.«

»Sie müssen ja schrecklich jung gewesen sein, als Sie geheiratet haben.«

»Sechzehn«, sagte Julia. »Er war schrecklich jung, als er gefallen ist.«

»Er war auf jeden Fall ein Held«, sagte Fred.

Julia nickte schweigend. Sein Mitgefühl tat ihr gut, aber sie hatte den Verdacht, dass der Geist ihres verstorbenen Gatten es nicht sonderlich schätzen würde. Sylvester hatte ihre Freunde nie leiden können: Wenn sie ihm zu erklären versuchten, wie tapfer er war, biss er nur auf seinem Daumen herum und ging davon. Sein Schatten biss wahrscheinlich auch gerade auf seinem Daumen herum, und Julia wechselte hastig das Thema, um ihn zu beschwichtigen.

»Sind wir jetzt nicht jeden Augenblick dran, Fred?«

»Noch vier Minuten. Nervös?«

»Nur ein bisschen. Ich komme also raus, sowie ich sehe, wie Sie sich verbeugen, oder?«

»Sowie Sie sehen, wie wir uns verbeugen, kommen Sie auf die Bühne und tauschen das Schild aus – nehmen Sie einfach das oberste weg. Sie können es gar nicht vermasseln, selbst wenn sie es wollten.«

Er grinste sie aufmunternd an, und plötzlich musste auch Julia lachen. Wenigstens für die nächste Stunde waren sie einander verbunden, sie waren Kameraden, sie waren Kollegen einer Truppe, die gleichzeitig eine Familie war. Für die nächste Stunde würde sie nicht Mrs. Sylvester Packett sein, sondern die sechste Fliegende Genocchio.

»*Allez-oppa!*«, rief Julia, und dann klopfte auch schon der Bühnenhelfer an die Tür, um sie auf die Bühne zu rufen.

II

Obschon Julias Beine nicht den modernen Ansprüchen an ein Mannequin gerecht wurden, waren sie durchaus nach dem Geschmack der Gäste des Casino Bleu. Ihr zweiter Auftritt wurde mit allgemeinem Beifall begrüßt, und sie konnte sich ein paar flirtende Blicke in den vollen Zuschauerraum nicht verkneifen, obwohl sie sich ganz fest vorgenommen hatte, so etwas zu unterlassen. Schließlich war sie es Fred schuldig, ihr Bestes zu geben, und ihr Bestes war in der Tat sehr gut. Sie hatte etwas Leutseliges an sich, eine Bereitschaft, Freude zu verbreiten und zu empfangen, die sofort eine Verbindung zu den Zuschauern herstellte, und dieser Kontakt wurde während der Vorstellung immer enger. Hie und da riefen ihr Herren aus dem Publikum persönliche und anerkennende Bemerkungen zu, und Julias Französisch war zwar mager, aber doch ausreichend, um mithalten zu können. »*Vive la France!*«, rief sie zurück. »*Vive l'amour! Cherchez la femme*, und lieber mehr als eine!« Natürlich war das alles bei Tageslicht betrachtet nicht allzu geistreich, aber ihre mittlerweile zahlreichen Bewunderer nahmen es damit nicht so genau, und jedes Mal, wenn sie wieder auf die Bühne kam, wurden die Wortwechsel länger und ausgelassener. Und Julia ihrerseits war wie berauscht vom Gefühl der Bühnenbretter unter ihren Füßen und dem Bühnengeruch in der Nase und dem Geräusch von Applaus in ihren Ohren. Wie jede gute Schauspielerin war sie ein bisschen größenwahnsinnig, ihre Persönlichkeit war auf Überlebensgröße angewachsen, und nur ihr solides berufliches Gewissen hielt sie davon ab, den Genocchios die Show zu stehlen. Sobald sie die Truppe in Position sah, ging sie von der Bühne, und sie erschien erst wieder, wenn das letzte bisschen Applaus für die Genocchios verebbt war. Trotzdem verspürte sie Gewissensbisse.

»Ich kann nicht anders«, murmelte sie Fred in einem Augenblick zu, als er gerade nicht auf der Bühne stand. »Ich weiß, ich hätte ihnen nicht antworten sollen, aber ich habe gar nicht groß nachgedacht.«

Er war so außer Atem, dass er nicht antworten konnte – das sah Julia am prächtigen Heben und Senken seines Brustkorbs –, aber sein Lächeln sagte alles. Es war in Ordnung, es machte ihm nichts aus, und als sie am Ende des Auftritts mit den anderen auf die Bühne gerufen wurde, schob er seinen Arm unter ihren und drückte ihn fest an sich.

»Du warst großartig!«, murmelte er, während der Vorhang sich hob und senkte, und als er sie dabei mit der Wange streifte, durchlief Julia ein aufregender Kitzel. Das, dachte sie, das war das wahre Leben! Die stickige Luft war für sie wie eine sanfte Brise, die Menschen im Publikum – egal ob böse oder gut, sauber oder schmutzig – waren ihre Freunde, ihre Gleichgesinnten, die teilhatten an ihrer Freude. Wenn Julia jemals eins war mit der Natur, so fühlte sie es in diesem Moment. Und wenn die Natur, mit der sie kommunizierte, ausschließlich menschlich war und somit (wie allgemein angenommen) weniger rein, weniger erhebend als die unbelebte, so war dies nur auf die Umstände zurückzuführen. Und in Savoyen warteten die Bäume und Berge auf sie.

III

Vierhundertfünfzig Kilometer entfernt setzte sich die alte Mrs. Packett auf und schaute auf die Uhr. Es war halb elf, sie war zu früh zu Bett gegangen. Susan schickte ihre Großmutter immer früh zu Bett, wenn am nächsten Tag etwas Besonderes anstand – und wenn der nächste Tag da war, ließ sie sie lange im Bett liegen.

»So ein Unfug!«, sagte die alte Mrs. Packett laut. Sie streckte ihre Glieder unter den kühlen, lavendelduftenden Bettdecken: Ihr alter Körper fühlte sich robust und kräftig an – ein bisschen steif in den Gelenken, aber doch in der Lage, bis zu einer angemessenen Uhrzeit aufzubleiben. Zweifellos war sie am Nachmittag etwas nervös gewesen, aber das war ja kein Wunder, wenn einem eine wiederauferstandene Schwiegertochter ins Haus stand. War es denn nicht schon genug, dass ein fremder junger Mann schon mehr oder weniger mit unter ihrem Dach wohnte? »Ich bin nicht hergekommen, um eine Party zu veranstalten«, dachte Mrs. Packett gereizt. »Ich bin hergekommen, um Ruhe und Frieden zu genießen und Susans Französisch zu verbessern.«

Doch diesmal war Susan ausnahmsweise unvernünftig: Statt sich gewissenhaft ihrem Molière zu widmen, musste sie losziehen und sich verlieben und sich eine lächerliche Märtyrerpose zulegen und lächerliche Briefe an eine Mutter schreiben, die sie kaum jemals gesehen hatte! Mrs. Packett hatte keine Angst mehr vor Julia, denn Susan (das wusste niemand besser als ihre Großmutter) hatte das formbare Alter hinter sich. Doch einer solchen Einladung konnte keine normale Frau widerstehen …

»Ich habe Susan den Ton angeben lassen!«, dachte

Mrs. Packett. »Eine Angewohnheit, die uns beiden nicht guttut.« Dann musste sie unwillkürlich vor sich hin lächeln; Susans Art, den Ton anzugeben, war nämlich sehr lieb. Man fühlte sich dabei – geliebt. Und man lief nie Gefahr, unter einen gewissen Anspruch zu sinken. So war Susan zum Beispiel sehr wählerisch, was die Hüte ihrer Großmütter anging: Sie steuerte immer ohne Umwege die Modellabteilung an und schaute sich überhaupt nichts an, was weniger als zwei Guineas kostete. Einmal legte die alte Dame wegen Susan fünf Guineas für einen schlichten schwarzen Strohhut mit Samtrüsche hin. »Es ist einfach die Linienführung«, hatte Susan erklärt. »Damit siehst du aus wie ein Romney.« Mrs. Packett fügte sich immer. Sie hatte nach wie vor eine Neigung zu Wolljacken und Stickereien auf der Brust, aber ihre Hüte waren umwerfend …

»Julia war das immer egal«, dachte Mrs. Packett plötzlich. Julia war immer alles egal gewesen. Auf ihre Art ein nettes Mädchen, sehr fügsam und entgegenkommend, aber sie wirkte immer, als wäre sie nur halb anwesend – und dann ging sie plötzlich einfach so davon und kam nie zurück! Es musste also irgendetwas in ihr gesteckt haben, irgendetwas, das Barton unterdrückte oder erstickte. Mrs. Packett sinnierte. Sie hatte in ihrer Jugend oft darüber nachgedacht, ihr eigenes Leben zu führen und Spaniels zu züchten, bevor sie verheiratet wurde. Hatte Julia ähnliche Gedanken gehegt? Einen Ehemann hatte sie wohl nicht abbekommen, wie es aussah – aber was hatte sie dann mit den siebentausend Pfund gemacht? Hatte sie einfach immer weiter von dem Kapital gezehrt? »Ich an ihrer Stelle«, dachte Mrs. Packett aufgeregt, »hätte ja ein nettes kleines Geschäft aufgemacht.« Vielleicht hatte Julia das auch, vielleicht ließ sie jetzt gerade ihren Teeladen oder ihren Hutladen oder ihren vornehmen Blumenladen zurück, und wenn dem so war, konnte man nur hoffen, dass sie eine vertrauenswürdige Geschäftsführerin hatte.

Mrs. Packett döste, bewegte sich hin und her und wachte wieder auf. Die Villa war sehr ruhig, genauso wie das Dorf vor ihrer Tür, und durch das offene Fenster kam ein Schwall köstlich nach Kiefern duftender Luft.

»Ein Urlaub wird ihr guttun«, dachte die alte Mrs. Packett, denn während ihres Nickerchens war sie zu der festen Überzeugung gekommen, dass Julia ein Tortengeschäft hatte. Sie würden interessante, lange Unterhaltungen führen: Wahrscheinlich hatte Julia alle möglichen neuen Rezepte, und wenn sie Anthelmine überzeugen konnten, ihre Küche einmal zu verlassen, konnten sie sich vielleicht sogar mal selbst daran versuchen …

»Käseküchlein«, murmelte Mrs. Packett, und mit diesem behaglichen Gedanken schlief sie schließlich friedlich ein.

IV

In der Zwischenzeit hatte Julia im Taxi, auf dem Weg vom Theater zur Gare du Nord, einen Heiratsantrag bekommen. In flammenden, aber respektvollen Worten (in der Tat musste Julia ihn sich mit dem Ellbogen von der Brust halten) trug ihr Fred Genocchio seine Hand, sein Herz, sein Geld auf der Bank und seine Villa in Maida Vale an.

»Bleib hier!«, flehte er sie an. »Bleib hier, wo du hingehörst, Julie, und dann heiraten wir, sobald wir können. Ende dieser Woche können die anderen nach Hause fahren, und dann fahren wir in die Flitterwochen. Du warst der Knüller unserer Show, Julie, du bist für die Bühne gemacht, und ich begehre dich so! Und du begehrst mich auch, Julie, du weißt, dass es stimmt!«

Sie begehrte ihn in der Tat. Sie ließ den Ellbogen sinken und gab sich für eine lange Minute dem atemberaubenden Gefühl hin, in den Armen des Trapezkünstlers zu liegen. Die Bewegung des Taxis schleuderte sie von einer Seite auf die andere, erst plumpste Julia heftig in die Polster, dann Fred, aber weder ihr noch ihm fiel es auf.

»Du bleibst also«, sagte Fred.

Seine Stimme brach den Bann. Julia schlug die Augen auf, schaute ziellos an seiner Schulter vorbei, und dann blieb ihr Blick an zwei weißen Flecken in der Dunkelheit hängen. Es waren die Aufkleber auf ihrem Gepäck, die sie vor vierundzwanzig Stunden in London selbst geschrieben hatte: *Les Sapins, Muzin, près de Belley, Ain.*

»Das geht nicht!«, rief Julia. »Ich fahre zu meiner Tochter!«

Sie wich aus seiner Umarmung zurück und spürte, wie Fred neben ihr erstarrte.

»Aber deine Tochter braucht dich nicht so wie ich!«

»Oh doch, Fred! Sie ist unglücklich und in Schwierigkeiten, und sie wartet dort auf mich! Sie hat mich seit Jahren nicht gebraucht …«

»Dann wird sie jetzt auch ohne dich zurechtkommen. Julie, mein Schatz …«

»Nein«, sagte Julia.

Sie fühlte sich mindestens so schrecklich wie er. Zu wissen, dass er so sehr litt und so verzweifelt war und nur ein Wort von ihr genügen würde, das alles von ihm zu nehmen, setzte ihr so entsetzlich zu, dass es ihr fast den

Atem nahm. Es lag nicht in ihrem Wesen, jemand einen Wunsch abzuschlagen. Wenn sie sich viel freizügiger mit Liebhabern umgab als andere Frauen, dann nur deswegen, weil es ihr unerträglich war, Männer traurig zu sehen, wo man sie doch so leicht glücklich machen konnte. Ihre Sinnlichkeit war zur Hälfte Mitleid; sie konnte die Männer nie an die Leine legen, was vielleicht der Grund war, warum nur einer sie überhaupt jemals geheiratet hatte; und jetzt – wie bitter war das! – wollte Fred sie heiraten, und sie musste den Antrag ablehnen …

»Warte!«, flehte sie. »Warte auf mich, bis ich zurückkomme!«

»Du wirst nicht zurückkommen«, meinte Fred düster. »Sie werden dich festhalten. Und deine Tochter …«

Auf einmal überlief Julia ein Schauder. Bis jetzt hatte sie die Existenz ihrer Tochter und ihre eigene Mutterschaft gedanklich unbewusst auf den nächsten Monat beschränkt; jetzt schaute sie in die Zukunft. Wenn sie Fred Genocchio heiratete, würde sie Susan einen Akrobaten als Stiefvater geben. Einen Akrobaten zwischen diesen ganzen Packetts! Es war unvorstellbar, und Julia schwieg und fühlte sich ganz elend dabei, während jeder Hopser des Taxis sie näher an die Gare du Lyon brachte.

»Eine Sache noch«, sagte Fred schließlich. Julia hielt den Atem an, denn die Beherrschtheit seiner Stimme, aber die gleichzeitige Beiläufigkeit seiner Haltung verrieten ihr, dass er kurz davor war, ein Geheimnis seines Herzens zu enthüllen. »Eines noch«, sagte Fred. »Ich habe – auf dem Hochseil – noch nie einen Vorwärtssalto geschafft. Aber manchmal habe ich mir gedacht, wenn ich einen Sohn hätte … vielleicht würde *er* es schaffen.«

V

Wie Julia in den Zug kam, ihr Schlafabteil fand und dem Schaffner sein Trinkgeld gab, wusste sie hinterher nicht mehr so recht. Ab dem Augenblick, in dem sie das Taxi verlassen hatten, hatte sie sich in oberflächliches Geplauder geflüchtet, ohne zu merken, was sie sagte, ohne zu merken, was Fred erwiderte, ohne irgendetwas zu bemerken außer dem Druck seines Arms an ihrer Seite. Trotzdem gelang es ihr: Irgendwie stand sie plötzlich im Gang des Zuges, und Fred stand auf dem Bahnsteig, und zwischen ihnen war eine Glasscheibe. Er stand dort, stattlich und von klassischer Schönheit, regungslos wie ein Fels – der bestgebaute Mann, den Julia jemals gesehen hatte. Dann schien die Erde unter ihren Füßen wegzugleiten, als der Zug aus dem Bahnhof fuhr; sie winkte einmal verlegen, dann stolperte sie in ihr Abteil und schloss die Tür hinter sich ab.

Sie war todmüde, kein Wunder.

Sie war zu müde zum Weinen, aber natürlich auch zu müde, um wach zu liegen. Nachdem sie kurz die sanitären Einrichtungen in Augenschein genommen hatte – die so neu und auf eine praktische Art hübsch waren, dass es sie zutiefst befriedigte – cremte sich Julia schnell das Gesicht ein und schlüpfte in ihren Schlafanzug. Ein paar blaue Flecken auf beiden Oberarmen zeugten von der ungewöhnlichen Kraft von Mr. Genocchios Umarmung. Das waren die einzigen Erinnerungen, die sie an ihn hatte, und auch die würden verblassen …

Julia ließ sich in ihre Koje gleiten und wollte gerade einschlafen, als sie eine schmale, bis dahin unerforschte Tür bemerkte. Ihre Neugier ließ sie noch einmal aufstehen und den Riegel zurückschieben; wie sie feststellte, schaute man nicht in einen Schrank, sondern ins angrenzende (und leere) Abteil.

»Wie praktisch!«, dachte Julia.

Dann ging sie wieder zurück ins Bett und schlief wie ein Stein.

5. KAPITEL

I

ZEHN MINUTEN, bevor der Zug in Ambérieu hielt (es war zwanzig nach sechs), setzte Julia ihren Hut von Matron's Model auf und betrachtete seine Wirkung im Spiegelbild.

Es war nicht gut. Der Hut an sich war gut und sein Geld wert; aber er passte nicht zu Julia. Vielleicht hatten die Ereignisse des Vortages zu viele Spuren hinterlassen: Sie hatte einen gewissen verräterischen Ausdruck im Gesicht, zäh und vergnügt, aber eben auch ein wenig erschöpft …

»Ich brauche meinen Schlaf«, dachte Julia und setzte sich den Hut noch etwas schräger auf. Er war aus weichem, braunem Stroh, pilzförmig, mit einem Haufen Schleifen vorne, doch der Winkel, in dem Julia ihn trug, passte nicht zu seiner ursprünglichen Bestimmung. Eine adelige Witwe auf einem Fest, der man versehentlich Champagner statt Bordeaux gegeben hatte, hätte wohl ähnlich gewirkt; aber das war nicht die Wirkung, die Julia anstrebte. Sie nahm den Hut ab, setzte ihn sich gerade auf und versuchte es noch einmal. Ihre großen schwarzen Augen starrten mit gutmütiger Überraschung unter der geraden Krempe hervor, der volle Mund, das weiche Kinn passten einfach nicht zu diesem Rahmen. »Du hast recht«, sagte Julia zu ihrem Spiegelbild, »aber ich werde das verdammte Ding trotzdem tragen. Ist dir denn nicht klar, dass das genau die Art Hut ist, den sie sehen will?«

Vor dem Gedanken an ihre Tochter wurde alles andere nichtig. Der Zug verlangsamte bereits; Julia nahm ihren kleineren Koffer und huschte auf den Korridor. Sie wollte sofort die Stufen hinuntergehen und auf dem Bahnsteig stehen, damit sie sich gleich umarmen konnten, wenn ihre Tochter ihr entgegenrannte – und auch damit der Aufkleber auf ihrem Koffer schön zu sehen war. Denn Julia verließ sich nicht nur auf Susans töchterlichen Instinkt: Sie hatte ein ganz spezielles Schild geschrieben, achtzehn mal zehn Zentimeter groß, auf dem in Großbuchstaben MRS. PACKETT stand. Auf die Art würde sogar ein Fremder sofort wissen, wer sie war, und wie es der Zufall so wollte – und wie es Julia so oft passierte –, war es tatsächlich ein Fremder, der sie als Erster ansprach.

»Miis Packett?«

»Gehen Sie weg«, sagte Julia mit scharfem Ton. Es war ein sehr kleiner Mann, und sie blickte direkt über seinen Kopf hinweg und suchte den Bahnsteig ab. Doch weit und breit war keine auf sie zu rennende Tochter zu sehen; die wenigen Fahrgäste und ihre Freunde hatten sich schon fast verlaufen. Julia fühlte sich noch nicht unwohl in ihrer Haut, doch sie spürte, dass es jeden Moment so weit sein konnte …

»Miis Packett?«, wiederholte der Mann bittend. »Miis Packett, Les Sapins, Muzin?« Er hielt ihr etwas hin, einen Umschlag, auf dem tatsächlich ihr Name stand, und als

Julia ihn anschaute, wurde ihr wieder leicht ums Herz. Diesmal erkannte sie jedenfalls die Handschrift.

Liebe Mutter,

ich bin so froh, dass Du gekommen bist, aber ich hole Dich nicht ab, weil ein Bahnhof morgens um halb sieben eine ganz schreckliche Umgebung für ein Wiedersehen wäre. Der Mann, der Dir dies überreicht, ist der Fahrer des Bahnhofs, er wird Dich nach Muzin bringen, und wenn Du magst, kannst Du ein Bad nehmen und Dich vor dem Frühstück noch einmal hinlegen.

In Liebe,
SUSAN

Julia faltete das Schreiben zusammen, schaute den Fahrer an, deutete wortlos auf ihr Gepäck und folgte ihm aus dem Bahnhof zu einem wartenden Auto. Der graue Morgen war so frisch, dass sie fröstelte: Als sie sich noch einmal die Nase puderte und ihr Gesicht in dem kleinen Spiegel musterte, dachte sie sich, dass Susans Entscheidung vielleicht ganz klug gewesen war.

»Sogar sehr vernünftig«, sagte Julia laut. Zu ihrer Überraschung klang sie so, als versuchte sie, jemand zu überzeugen. »Und sehr rücksichtsvoll«, fügte Julia ärgerlich hinzu. Dann legte sie ihren zusammengefalteten Mantel auf den Schoß und genoss den Anblick der Landschaft. Ihr vorherrschender Eindruck war der, dass es bergauf ging. Einen Augenblick schloss sie die Augen, und als sie sie wieder aufschlug, war das Auto zum Stehen gekommen.

II

Sie schienen auf einem Bauernhof zu sein. Geflügel flatterte um die Reifen, ein Hund bellte, und aus der geöffneten oberen Hälfte einer Stalltür musterte sie ein Pferd aufmerksam.

»*Qu'est-ce que c'est?*«, rief Julia und klopfte gegen die Glasscheibe.

»*Muzin*«, rief der Chauffeur zurück.

Julia schaute das Pferd an, das Pferd schaute Julia an. Direkt über seinem Kopf war ein sehr altes Werbeschild für Singer-Nähmaschinen an der Wand befestigt.

»Ah!«, rief der Fahrer zufrieden, und er beugte sich aus dem Fenster, um eine Gruppe von drei Männern zu begrüßen, die alle landwirtschaftliche Werkzeuge mit sich trugen und gerade auf dem Weg erschienen waren. Sie trugen bunte Hemden, blaue Hosen und Strohhüte, die in ihrer Form an Tropenhelme erinnerten. Die Kopfbedeckungen verliehen ihnen in Julias Augen einen seltsamen Anstrich von Tropenforschern, aber sie waren ganz offensichtlich Einheimische (also das komplette Gegenteil).

»*Bonjour, messieurs*«, rief der Fahrer. »*C'est ici Les Sapins?*«

Der älteste von ihnen deutete auf eine schmale Durchfahrt zwischen zwei Scheunen. Dort hindurch, bedeutete die Geste, und rauf – immer weiter rauf! – dann kam man nach Les Sapins. Das Auto bewegte sich langsam vorwärts, kroch durch die engen Gassen, überquerte einen Platz mit einem Springbrunnen und fuhr dann noch einmal zwei Straßen (oder Höfe) hoch und immer noch weiter hoch, bis es vor einem großen Eisentor stehen bleiben musste. Der Fahrer machte es auf, und als die Torflügel aufschwangen, sah Julia weiter hinten die ersten prächtigen Vorposten – riesig, dunkel, majestätisch – einer Kiefernallee.

Sie war angekommen.

III

Die Villa von Les Sapins, die ursprünglich zur Zeit Napoleons erbaut worden war, war ein kleines weißes Gebäude, teils zweistöckig, teils einstöckig. Sie thronte auf dem Gipfel des Hügels, die obere Haustür führte auf eine Terrasse am Fuß des Weinbergs, die untere auf eine Terrasse, von der aus man auf den Kräutergarten blicken konnte. Im unteren Stockwerk befanden sich das Esszimmer, die Küche und die Vorratskammern; oben ein Salon und drei Schlafzimmer. Diese Gebäude waren bis ungefähr 1890 ausreichend gewesen, bis ein neuer Besitzer mit geselligerer Veranlagung ein Billardzimmer und zwei weitere Schlafzimmer anbaute. Er baute direkt am Erdgeschoss entlang, so dass die ursprünglich quadratische Form eine rechteckige wurde, und dazu hatte er die Terrassen entsprechend verlängert. Er verband das Ganze mit schönen stuckverzierten Treppenhäusern, jeweils einem an jedem Ende des Hauses. Mit dem Bau dieser Treppen erreichte der Glanz von Les Sapins seinen Höhepunkt, der jedoch nur zwei Jahre andauerte. Der gastfreundliche Besitzer ging bankrott, die Villa stand leer oder wurde von einer Reihe von Sommergästen gemietet und vernachlässigt. Irgendwann landete sie in den Händen einer alten Jungfer aus England namens Spencer-Jones, die ein Bad einbauen ließ. Miss Spencer-Jones wiederum war bekannt mit Mrs.

Packett, und Mrs. Packett mietete das Haus für den Sommer 1936 an.

Sogar in ihrem verfallenden Zustand war die Villa noch bezaubernd. Ein großer Carolina-Jasmin, der seine wachsartigen, trompetenförmigen Blüten herabhängen ließ, verbarg die übelsten Mängel des Daches. Im tiefen Schatten der rundherum wuchernden Kiefern wirkten die Mauern immer noch weiß. Oleandersträucher in Pflanzkübeln flankierten die rissigen Treppenstufen, eine große Linde verbreitete ihren Schatten und Duft auf der unteren Terrasse, die Rosenbüsche sahen aus wie Gartenlauben, die Gartenlaube wie ein Rosenbusch.

Doch das Großartigste an diesem Anwesen war der Ausblick. Vom Gipfel des Weinbergs, der sich unmittelbar hinter dem Haus erhob, schaute man quer über eine riesige kreisförmige Ebene – umgeben von Bergen, gesprenkelt mit Dörfern, unterbrochen von kleinen Hügeln, auf denen jeder Meter kultiviert wurde – und deren Mitte das winzige Bistum Belley bildete. Im Dorf witzelte man gern, dass die Hintertür von Les Sapins fünfzig Meter höher lag als die Eingangstür. Und der Bewohner größter Stolz war es, dass man von hier aus den Mont Blanc sehen konnte.

IV

Hoch oben zwischen den höchsten Bäumen stand am Morgen von Julias Ankunft ein großes, hübsches Mädchen in einem alten Regenmantel. Sie hatte seit sechs Uhr dort gestanden und die Straße von Ambérieu nicht aus den Augen gelassen, so wie eine belagerte Garnison nach ihren Befreiern Ausschau hält. Doch auch als das Auto schließlich auftauchte, hellte sich ihre Miene nicht auf. Sie hatte keine verbündete, sondern eine fremde Macht zu Hilfe gerufen. Durch ihren impulsiven Brief, den sie sofort losgeschickt hatte, sowie er fertig geschrieben war, hatte sie eine Fremde in ihren innersten Beraterkreis eingeladen, hatte sich stillschweigend bereit erklärt, alle Barrieren niederzureißen, jede Schwäche zu offenbaren, im Austausch für eine Unterstützung, deren Stärke sie nicht kannte.

»War das dumm von mir?«, fragte Susan Packett die Kiefern.

Sie erhielt natürlich keine Antwort. Doch als die Torflügel sich quietschend öffneten, als der Wagen die Allee herauffuhr, wandte Susan dem Haus den Rücken zu und begann immer höher und höher zu klettern, zu den nackten Felsen.

6. KAPITEL

I

UNTER DEN Rosen der Veranda wurde Julia von einer älteren Französin in Empfang genommen, die sie sofort in einen großen, hallenden Empfangssaal führte. Die Französin trat in ihren gewebten Pantoffeln katzenhaft leise auf, während Julias Absätze laut klapperten. Vielleicht entstand in diesem Augenblick der Eindruck, der sie später nie wieder losließ: dass sie immer doppelt so viel Lärm machte wie alle anderen in diesem Hause.

»*La salle de bain*«, sagte die alte Frau und riss stolz eine Tür auf.

»*Je vois*«, sagte Julia. »*Très chic.*«

»Möchte Madame ein Bad nehmen?«

»*Toute de suite*«, bestätigte Julia. »Das heißt, sobald ich meinen Schwamm ausgepackt habe. *Éponge, savon. Dans les valises.*«

»*Madame parle français!*«, rief die alte Frau höflich. Einen Augenblick später wünschte Julia, dass sie nicht damit angefangen hätte, denn während sie ihre Taschen holte, ließ Claudia einen Wortschwall aus angeregtem Französisch auf sie nieder, und Julia war sicher, das waren alles Botschaften von Susan, Botschaften von Mrs. Packett und generelle Anweisungen für ihr eigenes Verhalten. Ihr blieb nichts anderes übrig, als klug und verständnisvoll zu lächeln, und das tat Julia.

»*Et – voilà la chambre de Madame!*«, verkündete die alte Dame schließlich mit schwungvoller Geste.

Julia stand in der Mitte des Zimmers und schaute sich um. Es war ein Zimmer, wie sie noch nie eines gesehen hatte – groß, viereckig, weiße Wände, nackte Holzdielen und zwei offene Fenster, durch die man auf Kiefern im Sonnenschein und einen blauen Hügel blickte. In einem Alkoven zwischen zwei Schränken stand ein weißes Bett, daneben ein winziges Beistelltischchen, das fast unter einem riesigen Rosenstrauß verschwand, zwei Stühle und ein weiterer Tisch vor den Fenstern, auf dem ein Frühstückstablett und noch mehr Blumen standen.

»Ein bisschen kahl«, dachte Julia, »aber hier ist wirklich viel Platz, das ist schön.« Sie öffnete den größeren Koffer und leerte ihn auf dem Bett aus. Ihr Morgenmantel lag ganz unten, aber sie fischte ihn unter dem Stapel hervor, dann machte sie den anderen Koffer auf, um ihr Reisenecessaire herauszuholen. Sie schob die Vase mit den Rosen beiseite, um ihre Toilettenartikel auspacken zu können. Keine zehn Minuten später, als ihr Bad eingelaufen war, sah das Zimmer so komplett anders aus, dass sogar Julia selbst ein bisschen überrascht war.

»Ich muss ordentlich sein«, ermahnte sie sich streng. Alle Damen waren ordentlich. Sie hatten bestimmte Schachteln, in die sie ihre Schuhe packten, und bestimmte Schachteln für ihre Handschuhe und Taschen mit der Aufschrift »Wäsche« für ihre gebrauchten Unterhemden. Julia hätte all das auch gehabt, wenn ihre finanziellen

Mittel es erlaubt hätten, doch da sie es nicht zuließen, schien es nutzlos, sich über solche Details den Kopf zu zerbrechen. Die allgemeine oberflächliche Wirkung war Julia (wie immer) am wichtigsten, und die erzielte sie nun, indem sie alles in einen Schrank schob und die Tür zumachte. Abgesehen von den Rosen auf dem Boden und einem Strumpf auf dem Fenstersitz – und ein paar Schuhen unter dem Tisch und einer Puderdose zwischen dem Frühstücksgeschirr – hätte man niemals bemerkt, dass sie überhaupt im Zimmer gewesen war.

II

Und jetzt, als sie triumphierend in dieser französischen Wanne saß, war gewiss der rechte Moment gekommen, die Marseillaise anzustimmen. Doch es wollte kein Laut aus Julias Kehle kommen. Sie war ein wenig müde nach ihrer Reise und immer noch ein bisschen sentimental wegen Fred; aber der Hauptgrund für ihr Schweigen war, dass sie im Grunde noch niemand vorgestellt worden war. Es kam ihr seltsam vor, so splitternackt in einem Haus zu liegen, in dem sie ihre Gastgeberin noch nicht einmal getroffen hatte. Wie würde sich Susan fühlen, wenn ihre Mutter ihre Anwesenheit durch Trällern in der Badewanne verfrüht bekanntgab, nachdem sie ihre erste Begegnung so sorgfältig geplant hatte? Und da Planschen fast genauso schlimm wäre, bewegte sich Julia ganz vorsichtig, fast schon verstohlen im Wasser: Sie wusch sich vorsichtig den Rücken, und lehnte sich danach langsam zurück, um ja keine Wellen zu schlagen. Sie stellte fest, dass sie tatsächlich so tat, als wäre sie gar nicht da, und wenn sie die Augen zumachte, war das Gefühl auffallend echt. Sogar das Wasser fühlte sich nicht ganz wirklich an, so ohne Duft und ohne Bewegung. Es war nur eine warme Atmosphäre, in der sie körperlos schwebte, ebenso unwirklich wie alles andere …

»He!«, rief Julia, der die Sache fast schon unheimlich wurde. »Ich darf nicht einschlafen!«

Das Geräusch ihrer eigenen Stimme machte sie wieder richtig wach; sie setzte sich auf, lauschte angespannt, um festzustellen, ob sie noch jemand anders wach gemacht hatte. Aber es war ganz still, und mit einem erleichterten Seufzer stieg sie unauffällig aus der Wanne und begann sich abzutrocknen. Es lagen zwei Badetücher bereit, wunderschön groß und weiß, neben einem kleineren aus Leinen mit bestickter Kante, und obwohl es unmöglich war, sie alle drei zu benutzen, legte Julia sich so ausgiebig ins Zeug, dass sie sich immer noch die Oberschenkel trocknete, als sie die Pantoffeln des Hausmädchens auf dem Korridor hörte und das Öffnen und Schließen ihrer Zimmertür.

»Das ist mein Frühstück«, dachte Julia, und da ihr daran gelegen war, nur ja zur rechten Zeit am rechten Ort zu sein – noch so eine Art von künstlicher Unterdrückung ihrer Persönlichkeit – sprang sie in aller Hast in ihre Sachen und kehrte schleunigst in ihr Zimmer zurück. Es war niemand dort, doch auf dem Frühstückstischchen standen auf einmal Brötchen und Honig. Da Julia auf jeden Fall nur in der richtigen Garderobe gesehen werden wollte, tauschte sie ihren Bademantel gegen ein weißes Pikee-Kleid und puderte sich hastig die Nase. Und sie hatte Glück, denn im nächsten Moment klopfte es an der Tür, und hinter der Tür erschien eine Kaffeekanne, und die Kaffeekanne wurde getragen von ihrer Tochter Susan.

III

Beim ersten Anblick machte Julias Herz einen Freudensprung. Denn Susan war hübsch, und zwar hübsch auf eine ganz besondere, damenhafte Art. Sie hatte die Größe und Schlankheit der Packetts, das helle Haar der Packetts und Augen von diesem seltenen reinen Grau, das nicht durch die geringste blaue Färbung getrübt wurde. In diesem Gesicht sah man nichts von Julia, und in der lieblich-jungfräulichen Stimme war auch nichts von Julia.

»Guten Morgen«, sagte Susan.

Sie hielt die Kaffeekanne immer noch fest (etwa als Schutz?), so dass Julia, die sich schon zu einer Umarmung angeschickt hatte, wieder in sich selbst zurücksinken musste, bevor sie antworten konnte.

»Guten Morgen«, sagte sie und versuchte, das Zittern in ihrer Stimme zu unterdrücken. »Guten Morgen, Susan.«

Das Mädchen stellte die Kanne ab (fühlte sie sich nun nicht mehr bedroht?) und lächelte feierlich.

»Ja«, sagte sie. »Ich bin Susan. Ich hoffe, du nimmst es mir nicht übel, dass ich dich nicht vom Bahnhof abgeholt habe. Aber …«

»Aber hier ist es sowieso viel besser«, führte Julia den Satz hastig zu Ende.

»Großmutter war schockiert, aber ich dachte mir, dass du es bestimmt verstehen würdest.« (Das war ja zumindest schon mal ermutigend!) »Und sie ist auch ziemlich schockiert, dass ich ihr verboten habe aufzustehen, um dich zu begrüßen. Sie sitzt jetzt oben im Bett und wartet darauf, dass du mit dem Frühstück fertig bist. Aber ich wollte dich erst einmal für mich haben.«

So nette Worte, vorgebracht mit einer so ernsthaften

und charmanten Stimme, erfüllten Julia mit mütterlicher Freude. Aber die Freude war immer noch ein bisschen gedämpft: Als sie sich an den Tisch setzte und sich von Susan einschenken ließ, befiel sie wieder das seltsame Gefühl, das sie zuvor im Bad schon gehabt hatte. War das wirklich ihre Tochter, die hier so pflichtbewusst über dem Frühstückstablett stand? War dieses fremde, nackte Haus ein Haus, in dem auch sie selbst töchterliche Rechte hatte? Es fühlte sich unwirklich an. Alles fühlte sich ein bisschen unwirklich an, sogar das Brot zwischen ihren Zähnen, das zu schlucken sie einige Mühe kostete …

»Bist du auch etwas verlegen?«, fragte Susan plötzlich. »Ich schon.«

Julia strahlte.

»Ich war es auch, bis du es ausgesprochen hast.« Sie stand impulsiv vom Tisch auf, aber sie war immer noch zu befangen, um ihrer Tochter einen Kuss zu geben. Trotz ihres Charmes sah Susan nicht aus wie jemand, der gerne Küsse bekam, und als ihr der Gedanke durch den Kopf ging, verspürte Julia noch mehr Neugier, etwas über Susans jungen Mann zu erfahren. »Erzähl mir alles von ihm!«, platzte Julia enthusiastisch heraus, und sie setzte sich auf den Fenstersitz und öffnete Herz und Ohren.

Doch Susan hatte ihre eigenen Pläne. Sie lächelte liebevoll, schüttelte aber den Kopf.

»Er heißt Bryan Relton, ist sechsundzwanzig Jahre alt und Anwalt, und er wird einmal ziemlich wohlhabend sein. Du wirst ihn nachher beim Lunch kennenlernen. Aber es hat doch keinen Sinn, wenn wir vorher über ihn sprechen, oder? Ich meine – bis du nicht uns beide kennengelernt hast, ist es nicht fair, dich um deine Meinung zu bitten.«

Gut formuliert, dachte Julia, aber sie wusste trotzdem,

was es zu bedeuten hatte. »Nicht fair« bedeutete »nicht sinnvoll«, und obwohl die Annahme absolut berechtigt war, kam ihr so ein rationaler Ansatz bei einem verliebten Mädchen reichlich übertrieben vor. Oder war es eher Vorsicht? War Bryan Relton die Sorte junger Mann, über den man nicht viel sagen kann, aber der mit einem einzigen Auftritt alle für sich einnimmt? So überlegte Julia, aber sie dachte nicht weiter darüber nach, denn sie war viel zu sehr damit beschäftigt, ihre Tochter zu beobachten. Je länger man sie anschaute – und Susan saß jetzt ganz nah neben ihr auf dem Fenstersitz – umso deutlicher sah man, wie perfekt sie war. Ihre schönen kleinen Ohren lagen flach am Kopf; ihre schönen kleinen Hände, gebräunt, aber perfekt gepflegt, wuchsen so zart aus den Handgelenken wie die Blätter von einem schlanken Zweig. Und sie war so sauber! Julia selbst war ja auch sauber, sie badete jeden Tag, solange es Gas zum Heizen gab, doch Susans Sauberkeit war wie bei einem fließenden Gewässer – sie gehörte so sehr, so wesenhaft zu ihr wie ihre Größe oder ihre grauen Augen.

»Es überrascht mich nicht, dass er verrückt nach ihr ist«, dachte Julia, als sie in Gedanken doch noch einmal zu dem verbotenen Thema zurückkehrte. »Ich nehme an, er hat etwas Poetisches.« Sie stellte ihn sich groß vor und dünn und sehr ernst – die Art, die dem Menschen, den sie einmal verehrt, ein Leben lang treu bleibt. Und sie stellte sich ihn auch ein ganzes Stück älter vor, als es seinem eigentlichen Lebensalter entsprach, denn normalerweise übt das Jungfräuliche seinen größten Reiz auf die Männer über dreißig aus. »Ich wette, er hält sie für eine Art Engel«, sinnierte Julia, die dem nur zustimmen konnte.

»Wie soll ich dich denn nennen?«, fragte Susan plötzlich. »Du siehst zu jung aus, um ›Mutter‹ genannt zu werden.«

Julia spürte einen Stich der Enttäuschung. Natürlich wollte sie »Mutter« genannt werden – hatte sie nicht extra dafür den weiten Weg aus England gemacht? Sie wollte »Mutter«, »Mama«, Mami«, »Mutti« genannt werden, aber Susans Ton konnte sie sofort entnehmen, dass keine von diesen Anreden jemals Gnade vor ihren Augen finden würden. Wie zuvor fand sie die Ablehnung im Grunde nett formuliert, doch hinter diesem vordergründigen Kompliment an ihre Erscheinung fühlte sich Julia auf eine Art herabgesetzt und in Verlegenheit gebracht, die für ihr eigenes warmes Herz schwer zu verstehen war.

Statt eine direkte Antwort zu geben, sagte sie ein wenig wehmütig: »Du kannst dir nicht vorstellen, wie ich mich gefreut habe, als ich deinen Brief bekommen habe. Ich weiß, dass ich dir nie so viel bedeuten konnte, wie es eigentlich hätte sein müssen – das war meine Schuld, und es hat mich so glücklich gemacht, dass du dich trotzdem an mich gewandt hast. Ich weiß, ich gehöre nicht wirklich zu deiner Art von …«

Sie brach ab, denn jetzt war nicht mehr zu übersehen, wie verlegen sie ihre Tochter gemacht hatte. Susan war aufgestanden und starrte jetzt geradeaus aus dem Fenster.

»Ich finde, du hast alles richtig gemacht«, sagte sie rasch. »Du wolltest dein eigenes Leben führen, und das hast du auch. Ich habe kein Verständnis für Leute, die sich selbst für die Vorstellungen anderer Leute aufopfern. Wenn du es genau wissen willst: Ich habe dich immer bewundert.«

»Warst … warst du glücklich mit ihnen?«, fragte Julia besorgt.

»Sehr glücklich. Großmutter ist ein absoluter Schatz, und Großvater war es auch. Und ich weiß, dass ich sie auch glücklich gemacht habe. Irgendwie habe ich ihnen über den Verlust meines Vaters hinweggeholfen.« Sie drehte sich wieder um und schaute Julia erwartungsvoll an. »Erzählst du mir bitte alles über ihn?«

Der Augenblick war gekommen – der Augenblick der Intimität, des ausführlichen Mutter-Tochter-Gesprächs, auf das Julia sich so gefreut hatte. Aber anstatt sich zu freuen, wurde ihr Herz schwer. Denn als es so weit war, als ihr das Bild ihres Ehemannes eigentlich überdeutlich ins Gedächtnis hätte kommen sollen – stellte sie fest, dass sie sich kaum mehr an ihn erinnern konnte.

IV

»Er war Oberleutnant bei der Artillerie«, begann Julia vorsichtig, dann verstummte sie. Es hatte so viele Oberleutnants gegeben, viele davon bei der Artillerie, und sie waren sich alle so ähnlich gewesen. Jung, müde, leichtsinnig in ihrem Wunsch nach Vergnügen, aber nie – nie so richtig anwesend. Nie so richtig bei ihrem Gegenüber, als hätten sie alle einen Teil von sich selbst woanders gelassen. Man konnte mit so einem Mann beim Essen sitzen, sich wunderbar amüsieren, und dann fing er plötzlich den Blick eines anderen Mannes auf, oder ein anderer Mann blieb am Tisch stehen, und dann waren sie auf einen Schlag woanders, und man saß alleine da. Es schien, als wäre der Krieg eine Art vierte Dimension, in die sie schlüpften, ohne es selbst zu merken, selbst wenn man sie gerade im Arm hatte … Also kannte man sie auch nie so richtig – zumindest die Julias kannten sie nicht – und wie konnte man sich an jemand erinnern, den man nie richtig gekannt hatte?

»Du brauchst nicht weiterzusprechen, wenn es dir wehtut«, sagte Susan sanft.

Obwohl sie damit gerechtfertigt war, schämte sich Julia. Sie dachte angestrengt nach.

»Er mochte das Piccadilly lieber als das Murray's«, sagte sie schließlich. »Bei den meisten war es andersrum. Aber er war in vielerlei Hinsicht anders als die anderen.«

»Ja?«, hakte Susan nach.

»Er war sehr ernst. Und er hatte sehr gute Manieren. Er war so gut zu mir …« Julia brach ab: Es war ihr unmöglich, seiner Tochter zu erklären, *wie* gut er zu ihr gewesen war! Und von der Anstrengung, von Selbstvorwürfen und einem oberflächlichen, wenn auch aufrichtigen Bedauern überwältigt, tat sie zufällig das einzig Richtige: Sie senkte den Kopf und brach in Tränen aus.

»Oh, nicht doch!«, rief Susan voller Reue. »Bitte, *bitte* nicht!«

Doch Julia weinte weiter. Es mochte schon sein, dass sie Sylvester jahrelang vergessen hatte, aber wenn sie an ihn dachte, dann richtig. Er war der beste Mann, den sie je kennengelernt hatte, er hatte für sie gesorgt, er hatte ihr seinen Namen hinterlassen und – wenn sie es gewünscht hätte – den Schutz seines Hauses. Er hatte sie geheiratet! Kein anderer …

»Außer Fred«, dachte Julia.

Die Ereignisse des vorigen Abends – im Casino Bleu, im Taxi auf dem Weg zum Bahnhof – tauchten wieder in ihrem Kopf auf, ohne jeden Zusammenhang. Sie schob sie beiseite, aber der Augenblick hatte gereicht, um ihr etwas zu schenken, was sie seltsamerweise gerade gebraucht hatte.

»Mir ist noch was eingefallen«, schluchzte sie. »Etwas, was wirklich typisch für ihn war. Wenn er aufgeregt war, knabberte er immer an seinem Daumen herum. Nicht am Nagel, sondern weiter unten, am Gelenk.«

Susan sprang auf.

»Du möchtest sicher gern in den Garten gehen«, sagte sie plötzlich. »Nein – du möchtest jetzt sicher Großmutter sehen. Ich schau mal nach ihr – ich werde es ihr ausrichten. Es ist ganz wunderbar im Garten. Ich sag dir Bescheid, wenn Großmutter …«

Ihre Lippen zitterten, sie schien einfach so draufloszureden. Dann spreizte sie auf einmal ihre Hände und schaute sie beinahe ehrfürchtig an.

»Mir haben sie das abgewöhnt, als ich zehn war«, sagte sie. Dann lief sie rasch aus dem Zimmer.

7. KAPITEL

I

JULIA TAT, worum man sie gebeten hatte. Als sie sich frisch gemacht hatte – was bitter nötig gewesen war – ging sie auf die Veranda und die beschädigte Treppe hinunter, und dann stand sie auf der unteren Terrasse. Sie verspürte keinerlei Drang, die Umgebung zu erkunden: Ihr Instinkt befahl ihr, in der Nähe des Hauses zu bleiben, als sie auf einmal einen Gartenstuhl unter der Linde entdeckte. Er war sehr bequem, und nachdem sie ihn nach vorne gezogen hatte, konnte sie ihre Füße auf die niedrige Steinmauer legen. Normalerweise wurde sie von Gefühlsstürmen nicht müde – sie regten sie eher an. Doch die Gefühle der letzten Stunde waren anders gewesen. Sie waren unterdrückt gewesen, nicht übersprudelnd …

»Ich bin ein Idiot!«, schalt sich Julia wütend. »Hatte ich erwartet, dass sie mir gleich um den Hals fällt?«

In Wirklichkeit hatte sie das sehr wohl erwartet. Nach diesem Brief, nach ihrer eigenen prompten Antwort, war die Begegnung mit Susan eine harte Landung auf dem Boden der Tatsachen gewesen. Zwar hatte es Tränen gegeben, doch Tränen der falschen Art, und Susan hatte keine vergossen. »Sie weint eben nicht so leicht«, dachte Julia. »Sie würde niemals vor einem Fremden weinen ...« Und genau dort lag der Unterschied: Julia, die mit einem Trapezkünstler nach einer fünfminütigen Unterhaltung auf vertrautem Fuß stand – die sich mit einem Verkäufer anfreundete, nachdem er ihr nur ein Paar Schuhe verkauft hatte – hatte eine ganze Stunde mit ihrer eigenen Tochter über deren Vater und ihren Verlobten gesprochen, aber es war nicht eine Spur von Vertrautheit entstanden.

»Ich bin ein Dummkopf«, dachte Julia erneut. »Das liegt daran, dass sie eine so vollkommene Lady ist. Und *ich* muss mich erst einmal gründlich ausschlafen.«

Sie schlief zwar nicht, aber die Stille des Morgens, der Sonnenschein, die warmen Gerüche, die aus dem Kräutergarten hochstiegen, beruhigten sie allmählich und hoben ihre Lebensgeister wieder. Von ihrem Platz aus konnte sie nicht weiter blicken als bis zu den Dächern des Dorfes: Sie saß in einer kleinen, von Bäumen umgebenen Welt, seltsam, aber herrlich malerisch.

Eine wunderbare Welt! Julia hatte kein Auge für Details; sie konnte nur so offensichtliche Effekte wahrnehmen wie das helle Grün der Baumwipfel oder die üppigen Jasminranken vor der weißen Wand, aber was sie genoss, genoss sie voll und ganz. Die Oleandersträucher gefielen ihr – die rosafarbenen besser als die weißen; sie bewunderte die prachtvoll angelegte morsche Steintreppe, und ihr fiel auf, dass sich auch ihre weiße Gestalt sehr hübsch auf den dunkelblauen Polstern des Gartenstuhls ausnehmen musste.

An dieser Stelle hielt Julia inne. Hinter der hübschen Oberfläche ihrer Gedanken rührte sich das Bewusstsein, dass etwas fehlte. Was war es nur? Sie fühlte sich sehr wohl, sie hatte aufgehört, sich Sorgen um Susan zu machen, doch das reichte noch nicht. Sie wollte noch etwas. Aber was?

»Natürlich!«, dachte Julia und wunderte sich, dass sie nicht gleich darauf gekommen war.

Hier fehlte ein Mann. Hier fehlte ein Mann, der ihr weißes Kleid zu schätzen wusste, der ihre Empfindsamkeit bewunderte, wenn sie ihn auf den Jasmin aufmerksam machte. Nicht dass Julia nicht ohne Mann sein konnte. Sie wollte den Mann nicht für sich *persönlich*, sondern einfach weil an so einem wunderschönen Ort – mit seinen Rosen und Terrassen und zweifellos zahlreichen lauschigen Eckchen – das Fehlen eines Mannes die reinste Verschwendung war.

In diesem Augenblick sah sie einen Mann auf sich zukommen.

II

Julia bewunderte ihn sofort. Er war jung, sonnenverbrannt und trug ein blaues Hemd, eine beigefarbene Hose und Sandalen, die einmal weiß gewesen waren. Über die Schulter hatte er sich eine helle Jacke geworfen, auf dem Kopf trug er so einen groben Strohhut, der die Form eines Tropenhelms hatte, wie er Julia schon im Dorf mehrfach ins Auge gefallen war. Diesen Hut nahm er respektvoll ab, als er näherkam.

»Bonjour, Madame!«

Julia nickte freundlich. Sie hoffte, es war der Gärtner, denn auch wenn es offensichtlich niemand war, mit dem man auf der Terrasse zusammensitzen konnte, hätte Julia es doch schön gefunden, wenn er in ihrer Nähe geblieben wäre. Er konnte ihr Kissen tragen, ihr eine Zigarette anstecken, ihr vielleicht einen Strauß Wildblumen pflücken und in schüchterner Verehrung überreichen …

»Bonjour, mon homme«, erwiderte Julia liebenswürdig.

Der junge Mann grinste. Die Wandlung war so jäh – das Aufblitzen der weißen Zähne veränderte sein Auftreten so sehr – dass Julia einen ziemlichen Schock bekam. Obwohl er den Hut immer noch in der Hand hatte, sah er jetzt überhaupt nicht mehr sonderlich respektvoll aus: Seine Augen blickten sie mit sichtlicher Bewunderung an. Er musterte sie ungeniert, mochte offensichtlich, was er da sah, und zwinkerte ihr mehr oder weniger unverhohlen zu. So waren die Franzosen nun einmal, wie Julia wusste, und man musste gewisse Zugeständnisse machen; aber für einen Gärtner war es … nun, unangemessen eben.

»Gehen Sie wieder an Ihre Arbeit!«, sagte sie scharf. »Allez-vous-en!«

Er ging sofort (aber offensichtlich unbeeindruckt) auf das Tor zum Kräutergarten zu, und Julia kam bei aller Missbilligung nicht umhin, anerkennend zur Kenntnis zu nehmen, dass seine Gestalt mit der farbenfrohen, fremdartigen Kleidung der ganzen Szenerie eine gewisse malerische Zugabe verlieh. Er war zwar nicht groß, aber sehr athletisch gebaut: Als er das Gatter erreicht hatte, machte er es nicht auf, sondern sprang mit einem Satz hinüber. Julia hörte ihn auf französisch etwas zu einem der Dienstmädchen sagen, die Frau rief etwas zurück, ein Hund bellte, und dann war es wieder ganz still.

»Ich wette, das ist der Schrecken des Dorfes«, dachte Julia.

Nach dem Vorfall war sie wieder hellwach, und sie hatte gerade den Entschluss gefasst, einmal rund ums Haus zu spazieren, da tauchte Susan am anderen Ende der Terrasse auf. Julia ging auf sie zu, und erst als Susan vor ihr stand – ihr aus der Ferne etwas zuzurufen wäre vulgär gewesen –, überbrachte sie ihr die Botschaft.

»Möchtest du jetzt mit raufkommen zu Großmutter? Tut mir leid, dass ich so lange weg war, aber sie war wieder eingeschlafen.«

»Ich wäre selbst beinahe eingeschlafen«, sagte Julia, als sie die Treppe hochgingen. »Es ist so wunderschön und friedlich hier.«

»Ich hoffe wirklich, dass du dich hier nicht langweilst«, sagte Susan.

»Ich langweile mich nie in einer schönen Kulisse«, erwiderte Julia. »Ich liebe schöne Ausblicke.«

Susan lächelte, schien aber nicht sonderlich überzeugt. »Großmutters Zimmer hat den besten Ausblick von allen«, sagte sie nur. Dann öffnete sie die Tür und führte Julia hinein.

III

Mrs. Packett saß aufrecht im Bett, auf dem Kopf ein schickes Betthäubchen und eine Wollstrickjacke über dem Nachthemd. Sie lächelte, als Julia eintrat, und streckte ihr die Hand entgegen. Sie hatte jedoch auch eine Beschwerde, und die brachte sie mit der egoistischen Freimütigkeit des Alters sofort vor:

»Ich war schon wieder eingeschlafen«, verkündete sie streng. »Selbstverständlich schlafe ich wieder ein, wenn Susan mich zwingt, im Bett zu frühstücken. Das tut mir gar nicht gut, und außerdem hab ich dann lauter Krümel in meinen Sachen.«

»Du stehst doch in zehn Minuten sowieso auf«, sagte Susan besänftigend. »Claudia bereitet gerade dein Bad vor.«

»Ich wollte aber früh aufstehen«, beharrte Mrs. Packett. »Ich wollte schon auf sein und dich empfangen, Julia, aber Susan wollte es mir nicht erlauben. Sie will mir auch nicht erlauben, den Lunch mit dir einzunehmen, weil …«

»Großmutter!«

»Geh raus, Susan.« Mrs. Packett sah zu, wie ihre Enkelin den Raum verließ, dann fuhr sie fort, wo sie aufgehört hatte.

»Weil sie dir diesen jungen Mann ganz alleine von seiner besten Seite zeigen möchte. Mich hält sie dabei für einen störenden Einfluss – wie bei einer Séance. Wie du sehr bald selbst herausfinden wirst, kann Susan mit mir machen, was sie will.«

Julia lächelte.

»Ganz so schlimm wird es wohl nicht sein. Weißt du, warum *ich* hier bin?«

»Natürlich weiß ich das, und ich freue mich sehr. Zieh doch einmal diesen Vorhang zurück, damit ich dich richtig anschauen kann.«

Julia tat, wie ihr geheißen, und ließ grelles Sonnenlicht herein, das nicht nur auf sie, sondern auch auf Mrs. Packett fiel. Die alte Frau hatte vom direkten Tageslicht nichts zu fürchten: Ihr rundes, wettergegerbtes Gesicht war frisch und lebhaft, ihre kleinen grauen Augen schauten interessiert in die Welt. Das Alter stand ihr hervorragend. Als Mädchen musste sie einmal hübsch gewesen sein, doch in ihren mittleren Jahren, so wie Julia sie auf

Barton kennenlernte, konnte man sie kaum vom allgemeinen Hintergrund wohlgeborener Ödnis unterscheiden; jetzt allerdings war sie wieder hervorgetreten, vollkommen und sehr eigen, ihre Vorurteile waren zu Prinzipien erhöht, und ihre Ödnis zu Vornehmheit gereift. »Sie ist zäh«, dachte Julia bewundernd ...

»Du hast zugenommen«, stellte Mrs. Packett fest. »Aber du siehst gut aus. Was hast du in der Zwischenzeit so alles gemacht?«

Julia schwieg kurz. Die Gestalt von Mr. Macdermot (und noch manch anderem) lief rasch vor ihrem inneren Auge vorbei. Der Tag in Elstree, als sie auf der Bühne in den Brunnen fiel (fünf Mal in drei Stunden), war ihr noch in Erinnerung, als wäre es gestern gewesen. Ebenso mehrere andere Episoden, die damals alle so packend und unterhaltsam gewesen waren, wie sie jetzt unpassend für diesen Rahmen waren.

»Nichts Besonderes«, sagte sie. »Ich habe einfach nur in der Stadt gelebt.«

»Und du hast keine Konditorei?«

»Eine Konditorei?« Julia war überrascht. »Das ist mir nie in den Sinn gekommen.«

»Mir schon«, sagte Mrs. Packett energisch. »Erst gestern Nacht habe ich daran gedacht. Es würde sehr gut zu dir passen – und das Kapital hast du ja.«

Schon standen sie auf einer Stelle mit dünnem Eis, die Julia so gefürchtet hatte. Sie wagte einen kühnen Vorstoß.

»Und wenn ich es nun alles verloren hätte?«

»Das konntest du gar nicht, wenn du einen halbwegs gesunden Menschenverstand hast. Alle, die ich in London kenne, klagen, dass sie nirgendwo selbstgebackenen Kuchen bekommen. Ich könnte dir auf der Stelle zwanzig

Adressen geben. Ich würde ihnen allen persönlich schreiben. Und während deines Aufenthalts hier verrate ich dir mein spezielles Rezept für Käseküchlein, wenn du willst.«

Julia lauschte verblüfft diesen Plänen; sie hätte ihrer Schwiegermutter nie so viel Unternehmergeist zugetraut. Doch ein Thema, das die Geldfrage berührte, war jetzt nicht für eingehendere Diskussion geeignet, fand sie.

»Ich werde darüber nachdenken«, sagte sie. »Im Moment kann ich nur an Susan denken. Ich habe das Gefühl, du meinst, ich bin hergekommen, um mich einzumischen.«

»Das bist du ja auch«, sagte Mrs. Packett. »Aber daraus mache ich dir gar keinen Vorwurf. Und Susan auch nicht, obwohl ich finde, dass sie sich sehr unvernünftig verhält. Ich nehme an, du hast erwartet, dass sie hier bei Brot und Wasser in ihrem Zimmer eingesperrt ist.«

»Ich hatte erwartet, dass … es ihr schlechter geht«, gab Julia zu.

»Stattdessen füttere ich die beiden zweimal täglich mit allem, was die Vorratsschränke hergeben. Du wirst es ja sehen heute Mittag. Du wirst *ihn* sehen. Susan hat mir das Versprechen abgenommen, nicht von ihm zu reden, bis du ihn selbst getroffen hast, für den Fall, dass ich dir meine Vorurteile einimpfe. Aber du weißt ja, dass ich nichts von der Heirat halte, denn das muss sie in ihrem Brief ja geschrieben haben. Stimmt es nicht?«

»Das schon«, bestätigte Julia. »Den Grund hat sie allerdings nicht genannt.«

Mrs. Packett wirkte überrascht. »Weil sie einfach zu jung ist. Ich habe nichts gegen Bryan persönlich. Aber kein Mädchen sollte mit zwanzig heiraten.«

»Dann bist du also gar nicht gegen eine Verlobung?«

»Doch, und zwar bis Susan einundzwanzig ist. Wenn

sie nächstes Jahr ihre Verlobung bekanntgeben und heiraten, wenn Susan dreiundzwanzig ist, werde ich keinerlei Einwände erheben.«

Das ließ die Angelegenheit gleich in einem ganz anderen Licht erscheinen und regte Julia zum Nachdenken an. Susan hatte im März Geburtstag – schon in acht Monaten – und nach einer offiziellen Verlobung ließ sich die Wartezeit dann sicher verkürzen. Warum wollte Susan also nicht warten? Warum griff sie dann zu einer so verzweifelten Maßnahme, ihre Mutter aus London kommen zu lassen? Ungezügelte Leidenschaft war es sicher nicht, die sie dazu trieb – das hätte Julia schwören können. Sie musste auch keinen unschönen Verhältnissen entkommen. Warum also …?

»Ich kann es nicht verstehen«, sprach Mrs. Packett Julias Gedanken aus. »Sie genießt das Leben in Girton, sie liebt es. Noch zwei Jahre, und noch ein Jahr zur Vorbereitung, das sollte ihr nicht zu lang vorkommen. Und zu Anfang hat sie mir auch Recht gegeben, erst in den letzten paar Wochen ist sie auf einmal so … so eigensinnig geworden.«

»Und der junge Mann?«, fragte Julia. »Ist der denn auch bereit zu warten?«

»Wenn er bereit wäre, dürfte er es kaum laut aussprechen, weil Susan so lautstark darauf pocht, nächsten Monat zu heiraten.« Mrs. Packett seufzte. »Vielleicht bin ich egoistisch. Wenn ich sage, dass sie ihre Mädchenjahre noch ein wenig auskosten soll, will ich sie vielleicht in Wirklichkeit nur noch ein bisschen länger für mich behalten. Weißt du, meine Liebe, wir sind dir wirklich immer sehr dankbar gewesen.«

Julia trat unbehaglich von einem Fuß auf den anderen.

»Ich bin *euch* dankbar«, sagte sie fast kurz angebunden. »Wenn ich Susan jetzt sehe, weiß ich, dass ich nicht halb so viel für sie hätte tun können wie ihr. Sie ist viel mehr die Tochter ihres Vaters als meine – und sie ist so ein guter Kerl.«

Der Blick der alten Frau war auf einmal so hinterlistig, dass Julia ganz überrascht war. »Ich wette, sie war diejenige, die Sue damals nicht erlauben wollte, mich zu besuchen!«, dachte sie. Und sie hatte im Grunde auch ganz recht gehabt, wenn man es sich genauer überlegte: Es gab gewisse Leute, die sollten keinen Umgang miteinander pflegen, ganz egal, wie nah sie miteinander verwandt waren. Die Bande des Geistes waren enger als die des Fleisches, und im Geiste war Susan eine astreine Packett. Julias Geist … »Wenn ich überhaupt einen habe!«, dachte sie auf einmal. »Wenn man mich fragt, bin ich durch und durch Fleisch!«

Mrs. Packett streckte ihre hageren alten Finger aus und berührte Julias dralle Hand.

»Du bist meine Schwiegertochter, und ich freue mich sehr, dich zu sehen. Bleib bei uns, solange es dir möglich ist.«

»Oh, ich werde für immer bleiben!«, rief Julia überschwänglich, aber beide waren klug genug, diesen gefühlvollen Ausspruch so zu verstehen, wie er wirklich gemeint war.

8. KAPITEL

I

DER SPEISESAAL in der Villa war ein kleiner, quadratischer Raum, in dem es immer ziemlich dunkel war, weil die unteren Ranken des Carolina-Jasmin über die französischen Fenster wuchsen wie natürliche Jalousien. Das Licht, das hindurchfiel, war eher grün als golden, und Julia, die ihren Kopf von der sonnenhellen Terrasse hereinstreckte, konnte im ersten Moment nicht mehr als einen runden Tisch mit weißem Tischtuch ausmachen. Sie hatte hier nicht wirklich etwas zu suchen, aber sie hatte Hunger und wollte nachsehen, wie weit man wohl schon mit dem Mittagessen war. Der Anblick von Besteck und Gläsern für drei Personen machte ihr Mut, ebenso die Karaffe Wein. Zu einem Cocktail hätte sie auch nicht Nein gesagt, aber wenn sich die Gewohnheiten aus Barton gehalten hatten, war das wenig wahrscheinlich.

»Ich muss einfach lernen, ohne auszukommen«, dachte Julia, als sie zu den Stühlen unter der Linde zurückkehrte.

»Cocktails sind sowieso nicht gut für den Teint, und für Susan wäre es ein schlechtes Vorbild. Außerdem sagen Weinkenner, dass Cocktails das Letzte sind … Also, wenn ich jetzt einen haben könnte, würde ich einen Manhattan nehmen.«

Mit einiger Anstrengung lenkte sie ihre Gedanken vom Thema ab und auf die überraschende Verwandlung der Mrs. Packett. Die Energie der alten Dame hatte sie zutiefst beeindruckt. »So war sie damals in Barton nicht«, überlegte Julia. »Wenn sie damals gewollt hätte, dass ich ein Tortengeschäft eröffne, hätte ich es vielleicht gemacht.« Oder hatte sich Mrs. Packett damals sogar nach einem Geschäft gesehnt, und war sie, Julia, zu sehr in ihrem eigenen Elend befangen gewesen, zu unempfänglich für alle äußeren Eindrücke, um es zu bemerken? Julia glaubte das nicht. Sie hatte eher das Gefühl, dass ihre Schwiegermutter zum nicht seltenen Typus von Engländerinnen gehörte, deren individuelle Persönlichkeit erst im Alter richtig aufblüht: eine von denen, die mit einundsechzig ihre Verwandten plötzlich damit verwundern, dass sie auf einmal fliegen möchten oder ihre Chauffeure heiraten …

»Na?«, sagte Susans Stimme. »Was meinst du, wie sieht Großmutter aus?«

»Fantastisch«, sagte Julia prompt. »Übrigens, ist sie schon mal geflogen?«

Susan schaute sie überrascht an. »Nein. Aber – das ist wirklich seltsam! – sie hat davon gesprochen, dass sie gerne mit dem Flugzeug nach Paris reisen würde. Ich dachte, dass es ihr zu viel werden könnte.«

»Es wird dich einige Mühe kosten, sie überhaupt wieder zurückzubringen«, prophezeite Julia und zog die Füße ein, damit Susan sich auf den zweiten Stuhl setzen konnte. Doch Susan rührte sich nicht von der Stelle. Sie war nicht gekommen, um über ihre Großmutter zu reden.

»Das Mittagessen ist fertig«, sagte sie. »Und – er ist hier.«

Julia ging ihr ins Esszimmer voraus und sah einen jungen, sonnengebräunten Mann, der sie mit einem fröhlichen Lächeln begrüßte. Er trug ein blaues Hemd, eine beigefarbene Hose und Sandalen, die früher einmal weiß gewesen waren.

II

»Das ist Bryan Relton. Und das ist meine Mutter«, sagte Susan, die noch auf der Schwelle stand.

Sein Lächeln verbreiterte sich zu einem Grinsen.

»*Bonjour, Madame!*«

»Donnerwetter, ich muss schon sagen!«, dachte Julia. Aber sie hatte keine Zeit zum Staunen. Ihre Überraschung war nicht zu übersehen, aber sie hatte sich sehr schnell wieder gefasst.

»*Bonjour, mon homme*«, sagte Julia schlicht. »Wir haben uns schon kennengelernt, Susan. Ich hab ihn für den Gärtner gehalten.«

Susan stimmte in ihr Gelächter ein, aber allzu erfreut war sie nicht. Bryan war der Ihre, ihre Überraschung: Sie war wie ein Kind, das einen Welpen im Werkzeugschuppen versteckt hat und dann zusehen muss, wie die Erwachsenen mit ihm herumtollen. Die Erwachsenen konnten schlecht anders, aber es war wirklich taktlos von dem Welpen, einfach so aus seinem Schuppen auszubrechen …

»Es liegt an den Sachen, die er anhat«, sagte sie und hob humorvoll die Augenbrauen.

»Praktisch, billig und malerisch«, erwiderte der junge Mann. »Passen die nicht besser in diese Landschaft als ein vornehmer Sommeranzug, Mrs. Packett?«

»Sehr viel besser, Sie haben recht«, sagte Julia. »Und wenn Sie meinen, dass Sie mich hier vorführen können«, fügte sie in Gedanken hinzu, »dann haben Sie sich geschnitten.«

Sie setzten sich und aßen Hors-d'œuvres aus Produkten, die auf dem Anwesen produziert worden waren – Eier und Radieschen, gehackte Zwiebeln, Bohnen in Vinaigrette. Das Essen war hervorragend, die Mahlzeit verlief in angenehmer Atmosphäre: Susan erzählte von der Schönheit der näheren Umgebung, Julia eine entschärfte Version ihrer Erlebnisse auf der Reise. Dadurch entstanden unvermeidlicherweise so große Lücken, dass kaum etwas übrig blieb außer dem Wetter auf dem Ärmelkanal, dem leeren Zug aus Paris und der Bequemlichkeit des Schlafwagens, doch zumindest für Susan war eine derart ereignislose Reise völlig normal. Bei Bryan war Julia da nicht ganz so sicher.

»Arme Mrs. Packett!«, sagte er. »Hatten Sie denn keine Menschenseele, mit der Sie sich mal unterhalten konnten?«

»Es war eine ziemlich nette Frau an Bord – eine Lehrerin, glaube ich«, sagte Julia.

»Sehr interessant«, sagte Bryan respektvoll. Und das war genau der Haken – er bildete sich viel auf seine respektvollen Manieren ein, doch eben ein wenig zu viel. Er erregte Julias Misstrauen, das im Laufe des Mittagessens nur noch größer wurde. Wenn er mit Susan redete, wirkte er völlig natürlich – liebevoll, bewundernd, immer darauf bedacht, ihr zu gefallen. Doch sobald er mit Julia sprach, so ehrerbietig seine Worte auch klingen mochten, hatte er ganz zweifellos ein gewisses Funkeln im Auge.

»Oh, ich liebe das Landleben!«, verkündete Julia enthusiastisch.

»Oh, das glaube ich Ihnen aufs Wort«, meinte Bryan warm. Doch sein Blick sagte im Grunde: »Was für ein Unfug!«

Susans Blick wanderte unablässig vom Gesicht ihres Liebsten zu dem ihrer Mutter, doch sie schien von ihrem Gespräch nur die glatte Oberfläche aufzufangen. Vielleicht war die darunter liegende Strömung etwas, was man nur sehen konnte, wenn man sie bereits kannte: die stillschweigende Vertraulichkeit zweier vollkommen fremder Menschen, die – wie soll man sagen? – aus demselben Holz geschnitzt waren.

Und während sich ihr Verdacht dahingehend erhärtete, spürte Julia einen Stich der Bestürzung.

»Ich glaube, er ist vom gleichen Schlag wie ich!«, dachte sie. »Was zum Teufel soll ich jetzt bloß tun?«

III

Als erstes musste sie natürlich mehr über ihn herausfinden. Es war möglich, dass sie sich getäuscht hatte, allerdings wäre es das erste Mal gewesen, dass ihr todsicherer Instinkt sie im Stich gelassen hätte. Es hatte immer zu ihren wertvollsten Fähigkeiten gehört – in vielen Situationen war es ihre einzige wertvolle Fähigkeit –, dass sie auf den ersten Blick erkennen konnte, wer von ihrem Schlag war und wer nicht: welcher von zwei Männern an einer Bar zum Beispiel ihr ein Abendessen spendieren würde, welche von zwei Frauen auf der Damentoilette sie für eine Nacht bei sich aufnehmen würde. In der Tat hing es so manches Mal nur von dieser Fähigkeit ab, ob Julia ein Abendessen oder eine Übernachtungsgelegenheit haben würde. Ihre höchst erfolgreiche Partnerschaft mit Mr. Macdermot war einem einzigen Blick entsprungen, den sie in einem Zug gewechselt hatten. Da das Abteil voll belegt war, hatten sie nichts sagen können, doch Julia war völlig sicher gewesen, dass etwas passieren würde, wenn sie sich beim Bahnhof immer in seiner Nähe hielt. Und es passierte in der Tat: »Darf man Sie irgendwohin mitnehmen?«, sagte Mr. Macdermot, als sie an der Taxischlange vorbeigingen.

»Warum nicht«, sagte Julia, und danach waren sie vier Jahre zusammen.

»Das heißt noch lange nicht, dass ich mich diesmal nicht täuschen könnte«, dachte Julia hartnäckig. Doch als sie sich am Nachmittag erkundigte, wo Susan und Mr. Relton sich kennengelernt hatten, war ihr die Antwort ihrer Tochter ein schlechtes Omen.

»In einem Zug«, sagte Susan.

Sie sprach ruhig und deutlich – derart ruhig und so überdeutlich, dass sogar Julia, die in ihrem Leben neben Mr. Macdermot noch viele weitere Bekanntschaften in öffentlichen Verkehrsmitteln gemacht hatte, die Anstrengung bemerkte. Diese drei Worte waren für Susan offenbar wie eine Hürde, die sie nehmen musste, und mit dem Mut und der Fassung einer vornehmen Dame hatte sie die Zähne zusammengebissen und sie genommen. Doch Julias Ruhe war völlig natürlich, als sie fragte:

»Wie lang ist das her?«

»Ungefähr sechs Wochen. Zwischen Straßburg und

Paris, als ich Großmutter abholte, bevor wir herkamen. Er hat mir mit meinem Gepäck geholfen, und wir haben zusammen Mittag gegessen. Du weißt ja, wie das ist, wenn man reist.«

Ihre Mutter nickte. Das Bild von Fred Genocchio winkte ihr von der Gare du Lyon, und im Herzen winkte Julia zurück. So war es, wenn man reiste – man traf mit fremden Männern zusammen und lässt ein bisschen von seinem Herz bei ihnen und bekommt dafür einen kleinen Fetzen von ihrem Herzen, und wenn man geht, sind die Erinnerungen so sehr bereichert, und die Unterarme (wenn der Fremde zufällig Trapezkünstler war) voll blauer Flecken.

»Und dann«, sekundierte Julia, »hat er dich nach deiner Adresse gefragt?«

»Nein!«, sagte Susan. »Natürlich nicht. Aber wir haben uns über Frankreich unterhalten, über die verschiedenen Regionen, und ich habe Muzin erwähnt. Und eine Woche später – ist er hier aufgetaucht.«

Julia musterte ihre Tochter interessiert. Das Eis war gebrochen. Susan glühte geradezu. »Wie hübsch sie ist!«, dachte Julia, und es kam ihr ganz unglaublich vor, dass so eine winzige Ursache eine derartige Wirkung hatte. Aber für ein junges Mädchen wie Susan war das Abenteuer sowohl äußerst romantisch als auch bemerkenswert gewesen – genug, dass sie sich in jeden verliebt hätte. Und der junge Mann war ja obendrein auch noch attraktiv. Wie es bei solchen Männern eben meistens war, dachte Julia ungehalten.

Doch sie sagte laut: »Er ist also schon fast fünf Wochen hier? Hat er denn nichts zu tun?«

»Er ist Anwalt«, sagte Susan rasch. »Die können lange

Urlaub machen. Und das ist ein besonderer Urlaub für ihn, bevor er sich nämlich endgültig niederlässt. Es tut ihm so gut!«

»Und wo logiert er?«

»Im Gästehäuschen. Obwohl, es ist ja nicht wirklich ein Gästehäuschen, es wird ja zusammen mit dem Weinberg vermietet. Aber Großmutter hat das für ihn arrangiert.«

»Deine Großmutter?« Julia war verblüfft. »Ich nehme an, sie wollte alles über ihn wissen?«

Susan errötete von Neuem.

»Das ist ja gerade das Schöne daran. Sie wusste gleich Bescheid. Bryans Vater – Sir James – war ein Bekannter von Großvater. Er ist sogar einmal in Barton gewesen. Das ist schon viele Jahre her, noch vor dem Krieg, aber Großmutter kann sich noch ganz genau an ihn erinnern.«

Julia machte den Mund auf, als ob sie etwas sagen wollte, schloss ihn aber gleich wieder. Seltsamerweise konnte sie sich auch noch ganz genau an Sir James erinnern.

IV

Ihre Erinnerung an ihn war in der Tat sehr deutlich. Sie musste nicht mal die Augen zumachen, um die Garderobe in der Frivolity vor sich zu haben – die enge, altmodische, etwas schmuddelige Art von Garderobe – mit sechs Mädchen in einem mehr oder weniger erfreulichen Durcheinander. Auf dem Sofa lag eine große Gestalt, und zwar die von Sir James. Die sechs Mädchen stritten sich, ob sie jemand holen sollten, der ihn hinauswarf, oder ob sie ihn liegen lassen sollten, damit er seinen Rausch ausschlief. Julia, die schon immer ein weiches Herz gehabt hatte, war für die zweite Variante: Sie hatte leichtsinnigerweise versprochen, dass er am Ende der Show bestimmt in der Lage sein würde, aus eigenem Antrieb aufzustehen, wenn sie ihn jetzt während der restlichen Vorstellung liegen ließen. Und dann entspann sich aus der sinnlosen Diskussion ein Streit: Julia, so meinte eines der Mädchen, sei unverbesserlich mütterlich veranlagt, aber was würde aus *ihnen* werden, wenn hinterher seine Brieftasche verschwunden war? Woraufhin Julia das Mädchen mit einem gelungenen Hieb auf die Brust von Sir James beförderte. Das hatte weiß Gott eine lebhafte Szene gegeben! … Und die sah so anders aus als die, die sie in diesem Moment vor Augen hatte, dass Julia vorübergehend ihre eigene Identität anzweifelte. Konnte sie wirklich bei einem so wilden Vorfall dabei gewesen sein? Und wenn sie sich richtig bemühte, konnte sie immer noch spüren, wie ihr die harte Pappe ihres Bananenkopfschmucks auf die Ohren drückte. Die Mädchen stellten – aus irgendeinem längst vergessenen Grund, der mit dem Theaterstück zu tun hatte – das Dessert dar: Ihr Gegenüber trug Trauben, die auf einem Korb in riskante Höhen gestapelt waren …

Seltsamerweise wachte Sir James nicht auf. Er hob einfach nur einen Arm und zog seine unerwartete Bettgenossin in eine bequemere Position. Außerdem sprach er sie (immer noch im Schlaf) mit »Wendy« an, und da dies zufällig der Name der Hauptdarstellerin war, verwandelten sich die gegenseitigen Vorwürfe in vergnügte Spekulationen. Sie hatten ihren Aufruf um zwanzig Minuten verpasst und mussten sich dafür gewaltige Vorhaltungen anhören …

Man wird also verstehen, warum Julia allen Grund hatte, es sich anders zu überlegen und den Mund zu halten. Und sie hatte auch einigen Grund zum Nachdenken. Wenn an der Sache mit der Vererbung etwas dran war, dann erschien das Verhalten des jungen Bryan tatsächlich in einem ganz anderen Licht – und zwar ein Licht, in dem dieses Verhalten eine andere, wesentlich unschönere Note annahm als die, die Susan darin erkennen wollte. Diese ganze Familie – so dachte Julia – vielleicht unbegründet – waren geborene Schürzenjäger. Wenn Bryan Susan in einem Salon auf dem Land kennengelernt hätte und eingeladen worden wäre, wieder mal zu einem Besuch vorbeizukommen, hätte er wahrscheinlich jegliches Interesse verloren. Aber nachdem er sie in einem Zug kennengelernt hatte, nur um sie ins Ungewisse verschwinden zu sehen, wo er doch gerade erst in Schwung gekommen war – das war etwas völlig anderes! Die Umstände hatten die Koketterie ersetzt, die Susan abging, und hatten sie begehrenswert gemacht.

»Ich möchte, dass du ihn kennenlernst«, sagte Susan ernst. »Ich möchte, dass du ganz allein mit ihm redest. Dein Wort wird bei Großmutter viel mehr Gewicht haben als meines, denn sie glaubt, dass du mehr Erfahrung hast.«

In die Zärtlichkeit, mit der Julia ihre Tochter musterte, mischte sich ein Hauch von Gereiztheit.

»Das ist gut möglich«, sagte sie. »Man kann nichts lernen, wenn man nicht lebt.«

»Aber manche Dinge braucht man nicht zu lernen«, erwiderte Susan mit fester Stimme. »Die *weiß* man einfach. Redest du mit Bryan, wenn ich ihn jetzt hole? Er ist am Weinberg.«

Julia nickte. Es war nicht zu übersehen, dass der Tag bereits durchgeplant war – ihr Tag, aber auch der von allen anderen in der Villa von Les Sapins. Bryan wartete am Weinberg auf sein Stichwort, Mrs. Packett aß im Billardzimmer allein zu Mittag – genau wie Susan es gewünscht hatte. Nur Susan selbst schien sich frei bewegen zu dürfen, und diese Freiheit nutzte sie jetzt, um ihre wichtigste Marionette aus den Kulissen zu holen und energisch in die Mitte der Bühne zu stellen.

»Auftritt des jugendlichen Liebhabers«, dachte Julia, als sie zusah, wie Bryan allein die Treppe herunterkam. Da ihre eigene Rolle nur die einer Vertrauten war, opferte sie die Eleganz der Bequemlichkeit und legte ihre Füße auf die niedrige Mauer.

V

Gerüstet mit ihren privaten Informationen nahm Julia ihre Rolle mit einiger Zuversicht an. Der junge Mann, der sich respektvoll neben sie setzte, schien auch nicht im Geringsten nervös. »Der ist genauso frech wie sein Vater!«, dachte Julia, und eine Sekunde später erschrak sie über ihre eigene Ungerechtigkeit. Warum sollte der Junge nervös sein, wenn er ein reines Gewissen hatte? Hatte er denn nicht ehrenhafte Absichten? Wollte er Susan denn nicht heiraten? »Ich kann nicht anders, ich kenne diesen Schlag Mann«, dachte Julia flüchtig, und obwohl sie den Gedanken in diesem Moment nicht weiterverfolgte, war ihr die Quelle ihres Misstrauens doch wieder sehr bewusst. Bryan wartete darauf, dass sie das Wort ergriff.

»Ich werde Ihnen eine Menge unverschämter Fragen stellen«, sagte Julia liebenswürdig.

Die Haltung des jungen Mannes wurde noch respektvoller als vorher, wenn das überhaupt möglich war. Das war schon fast zu respektvoll, um wahr zu sein.

»Ich werde alles beibringen, was Sie wünschen, Mrs. Packett. Von der Geburtsurkunde bis zur Bankauskunft.«

»Das hatte ich nicht gemeint«, sagte Julia. »Das kann ich alles Sues Vormunden überlassen. Aber fangen wir doch mal damit an, wohin Sie unterwegs waren, als sie Susan kennenlernten?«

»Nach Paris.«

»Und wie lange waren Sie in Straßburg?«

»Zwei Tage.«

»Und Sie sind direkt aus England dorthin gefahren? Sie haben nicht zum Beispiel in Paris Halt gemacht?«

»Natürlich nicht«, sagte der junge Mann tugendhaft. »Ich bin ohne Umwege gereist.«

»Das ist aber eine ganz schön weite Anreise für einen Aufenthalt von zwei Tagen«, sagte Julia. »Warum sind Sie hingefahren?«

»Ich wollte Freunde besuchen.«

»Ein Mädchen?«

»Um ehrlich zu sein – ja.«

»Aber sie war anderweitig beschäftigt, deswegen sind Sie zurückgekommen«, erörterte Julia.

Der junge Mann schaute sie interessiert an.

»Hören Sie mal zu, meine Liebe …« (»Na bitte, das klingt schon mehr nach einem Mann wie ihm!«, dachte Julia.) »Das mag ja alles so sein, wie Sie sagen, aber es hat überhaupt nichts mit Susan zu tun.«

»Kann sein, kann auch nicht sein«, sagte Julia. »Ich stelle nur die Fakten fest. Wollten Sie in Paris bleiben oder weiterreisen?«

»Das hatte ich noch nicht entschieden. Ich mache nie vorher Pläne, wenn ich verreise.«

»Das kann ich verstehen«, sagte Julia nachdenklich. »Ich bin genauso. Ich bin immer gespannt, was sich so ergibt.«

Es entstand eine lange Pause, in der sie die alte Mrs. Packett langsam durch die Hitze vom Schatten des Hauses zum Schatten der Kiefern gehen sahen. Sogar in ihrem unpassenden schwarzen Kleid und der Wolljacke sah sie so vollkommen damenhaft aus, dass Julia nicht anders konnte, als ihr einen Augenblick lang nachzusehen.

»Na schön«, sagte Bryan plötzlich. »Meine Pläne hatten sich tatsächlich zerschlagen, und ich wusste nicht so recht, was ich anfangen sollte. Aber sobald ich hier war – wenn Sie glauben, dass ich nur eine Liebschaft für meinen Urlaub suche …«

»Nein«, sagte Julia. »Dieses Haus – und die Leute, die es bewohnen – eignen sich nicht für Urlaubsliebschaften. Ich wollte nur wissen, wie es Sie überhaupt hierher verschlagen hat.«

Sie stand auf, lächelte freundlich und ließ ihn stehen. Sie hatte ihm Stoff zum Nachdenken gegeben, und sie hatte lang genug die Vertraute gespielt. Trotzdem hatte sie nicht das letzte Wort. Das letzte Wort, wenn es auch unausgesprochen blieb, hatte Bryan Relton.

»Wo wir schon mal bei dieser Frage sind«, sagte sein Blick, »was zum Teufel hat Sie dann hierher geführt?«

9. KAPITEL

I

DAS FRAGE ich mich in der Tat, dachte Julia. Erst mit einem unguten Gefühl, dann im Laufe der Tage mit heimlichem, belustigtem Erstaunen. Denn niemand schien sie in Frage zu stellen: Dieses perfekt geordnete Haus, diese kleine Welt perfekt erzogener Menschen, akzeptierte sie als eine ganz normale Bewohnerin. Sie fühlte sich eher wie ein Außenstehender, der versehentlich von einer vorüberziehenden königlichen Prozession mitgerissen worden ist, es dann aber trotzdem schafft, sich zwischen dem Botschafter auf der einen und dem Admiral auf der anderen Seite zu behaupten. Sie musste sich natürlich sehr zusammenreißen: Sie trank nicht mit vollem Mund, sie sang nie in der Badewanne, und unterhielt sich immer nur über unpersönliche Themen mit einer leisen damenhaften Stimme. Und es gab natürlich auch ein paar sehr ungute Momente. Zum Beispiel dieser schreckliche Morgen, als Claudia, das Dienstmädchen, eine Flasche Parfum verschüttete, und Julia ihr deutlich sagte, was sie von ihr hielt. Der Frau machte es gar nicht so viel aus – sie verstand ja sowieso nur die Hälfte – aber Susans Gesicht, als sie an der offenen Tür stehen blieb! Es war eine weiße Maske der Entrüstung, vor der sowohl Julia als auch das Dienstmädchen ganz klein wurden. Mit dem Dienstmädchen auf der einen Seite und auf der anderen Seite Susan, die unseligerweise Zeugin der Szene geworden war, hatte Julia vorübergehend ihre vornehme Aussprache vergessen. Und das Parfum selbst, so teuer es gewesen sein mochte, war auch alles andere als ein Erfolg: Als Julia es zum Abendessen trug, stand Susan unter einem höflichen Vorwand auf und öffnete ein weiteres Fenster …

Wenn Mrs. Packett der Botschafter war und Bryan Relton der Admiral, war Susan ein Bischof, der vor ihnen herging und in Abständen argwöhnische Blicke nach hinten warf. Trotzdem hoffte Julia, das Spiel durchhalten zu können, wenn sie aufpasste, wie sie ihre Schritte setzte (und die Blicke des Admirals mied).

II

Das Dorf Muzin war winzig – so winzig, dass es weder eine eigene Kirche noch eine Schule hatte. Es hatte noch nicht mal eine Post. Wenn man Briefmarken kaufen wollte oder religiöse oder säkulare Unterweisung suchte, musste man zwei Kilometer weit nach Magnieu gehen, dem nächstgrößeren Dorf. Belley mit seinen Geschäften und dem Markt, seiner Kathedrale und Promenade, war noch weiter entfernt – fast sechs Kilometer weit über eine Straße, die größtenteils keinen Schatten bot – so dass die Dorfbewohner fast völlig von der Außenwelt abgeschnitten waren. Zweimal in der Woche brachte sie jedoch ein Taxi zum Einkaufen in die Großstadt, und bei diesen Gelegenheiten übte Susan, bewaffnet mit einer Einkaufsliste von der Köchin Anthelmine, ihr schönes Französisch mit den Händlern, die sie bewunderten. Selbstverständlich wurde sie dabei von den anderen Bewohnern der Villa begleitet, und am zweiten Morgen nach ihrer Ankunft wurde Julia beim Frühstück von einem solchen bevorstehenden Ausflug in Kenntnis gesetzt, und stand mit ihrem Hut eine Viertelstunde zu früh bereit.

»Na«, sagte Bryan, als er neben ihr auf die Veranda trat, »schon gespannt?«

»Ich hasse Unpünktlichkeit«, erklärte Julia. »Ich finde es schrecklich unhöflich.«

»Unhöflich, aber normal«, ergänzte Bryan. »Wie so vieles. Was haben Sie in Belley vor? Wollen Sie mit Susan einkaufen gehen oder ziehen Sie mit mir durch die Gasthäuser?«

»Oder falls du dir gerne alte Gebäude anschaust«, ließ sich Susan von der Tür vernehmen, »haben sie da auch eine Kathedrale – die ist aber nicht besonders interessant – und eine Fußgängerzone und so ein altes Tor. Großmutter ist ja nicht so gut zu Fuß, aber ich würde dir gerne alles zeigen.«

Julia bedachte Bryan mit einem vernichtenden Blick. Durch die Gasthäuser ziehen – ganz bestimmt nicht, wenn es hier doch eine Kathedrale zu sehen gab!

»Ich komm auch mit«, sagte er plötzlich. »Ich kenn mich gut aus mit Architektur.«

»Nein, das stimmt nicht, und du wirst auch nicht mitkommen«, gab Susan zurück. »Wir treffen uns am Pernollet. Großmutter lädt uns dort alle zum Lunch ein.«

»Halleluja«, sagte Bryan nur.

III

Das Pernollet ist in der Tat ein sehr gutes Restaurant – wie es sich auch gehört für ein Restaurant, das keinen Steinwurf von einem Brillat-Savarin-Denkmal entfernt ist. Es ist auf seine Art besser als die Kathedrale oder die Fußgängerzone oder das alte Tor, weswegen man es Julia nachsehen musste, dass sie das Restaurant diesen drei Sehenswürdigkeiten vorzog. Die Stunde, die sie mit der Besichtigung der städtischen Architektur verbracht hatten, war nicht unbedingt langweilig gewesen, aber doch sehr ausgedehnt, und in der letzten Viertelstunde litt Julia unter ihren Füßen. Das war gewissermaßen ein Glücksfall, denn um diese auszuruhen, hatte sie sich absichtlich zehn Minuten lang vor ein Buntglasfenster gesetzt, womit sie ihre Tochter tatsächlich überraschte und beeindruckte.

»Wir kommen mal wieder her«, versprach Susan bereitwillig. Doch weder ihre Überraschung noch ihre Freude über Julias Interesse konnten ihre kritische Intelligenz schmälern. Als sie schließlich gingen, war sie mit einer sehr unschmeichelhaften Analogie zwischen Buntglasfenstern und den Gedichten von James Elroy Flecker beschäftigt. Beide waren *leicht zugänglich*, und genauso wie es am College Frauen gab, die Milton nicht leiden konnten, dafür aber Fleckers *Hassan* liebten, so waren die Augen ihrer Mutter offenbar blind für gotische Spitzbogen, aber offen für eine Fensterrose. Natürlich war Susan nicht so dumm, Flecker und die Glasmalerei ganz zu verdammen, denn sie wusste, dass beide vortreffliche Stufen zu einem höheren Kunstverständnis bildeten; sie wollte nur nicht dulden, dass das Gute mit dem Besten verwechselt wurde.

Es war ein hübscher Vergleich und bewies einige Intelligenz, der Haken war nur, dass er auf diesen Fall nicht angewandt werden konnte. Wie Susan selbst – in Logikfragen war sie ganz groß, für die menschliche Natur hatte sie kein Gespür. Und deswegen dachte sie auch gar nicht an Julias Füße.

Und so gingen Mutter und Tochter die Promenade entlang: Susan dachte an ihre Analogien, Julia an ihre Schuhe, bis sie die Fassade des großen Pernollet-Hotels erreichten. Davor standen so viele Autos, dass Julia ihr Erstaunen zum Ausdruck bringen musste.

»Die kommen alle aus Aix«, erklärte Susan. »Die Leute kommen zum Mittagessen hergefahren. Wenn Bryan nicht früh genug hier war, kann es gut sein, dass wir auf einen Tisch warten müssen.«

Doch Bryan war schon seit einer halben Stunde da, und er drängte Mrs. Packett gerade zu einem zweiten Aperitif. Julia nahm auch einen; nach so viel Architektur hatte sie das Gefühl, sich einen verdient zu haben.

»Wir haben schon bestellt««, verkündete Bryan. »Das Menü endet mit *fraises des bois*. Sie sind gerade rechtzeitig gekommen, Julia. Es macht Ihnen doch nichts aus, wenn ich Sie Julia nenne, oder? Nur, um Verwechslungen zu vermeiden?«

Julia schaute zu der alten Dame hinüber. Ihr wäre es lieber gewesen, Mrs. Packett genannt zu werden – das half ihr, sich ihrer neuen Identität zu erinnern. Doch wenn die Idee mit der Verwechslungsgefahr von ihrer Schwiegermutter kam, konnte man freilich nicht protestieren. Doch bevor Mrs. Packett senior sich dazu äußern konnte, hatte Susan den Gedanken schon mit warmem Beifall begrüßt. Sie alle würden Julia Julia nennen, und

Julia wusste auch warum. »Das tut sie nur, damit sie mich nicht ›Mutter‹ nennen muss«, dachte sie, und es versetzte ihr einen Stich. Dann kamen ihr ihr philosophisches Gemüt und Essen zu Hilfe: Es war sehr natürlich – und sie hätte nie wirklich unglücklich sein können, solange sie ein gutes Essen vor sich hatte und ein Restaurant voller Menschen zum Beobachten. Und die Gäste des Pernollet lohnten die Betrachtung. Da waren die Bürger aus der Gegend, Epikureer mit gestählten Mägen, die nicht nur das Beste wollten, sondern davon auch noch so viel wie möglich, und sie freuten sich tagelang auf einen Besuch im Pernollet und freuten sich wochenlang an der Erinnerung – diese Gäste saßen größtenteils schweigend im Lokal und aßen gleichmäßig in sich hinein. Und dieses Schweigen und der Umstand, dass sie fast immer Schwarz trugen und solche Mengen verzehrten, vermittelten einem irgendwie den Eindruck, dass sie alle gewaltige Erbschaften zu feiern hatten. »Onkel Marius hat seine Pflicht getan: Jetzt gehen wir alle – *Papa, Maman, Tante Mathilde und der Herr Notar* – richtig lecker mittagessen …« Ebenso charakteristisch im Verhalten, wenn auch genau entgegengesetzt, waren die Besucher aus Aix – junge Leute in leichter und farbenfroher Sportbekleidung, feine Herren in englischem Tweed, schöne Damen, die aussahen wie Models aus der *Vogue*, und wenn ihnen auch die bürgerliche Solidität fehlte, so fehlte ihnen die schwellende Taille des Bürgertums ebenso. Draußen in ihren Autos lagen ihre Tennisschläger und Golfschläger, mit denen sie verhinderten, dass sie Fett ansetzten. Sie aßen sorglos, die Bürger gedankenlos, und der Schatten von Brillat-Savarin muss sehr zufrieden gewesen sein.

»Toller Anblick, nicht wahr?«, murmelte Bryan Relton.

Julia nickte. Eine von den Gästen fesselte ihre Aufmerksamkeit ganz besonders – eine junge Frau, die so wunderschön zurechtgemacht und sich ihrer Überlegenheit gegenüber ihrem Begleiter und dem gesamten Publikum von Pernollet so vollkommen bewusst war, dass Julia sie die Angewiderte Lady getauft hatte. Sie trug einen weiten weißen Automantel von überaus elegantem Schnitt aus grobem Leinen, den sie partout nicht ablegen wollte – es schien fast, als wollte sie so viel schützende Schichten wie möglich zwischen sich und ihre Umgebung bringen. Das bedauerte Julia, denn sie hätte so gern gesehen, was die Angewiderte Lady darunter trug, aber allein die Geste rang ihr Bewunderung ab. Eine Perlenkette und weiße Wildledersandalen waren die einzig sichtbaren Accessoires: Der Kopf der Dame war unbedeckt – entweder weil ihre hellen griechischen Locken zu schön waren, um sie zu verstecken, oder – und das war die wahrscheinlichere Variante – es gab in ganz Frankreich keinen einzigen Hut, in dem sie sich auch nur im Dunkeln hätte blicken lassen wollen. Julia konnte sich lebhaft vorstellen, wie sie bei der Modistin saß, ein Modell nach dem anderen verächtlich beiseite warf und am Ende angewidert hinausrauschte. Dass sie sich generell so benahm, konnte man auch der Miene ihres Begleiters entnehmen, die verriet, dass er einerseits sehr stolz auf sie war, andererseits aber ständig um Entschuldigung für sie zu bitten schien. Er war ein gepflegter kleiner Mann um die fünfzig, aber er hatte keine andere Eigenschaft, als der Anhang der Angewiderten Lady zu sein.

»Was für eine schreckliche Frau!«, stellte Susan halblaut fest.

Julia schaute sich überrascht am Tisch um. Sie hatte

die Dame überhaupt nicht schrecklich gefunden. Selbstverständlich terrorisierte sie ihre Umgebung – aber wie faszinierend sie dabei war!

»Die in dem weißen Mantel‹«, sagte Susan.

»Das ist ein sehr schöner Mantel«, sagte Julia töricht.

Bryan lachte.

»Es war eine *sehr* gute Butter«, sagte er, und aus unerfindlichen Gründen musste Susan über diese idiotische Bemerkung ebenfalls lachen. Julia begriff nicht, worin der Witz lag, war aber nur zu froh, mitlachen zu können. Sonst hätte sie vielleicht angefangen zu erklären, was sie meinte, und hätte sich damit zum Narren gemacht, denn was sie vermitteln wollte, war nicht nur vage und kompliziert, sondern überstieg auch ihre Ausdrucksfähigkeiten. Im Großen und Ganzen fand sie, dass die Angewiderte Lady wahrscheinlich ein unangenehmer und nutzloser Mensch war, die Welt aber trotzdem interessanter machte. Sie war ein faszinierendes Exemplar der Gattung Mensch, so wie die Mücke ein faszinierender Vertreter der Gattung der Dipteren war. Der Ärger, den sie ihrer direkten Umgebung verursachte, wurde wieder wettgemacht durch das, was sie dem Betrachter schenkte. Kurz und gut: Auch sie hatte ihre Daseinsberechtigung. »Die Welt wäre langweilig, wenn es nicht auch solche Paradiesvögel gäbe«, dachte Julia.

Aber es war völlig sinnlos, Susan so etwas erklären zu wollen.

IV

Susan war selbstgefällig. Nicht auf eine unangenehme Art, nicht auf belehrende Art, aber selbstgefällig, weil sie selbst so viele gute Eigenschaften im Überfluss besaß. Wie alle vernünftigen jungen Menschen wollte sie Vollkommenheit, das Problem war nur, dass ihre Messlatte für Perfektion ungewöhnlich hoch lag. Da sie selbst in höchstem Maße anständig war, verlangte sie von ihren Zeitgenossen dieselbe Feinfühligkeit und Rechtschaffenheit. Und wenn sie ihren Ansprüchen nicht gerecht wurden, gab sie sich nicht weiter mit ihnen ab. Wenn sie nicht den ganzen Laib bekam, wollte sie lieber gar kein Brot. Diese Einstellung rief in Julia, die sich auch mit einer Rinde oder sogar mit den Krümeln zufriedengab, erst so etwas wie Ehrfurcht, dann eine gewisse Gereiztheit hervor. Sie hielt ihre Tochter für ein strahlendes Vorbild, sie hielt sie aber auch für sehr selbstgefällig.

»Sie kann nicht anders«, dachte Julia loyal. »Sie hat ja auch so eine wunderbare Erziehung genossen.«

Letzteres brachte sie gegenüber Mrs. Packett zum Ausdruck, und die alte Dame war sehr erfreut.

»Alle mögen Susan«, sagte sie. »In der Schule war sie das beliebteste Mädchen – alle wollten in ihrer Nähe sein – und im College scheint es wieder ganz genauso zu sein. Sie wird ständig in irgendwelche Komitees gewählt.«

Das konnte sich Julia bestens vorstellen. Susan war die geborene Komitee-Frau: gerecht, taktvoll und von einer so anmutigen Würde. Sie sollte Parlamentsabgeordnete werden.

»Ich bin ja nur froh«, fuhr Mrs. Packett fort, und ihre Worte passten bestens zu Julias Gedanken, »dass dieses ganze Frauenrechtstrara mittlerweile überstanden ist. Wenn Susan jetzt beschließen sollte, in die Politik zu gehen, kann sie es auf würdevolle, damenhafte Art tun. Wir haben sie einmal bei einer Debatte sprechen hören, und ihr Großvater meinte, sie habe einen ausgesprochen männlichen Verstand.« Sowohl Julia als auch Mrs. Packett gehörten zu den Frauen, die sich über so eine Bemerkung freuten. »Wenn Bryan jemals Außenminister werden sollte, würde sie ganz hervorragend die Rolle der Frau an seiner Seite ausfüllen.«

Darauf antwortete Julia nicht. Nicht weil sie anderer Meinung gewesen wäre, sondern weil sie in erster Linie völlig sicher war, dass Bryan niemals einen derartigen Posten bekleiden würde. Und zweitens, weil sie es mittlerweile ein bisschen satt hatte, pausenlos über andere Menschen zu sprechen. Sie wollte auch ein bisschen über sich selbst sprechen; aber abgesehen von der Schwierigkeit, einen Zuhörer zu finden, war sie in dieser Gesellschaft einfach kein passender Gesprächsgegenstand.

»Das muss wirklich fürchterlich gewesen sein, sich ständig an irgendwelche Gitterzäune zu ketten«, meinte die alte Mrs. Packett unvermittelt. »Aber ich bin sicher, ein Schaufenster hätte ich durchaus auch einwerfen können.«

V

Die Leichtigkeit, mit der sich Julia in Les Sapins eingewöhnte, war vielleicht der Tatsache zu verdanken, dass sie in einem Zustand geistiger wie körperlicher Erschöpfung dort angekommen war. So war sie vorläufig damit zufrieden, ruhig in der Sonne zu sitzen, kurze Spaziergänge im Garten zu unternehmen und in regelmäßigen Abständen wohlschmeckende Mahlzeiten einzunehmen. Sie las die *Continental Daily Mail* und besserte ihre Strümpfe aus. Sie hielt jeden Nachmittag ein Nickerchen. Von Mrs. Packett lernte sie mehrere Varianten von Patience, und in einem Schrank voll alter Bücher fand sie ein englisches Handbuch für Wahrsagerei. Julia liebte Wahrsagungen und gönnte sich selbst täglich drei davon, und dann glaubte sie einfach die beste davon. Diese Beschäftigung begründete ihre freundschaftlichen Beziehungen zur Köchin Anthelmine, die immer von hinten an Julia herantrat, wenn diese am Gartentisch saß und sich die Karten legte, und dann laute Rufe des Mitgefühls und der Überraschung ausstieß. Ganz besonders galten ihre Ausrufe der Pik Drei, die in Julias System nur für eine leichte Enttäuschung stand. Doch da Anthelmine im Gegensatz zu Claudia kein Englisch sprach, kam Julia nie dahinter, was der Grund war. Sie erwog, ob sie Susan bitten sollte, es herauszufinden, fürchtete aber die Missbilligung ihrer Tochter. Anthelmine schaute ihr selbstverständlich nur zu, doch hie und da setzte sie sich dafür auch zu ihr an den Tisch. Sie hatte eine imposante Gestalt – gar nicht mal groß, aber so breit um die Hüften, dass es sich drei Katzen gleichzeitig in ihrem Schatten gemütlich machen konnten – und war nicht gerade leichtfüßig. Julia machte es gar nicht so viel aus, dass Anthelmine sich zu ihr setzte, nur hatte sie manchmal Angst, dass es für Susans Augen, wenn sie in der Ferne auf dem Weinberg vorbeiwanderte, so aussehen könnte, als würde ihre Mutter mit der Köchin Karten spielen …

»Und das würde ich auch«, warf Julia sich finster selbst vor. »Ich habe überhaupt kein Gefühl für Würde.« Doch sie schickte Anthelmine nicht weg, und Anthelmine, die in der Küche einfach zu wertvoll war, um von irgendwelcher Seite etwas befürchten zu müssen, fragte Susan unumwunden, ob ihre Madame Mutter wohl gerne eine Pistaziencreme essen würde. Julia freute dieses

Kompliment nicht allzu sehr – sie spürte, dass es nur zu deutlich ihre Neigung illustrierte, freundschaftliche Beziehungen mit dem Personal zu knüpfen – doch sie aß noch einen zweiten Teller von der Creme leer, und wäre nicht Bryan gewesen, der einfach schneller aß, hätte sie noch eine dritte Portion vertilgt. »Pech gehabt!«, sagte Bryans Blick, doch Julia ignorierte ihn. Die Blicke des jungen Mannes zu ignorieren, war ihr bereits zur zweiten Natur geworden. Sie fürchtete seine wache Intelligenz, sein unablässiges Hinterfragen. Entgegen dem ausdrücklichen Wunsch ihrer Tochter unternahm sie keinen Versuch, ihn näher kennenzulernen. Sie hatte zu viel Angst, dass *er* eher sie zu gut kennenlernen würde. Ihre Funktion in Les Sapins war die einer *dea ex machina*, und ihre Maschine würde einer genaueren Prüfung nicht standhalten.

»Ein, zwei Tage kann ich mich schon noch unauffällig verhalten«, dachte Julia, der bewusst war, wie sehr sie ihre Pflichten vernachlässigte. Doch sie machte sich keine richtigen Sorgen. Sich Sorgen zu machen, lag nicht in ihrer Natur, und in dieser klaren, frischen, kieferndufttenden Luft – mit all diesen regelmäßigen, köstlichen, üppigen Mahlzeiten – war es ihr geradezu körperlich unmöglich. Und obwohl sich Susan und Bryan offensichtlich sehr zugetan waren, hatte Julia keine Angst, dass ihre Leidenschaft plötzlich mit nicht wiedergutzumachenden Folgen zu einer leichtsinnigen Flamme auflodern könnte.

»Es gibt keinen Grund zur Eile«, dachte Julia gemütlich. Ihr Geist war wie eine träge Katze auf einer sonnenbeschienenen Mauer. Aber unten lauerte schon ein Junge, der nur darauf wartete, sie aufscheuchen zu können.

VI

»Was hast du heute Nachmittag vor?«, erkundigte sich Susan am vierten Tag nach dem Lunch.

Julia hatte sich schon eine Antwort zurechtgelegt und verkündete sie mit Selbstgefälligkeit:

»Ich gehe auf die Terrasse und lese *Die Forsyte-Saga.*« Sie freute sich, dass Susan gefragt hatte; sie wollte gar nicht angeben, sie wollte nur, dass ihre Tochter es wusste. Doch Susans Lächeln – wie außergewöhnlich! – war weniger respektvoll als nachsichtig.

»Großmutter liebt den Roman auch«, sagte sie. »Dann wirst du ja einen wunderbar friedlichen Nachmittag verbringen.«

Nachdem man Julia so liebevoll ihren Platz bei den Senilen zugewiesen hatte, ging sie in einer außerordentlich unliterarischen Stimmung auf die Terrasse, und das war in gewisser Hinsicht auch ganz gut so, denn dieser Nachmittag, so schön er war, sollte nicht friedlich verlaufen. Sie hatte es sich gerade gemütlich gemacht, als ihr potenzieller Schwiegersohn mit zielstrebigem Blick und einem starken Wunsch nach Unterhaltung auftauchte.

»Geh zu Sue und unterhalt dich mit ihr«, schickte Julia ihn weg. »Ich lese.«

Er warf einen kurzen Blick auf ihr Buch und setzte dieselbe Miene auf wie Susan – auch er, wie seltsam! –, dann klappte er es wortlos zu und setzte sich ihr so gegenüber, dass er ihr direkt ins Gesicht schauen konnte. Trotz ihrer Verärgerung über solche nonchalanten Manieren konnte Julia nicht umhin, sich einzugestehen, dass er über die Maßen attraktiv war.

»Kommen Sie, sagen Sie doch mal«, sagte er unvermittelt, »was haben Sie eigentlich gegen mich?«

Der Angriff war so unerwartet, dass Julia ausnahmsweise nicht allzu geistesgegenwärtig reagieren konnte. Statt zu protestieren, starrte sie ihn bloß an. Bryan sprach schnell weiter:

»Sie haben nämlich was gegen mich, versuchen Sie erst gar nicht, es abzustreiten. Ich spüre es. Wenn Sie jemand anders wären, würde ich darauf tippen, dass Sie immer noch sauer sind, weil ich Ihnen am ersten Morgen so eine giftige Reaktion entlockt habe.«

»Blödsinn!«, rief Julia empört.

»Sie sagen es. Umso mehr verwirrt mich die Tatsache, dass ich eigentlich von Anfang an – ab genau *diesem* Morgen – das Gefühl hatte, dass wir uns gut verstehen würden. Sobald ich Sie sah, dachte ich mir: ›Gut!‹ Wenn Sie beim Mittagessen noch ein bisschen vorwurfsvoll waren, war das vielleicht noch verdient, das hab ich Ihnen auch nicht übel genommen. Aber Sie sind immer noch so missbilligend, und das finde ich nicht normal.«

»Sie sind ganz schön von sich eingenommen, hm?«, sagte Julia.

Er schaute sie gekränkt an.

»Ich hätte auch nie gedacht, dass wir so viel um den heißen Brei herumreden müssen. Ich hätte gedacht, dass Sie es mir auf den Kopf zusagen würden, wenn Ihnen meine Krawatten oder meine Tischmanieren nicht gefallen, und mir dazu noch ein paar knallen würden. Ich hatte mir ein paar blaue Augen erwartet, liebe Julia, aber ganz bestimmt nicht diese eisige Miene.«

Diese Aussage war so unverschämt, dass Julia, die sich nun schon geschlagene vier Tage lang zusammengerissen und wie eine perfekte Dame benommen hatte, sie einfach nicht so hingehen lassen konnte.

»*Sehe* ich etwa so aus wie die Sorte Mensch, der blaue Augen verteilt?«, fragte sie.

»Ja, meine Liebe. Allerdings. Und ich gehöre zu der Sorte Mensch, die sich welche einfangen. Die Sache ist eben die, dass …«

Julia redete jetzt nicht weiter um den heißen Brei herum, sondern beendet den Satz für ihn.

»Dass du aus demselben Holz geschnitzt bist wie ich.«

Nun war es heraus, und sie verspürte eine gewisse Erleichterung, doch sie nahm es ihm auch übel. Er hatte sie von ihrer sonnigen Mauer der Selbstzufriedenheit heruntergescheucht, er hatte ihr gezeigt, dass ihre Darstellung einer Dame nicht so überzeugend war, wie sie geglaubt hatte. Und was noch schlimmer war: Er würde ihr Aussagen entlocken, Taten entlocken, die eine ganz bestimmte Wirkung haben würden. Das konnte zu Szenen mit Susan führen, zu Erklärungsbedarf gegenüber Mrs. Packett, kurz und gut, es würde ihrer glücklichen Phase des sorglosen Herumlungerns ein Ende setzen …

»Na ja«, sagte Bryan, sie unter seinen Lidern hervor anblinzelnd, »das ist doch aber nicht unbedingt das schlechteste Holz – oder?«

Julia gab ihm nicht gleich eine Antwort. Es fiel ihr nicht leicht, ihre Gedanken zu sortieren und ihre Vorstellungen in einer geordneten Reihenfolge zu formulieren. Erst musste sie herausfiltern, was sie selbst meinte, und dann musste sie es in Worte fassen, und da das, was sie jetzt zu sagen hatte, von allergrößter Wichtigkeit war, fiel dieser Vorlauf entsprechend lang aus.

»Nicht *schlecht*«, sagte sie schließlich. »Nicht durch

und durch *schlecht*. Aber schlecht im Vergleich zu Menschen wie Susan und ihrer Großmutter. Im Vergleich zu anderen Leuten sind wir eigentlich ziemlich gut. Wenn Sie mich fragen«, sagte Julia, »wir sind nichts Halbes und nichts Ganzes. Solange wir unter unseresgleichen bleiben, ist alles bestens. Wir tun niemand was. Erst wenn wir uns unter die anderen mischen – mit den wirklich Guten – gehen die Schwierigkeiten los. Wenn Sie Susan heiraten, werden Sie sie bestimmt nur unglücklich machen.«

»Sie haben Susans Vater doch auch geheiratet«, erwiderte Bryan rasch.

Julia zuckte mit den Schultern.

»Das war etwas anderes. Das war wegen dem Krieg. Wenn er nicht gefallen wäre, dann hätte ich sicher *ihn* unglücklich gemacht.«

»Nein, Sie hätten dafür gesorgt, dass der Junge so richtig Spaß hat.«

»Diese Leute wollen aber nicht so richtig Spaß haben«, sagte Julia ernst. »Sie wollen etwas ganz anderes. Ich kann so was furchtbar schlecht erklären. Aber ich weiß noch, wie das war, als Susan auf die Welt kam, und danach, wie gut sie da alle zu mir waren – sehen Sie, man kann überhaupt nicht von ihnen sprechen, ohne das Wort ›gut‹ zu benutzen – aber wir konnten trotzdem nie so richtig miteinander. Sie wollten mich wirklich bei sich haben, sie wollten, dass ich ihre Tochter bin, und ich war so dankbar, vor allem, weil ich eigentlich schon so halb damit gerechnet hatte, hochkant rausgeschmissen zu werden. Ich dachte, ich würde alles für sie tun, was in meiner Macht steht. Ich hab es versucht, und sie haben es versucht, aber es hat nicht funktioniert.«

Der junge Mann machte eine ungeduldige Bewegung. »Das sind alles alte Kamellen für ihn«, dachte Julia.

»Das mag ja alles sein«, meinte er, »aber Sie müssen doch einsehen, dass es etwas ganz anderes ist, wenn ich Susan heirate. Wir sind beide jung, wir sind verliebt …«

»Was möchten Sie denn überhaupt werden?«, unterbrach Julia. »Sie sind eine Art Anwalt, oder?«

»Strafverteidiger, meine Liebe. Ich habe jedenfalls meine Zulassung. Aber ich bin nicht sicher, ob ich den Beruf jemals ausüben werde.«

»Warum denn nicht?«

»Er ist einfach zu anstrengend. Und ich will mich nicht die nächsten zehn Jahre abrackern. Ich will durch die Welt tingeln und mir alles Mögliche anschauen und mich mit Leuten unterhalten. Ich habe von meiner Mutter eine Jahresrente von fünfhundert Pfund geerbt, und wenn ich Susan heirate, wage ich zu sagen, dass mein alter Herr noch ein bisschen was drauflegen würde. Er wird sie vergöttern.«

Julias Gedanken schweiften zurück zur Garderobe im Frivolity und zu der betrunken ausgestreckten Gestalt von Sir James Relton. Bryan hatte durchaus recht: Einer Schwiegertochter wie Susan gegenüber wäre der alte Lebemann ganz bestimmt großzügig. Er wüsste, was er da für die Familie bekam. Und Susan würde ja zweifellos auch Vermögen haben, gemeinsam wären Bryan und sie in der Lage, nach Herzenslust durch die Welt zu tingeln – und zwar Erster Klasse. Nur – würde Susans Herz damit zufrieden sein? War ihr überhaupt klar, wie ihre Zukunft aussehen würde? »Ich glaube, die beiden haben keine Ahnung voneinander«, dachte Julia …

»Ich verstehe Ihre Gedankengänge«, fuhr Bryan großzügig fort, »aber – entschuldigen Sie, wenn ich das so sage – ich glaube, Sie irren sich.«

»Wenn ich in dieser Sache das Sagen hätte«, sagte Julia, die ganz ihren eigenen Gedanken folgte, »dann würde ich Sie beide einen Monat zu zweit fortschicken, damit Sie selbst dahinterkommen könnten.«

Bryan grinste.

»Nichts könnte mir mehr gefallen, meine Liebe.«

»Daran zweifle ich keine Sekunde«, sagte Julia in scharfem Ton. »Warum schlagen Sie es ihr nicht einfach vor?«

»Weil …«

»Weil Sie wissen, dass sie Sie im Handumdrehen fortschicken würde.«

»Keineswegs«, widersprach Bryan, der auf einmal seine Würde wiedergefunden hatte. »Weil – ich hatte eigentlich angenommen, dass Sie das wüssten – ein Mann unterschiedlich fühlt gegenüber einem Mädchen, das er heiraten will, als gegenüber einem Mädchen, mit dem er nur … Spaß haben will. Er hat … nun ja, Skrupel eben.«

Julia schaute ihn an.

»Sie hätten eben mal Ihr Gesicht sehen sollen«, sagte sie. »Von Skrupel war da weit und breit nichts zu sehen.«

Diesmal hatte sie das letzte Wort.

VII

Viel Freude hatte sie daran trotzdem nicht. Sie war aufgewühlt, verärgert und mehr denn je überzeugt, dass sie sich demnächst äußerst unbeliebt machen würde. Und für Julia war Beliebtheit das Lebenselixier: Sie würde lieber an einem Kaffeestand glänzen, als unbemerkt von ihrer Umwelt ein feines Dinner einnehmen. »Sie würden es nie verstehen«, dachte Julia düster. »Sie werden bloß glauben, dass ich meinem Wort Gewicht verschaffen will.« Sie seufzte tief. Das war noch so was – ihr Gewicht! Sie war fast sicher, dass sich ihr Korsett enger anfühlte als noch vor einer Woche. Und es war nicht mal eines zum Schnüren, es hatte vielmehr einen guten, stabilen Reißverschluss, den man mit aller Kraft zuziehen musste …

Daher war Julia nicht besonders fröhlicher Laune, als sie die Steintreppe hochstieg und oben ihre Gastgeberin traf. Mrs. Packet jedoch sah äußerst erfreut aus, sie hatte einen Brief in der Hand, und brannte offensichtlich darauf, gute Nachrichten zu verkünden.

»Sir William kommt nächste Woche!«, sagte sie. »Er ist Susans Vormund, musst du wissen. Er ist sehr charmant!«

»Ein Mann!«, dachte Julia.

Die schwarzen Wolken der Missstimmung hüllten sie immer noch ein, doch am Horizont sah sie bereits einen kleinen Lichtblick.

10. KAPITEL

I

GENAUSO WIE Julia in dieser lang zurückliegenden Zeit in Barton kümmerte sich Susan jeden Morgen um die Blumenarrangements. Doch sie verrichtete die Tätigkeit mit Liebe: Sie pflückte nicht nur Rosen, sondern auch Wildblumen, aus denen sie »Wildblumenarrangements« machte – große, für Julias Empfinden eher wuchernde Sträuße, die am nächsten Tag fast schon wieder verwelkt waren. Das schien Susan nichts auszumachen: Jeden Morgen ging sie wieder auf den Weinberg und pflückte neue. Manche waren wirklich hübsch, ein Regen aus Vergissmeinnicht mit ihren winzigen Blüten, und Klee mit großen, lila Blütenköpfen, und eine riesige, merkwürdig robuste Pflanze, an deren Stiel hellblaue Rosetten wuchsen. Doch dabei ließ Susan es nicht bewenden. Sie pflückte sogar Gräser und kleine abgestorbene Zweige.

»Ich glaube, die Wildblumen gefallen dir am besten«, stellte Julia einmal staunend fest.

»Ja«, bestätigte Susan. Sie standen im alten Gartenzimmer, gleich neben der Küche, in dem Susan zwischen

Spinnweben und Feuerholz ihre Vasen verwahrte. Bryan lungerte auf der Schwelle herum, ebenso untätig wie Julia: Beide hatten den Wunsch zum Ausdruck gebracht, sich nützlich machen zu dürfen, allerdings auf so halbherzige Art, dass Susan es trotz ihrer guten Manieren geschafft hatte, das Angebot abzulehnen.

»Warum nicht?«, fragte Julia.

»Weil ich viel mehr mit ihnen anfangen kann.«

Julia schaute auf einen großen Strauß gelber Rosen, die in ihrer cremefarbenen Vase triumphierend leuchteten.

»Aber die machen doch nicht halb so viel her wie *die* da, oder?«

»Nein«, gab Susan zu. »Aber die Rosen wirken für sich selbst, dazu kann ich kaum etwas beigetragen. Aber so ein Wildblumengesteck kommt erst richtig durch *mich* zur Geltung.«

Unwillkürlich warf Julia einen Blick zur Tür, doch wenn diese Erklärung an Bryans Ohren gedrungen war, ließ er es sich zumindest nicht anmerken. Oder vielleicht war ihm gar nicht klar, was für eine erschöpfende Erklärung das war, oder wie unheilverkündend sie für einen jungen Mann klingen musste, der nichts Größeres vorhatte, als einfach nur durch die Welt zu tingeln. Julia war ihre Unterhaltung vom Vortag noch in bester Erinnerung, aber sie hatte noch etwas anderes im Kopf, und deswegen ließ sie sich die Gelegenheit entgehen, Bryan vorzuführen, wie sie es sonst zweifellos getan hätte.

Stattdessen sagte sie ganz beiläufig: »Erwarten wir denn nicht noch einen Besucher? Deine Großmutter hat da so was erwähnt …?«

Susan blickte von ihren Blumen auf.

»Ja, Onkel William. Er ist natürlich kein richtiger Onkel, aber ich hab ihn immer so genannt. Er ist ein Schatz. Übermorgen kommt er.«

»Um mich in Augenschein zu nehmen«, bemerkte Bryan, der immer noch an der Schwelle stand.

Julia ignorierte den Einwurf.

»Sir William, oder?«, fragte sie.

»Sir William Waring. Er war ein enger Freund von Großvater.«

Das heißt, er musste also mindestens siebzig sein, dachte Julia finster. Männer um die siebzig interessierten sie nicht: Ihrer Erfahrung nach waren sie entweder tatterig oder rüstig, und die rüstigen waren die schlimmsten.

»Ungefähr einundfünfzig«, sagte Bryan, der ihr Gesicht beobachtet hatte.

Julia ignorierte ihn auch dieses Mal.

»Hast du denn auch eine Tante«, fragte sie Susan listig.

»Unverheiratet«, sagte Bryan.

Susan warf ihm einen scharfen Blick zu. »Hör mal«, sagte dieser Blick – und es war ein sehr Packett'scher Blick – »willst du dich etwa über meine Mutter lustig machen? Ich will dich ja nicht der bewussten Unverschämtheit verdächtigen«, sagte dieser Blick, »aber könnte es sein, dass du dich gerade ein bisschen vergisst?«

Warme Dankbarkeit brandete durch Julias Brust. Es fühlte sich herrlich an, von der eigenen Tochter so beschützt zu werden, und ganz kurz fühlte sie nichts anderes als diese Herrlichkeit. Dann rührte sich unter ihrem Vergnügen ein Gefühl von Schuld, fast schon Scham, und verdarb es ihr. Denn sie hatte derlei Schutz nicht verdient: Susan irrte sich, Bryan lag richtig. Weil Bryans Überlegungen zweifellos in denselben Bahnen verliefen wie ihre, wusste er sofort, worauf sie hinauswollte. Susan mit ihren reinen Gedanken hätte so etwas nie vermutet. Nichtsdestoweniger brachte diese Verwicklung von Irren und Rechthaben zumindest etwas Gutes mit sich: Susan hatte an ihrem Liebsten – möglicherweise zum ersten Mal – etwas entdeckt, was ihr wesensfremd war, und hatte es sich eingestanden.

»Sie hat sein wahres Wesen nicht erkannt«, dachte Julia. »Seltsam, dass gerade ich es sein muss, die das bemerkt.« Sie blickte in das ernste Gesicht ihrer Tochter, und da lächelte Susan auf einmal. Es war das liebevollste Lächeln, das Julia jemals von ihr bekommen hatte. »Lieber Gott, mach, dass sie *ihm* auf die Schliche kommt, ohne dabei auch mir auf die Schliche zu kommen«, betete Julia ganz egoistisch. »Ich werde ja nicht lange hier sein, oh lieber Gott!«

»Lady Waring«, sagte Susan und wandte sich dabei ausdrücklich an ihre Mutter, »ist vor ungefähr zehn Jahren gestorben. Ich kann mich kaum an sie erinnern, ich weiß nur noch, dass sie sehr nett war. Sie hatten keine Kinder, deswegen haben sie wohl auch so viel Aufhebens um mich gemacht.«

»Es muss schrecklich sein, wenn man einen Adelstitel hat und keine Kinder bekommt«, sagte Julia ganz ernst. »So eine Verschwendung.«

Susan lachte. Wie eine gute Lehrerin wusste sie, dass man Strenge durch Freundlichkeit mildern muss, und nachdem sie die Atmosphäre vorhin so jäh heruntergekühlt hatte, begann sie sie jetzt wieder aufzutauen.

»Onkel William ist kein Adliger im engeren Sinne – er gehört nur dem Ritterstand an. Er hatte irgendeinen Posten bei der Marine, und nach dem Krieg haben sie ihn in den Ritterstand erhoben. Möchtest du für dein Zimmer Rosen oder ein Wildblumenarrangement?«

»Ein Wildblumenarrangement«, sagte Julia. Die Rosen gefielen ihr immer noch besser, aber sie wollte ihre Dankbarkeit zeigen.

Bryan kam von der Türschwelle herein und setzte sich schwungvoll auf den Tisch.

»Und ich?«, fragte er. »Was ist mit meinem Zimmer?«

»Du hast schon genug Blumen«, antwortete Susan. »Du hast immer noch den ganzen Strauß, den wir gestern gepflückt haben.«

»Aber ich will jetzt einen, von dir. Gib mir eine Rose, Susan.«

Sie errötete, lächelte, und sah sehr hübsch aus, als sie eine gelbe Blütenknospe für ihn abbrach. Bryan nahm sie mit der gebührenden Dankbarkeit entgegen. Doch seine Augen ruhten nicht auf Susan, sie blickten über ihre Schulter hinweg und schauten Julia an, mit spöttischem Triumph.

II

Am Nachmittag, gleich nach dem Lunch, ging Julia hinaus, um einen Baum zu betrachten. Sowohl Susan als auch Mrs. Packett waren in der Lage, minutenlang in der Betrachtung eines Baumes zu versinken, und auf Grund ihrer natürlichen Veranlagung zur Nachahmung wollte Julia das auch. Sie dachte, dass irgendetwas dahinterstecken musste: irgendeine esoterische Verbindung zwischen Gartenstühlen und der Vornehmheit, die sie so sehr bewunderte. Denn ihre Tochter und ihre Schwiegermutter waren keineswegs Einzelfälle: Jede richtige Dame, die

Julia jemals kennengelernt hatte – in der Tat hatte sie die meisten in Barton getroffen – hatte diese Eigenheit an den Tag gelegt. Deswegen ging Julia am Dienstagnachmittag hinaus, um es selbst einmal zu versuchen.

Tags zuvor hatte sie sich ein Objekt ausgesucht – einen kleinen Mirabellenbaum mit harten, gelblichen Früchten. Im Vergleich zu den Kiefern nahm er sich natürlich etwas billig aus mit seinen Farben, doch Julia dachte sich, dass sie sich aus genau diesem Grund leichter tun würde. Zu den Kiefern konnte sie sich dann ja später hocharbeiten.

Die Mirabelle stand auf der zweiten Terrasse, und während Julia über den Zickzackpfad ging und ihren Gartenstuhl hinter sich herzog, schaute sie sich gewissenhaft um. Es war sehr hübsch hier, und durch die schwer vernachlässigten Weinstöcke sah es sogar noch hübscher aus. Zwischen den Reihen war der Boden grün und saftig, voller Klee und Walderdbeeren; wo die Drähte gerissen waren, hingen dichtbelaubte vom Sulfat türkisblau gefärbte Ranken hinab bis ins hohe, wuchernde Gras. All das sah Julia und genoss es bis zu einem gewissen Grad, doch ihr Stuhl schlug ihr ständig gegen die Knöchel, und sie beschloss, alle ernsthafteren Betrachtungen beiseite zu lassen, bis sie bequem saß. Der Pfad schlängelte sich nach oben: Nach der zweiten Biegung führte er durch eine kleine Gruppe von Walnussbäumen. Ein paar wuchsen an der Kante des Weinbergs, ein paar an der Kante eines großen Felsens, der hier aus dem Boden ragte. Unten hatte man Stufen hineingegraben, und als Julia durch die Zweige der Nussbäume spähte, konnte sie das baufällige Gerüst eines winzigen Pavillons entdecken. Aber sie ließ sich nicht davon abhalten, sie stieg gleichmäßig weiter, und ihr wurde heißer und heißer, bis sie bei der zweiten Terrasse und der Mirabelle angekommen war.

»Der reinste Backofen«, dachte Julia, als sie ihren Stuhl aufstellte. Tatsächlich flirrte die ganze kreisförmige Ebene, an deren Rand sie stand, unter einer Dunstglocke aus Hitze. Die Dächer und Kirchtürme von Belley und die kleineren Dörfer leuchteten hell hervor, aber sie wirkten seltsam unwirklich. Hie und da erhoben sich auf der Ebene kleine, kegelförmige Hügel, jeweils säuberlich umgeben von einem Ring aus Pappeln, die in diesem Licht weniger nach Landwirtschaft aussahen als vielmehr nach Kunst. Es war eine Landschaft, wie man sie auf Heiligenbildern sieht, auf denen sich Heilige, keine gewöhnlichen Bauern im Vordergrund tummeln. Julia musste nur einen Blick darauf werfen, um zu erkennen, dass der Ausblick bezaubernd hübsch war.

Dann lehnte sie sich in ihrem Stuhl zurück, schaute auf die Uhr und widmete sich dann mit Augen und Gedanken ganz dem Pflaumenbäumchen. Es beugte sich anmutig zu ihr, als würde es das Kompliment spüren; die kleinen harten Früchte, die schon leicht gesprenkelt waren, erinnerten sie an Vogeleier. In einem moosigen Nestchen würden sie sich hübsch machen – wie die Eier eines Regenpfeifers. Julia überlegte, wann sie wohl reif waren. Waren die Walnüsse wohl schon reif, an denen sie unten vorbeigegangen war? Von hier oben sahen sie kaum größer aus als Büsche, der Felsen war ein Stein, der Pavillon ein Spielzeug. Das Dach war spitz wie das Dach einer Pagode: Ein durchreisender Architekt hatte es lange vor der Ankunft der Packetts als Chinoiserie des ausgehenden 18. Jahrhunderts erkannt. Doch Julias Interesse war rein menschlicher Natur; sie dachte sich: Was für ein schöner Ort für ein Rendezvous! Hatte sich Susan hier oben jemals mit Bryan getroffen, wenn das Haus schlief und das Mondlicht durch die Nussbäume fiel? Doch das Gestrüpp über den Stufen war dicht und unberührt, Julia hatte die starke Befürchtung, dass der Pavillon sträflich brachlag. Das arme Ding, es würde sich wahrscheinlich so über Besuch freuen – würde gerne mal wieder das Geräusch eines Kusses hören, heimliches, unterdrücktes Gelächter und das Geflüster heißer Liebesschwüre …

»Der hat in seiner Zeit bestimmt das eine oder andere gesehen«, dachte Julia.

Sie warf einen Blick auf die Uhr. Zwölfeinhalb Minuten hatte sie jetzt hier gesessen – fast eine Viertelstunde also. In dieser Hitze noch länger zu bleiben, wäre fast schon gefährlich, also klappte sie ihren Stuhl wieder zusammen und ging hinunter in die Kühle.

Sie war außerordentlich stolz auf sich, doch Hochmut kommt bekanntlich vor dem Fall.

III

Als sie durch die Haustür eintrat, sah sie Susan, Bryan und den Postboten in einem Grüppchen auf der Vortreppe stehen.

»*Il y a quelqu'erreur*«, sagte Susan entschieden. »Bryan, gib sie ihm sofort zurück.«

Julia, die sich immer gerne anschloss, wenn es irgendwo nach einem Menschenauflauf aussah, blieb stehen und schaute ihm über die Schulter. Das Objekt, das Susan so energisch zurückwies, war eine Postkarte mit einem äußerst vulgären Motiv.

»Was die Leute sich nicht alles ausdenken!«, begann Julia interessiert, doch im nächsten Augenblick spürte sie, wie Bryan sie kräftig mit dem Ellbogen in die Rippen stieß. Susan stand mit versteinerter Miene und abgewandtem Gesicht daneben.

Julia, die wütend auf sich selbst war, aber noch wütender auf Bryan, gerade weil sie ihm in diesem Moment eigentlich dankbar sein musste, trat einen Schritt zurück.

»Vielleicht ist es doch kein Irrtum«, sagte Susan.

Bryan drehte die Postkarte um, so dass Julia die Aufschrift lesen konnte.

Sie war adressiert an »Mrs. Packard«, und auf die Fläche, die für die Mitteilung gedacht war, hatte Fred Genocchio eine zärtliche Mitteilung gekritzelt.

Julia konnte nicht anders, sie merkte, wie ihr das Blut in den Kopf stieg und sie feuerrot wurde wie ein Schulmädchen. Sie wünschte sich brennend und sehnlichst, jegliche Kenntnis in dieser Sache abstreiten zu können, doch gleichzeitig hatte sie das dumpfe Gefühl, dass sie damit Fred selbst verraten würde. Als wenn er persönlich auf dieser Treppe erschienen wäre und sie ihn geschnitten hätte …

Sie war so hin und hergerissen, dass ihr nicht einfiel, was sie sagen sollte, und schließlich sprach Susan für sie.

»*C'est bien*«, sagte sie ruhig zu dem Postboten. »*J'ai mal lu*. Kommst du mit hoch auf den Weinberg, Bryan?«

In ihrem Ärger, ihrer Scham und Rührung – die Gefühle, die Bryan, Susan und Mr. Genocchio (in genau dieser Reihenfolge) in ihr hervorriefen – war Julia froh, erst einmal allein gelassen zu werden. Theoretisch hatte noch niemand Anspruch auf die Karte erhoben, die jetzt auf der Steinbrüstung lag. Julia nahm sie an sich und ging damit auf ihr Zimmer. Fred hatte nicht viel geschrieben, nur fünf Worte, doch kein Sonett hätte sie tiefer berühren können: »*Denke immer noch an dich. Fred.*« Er dachte immer noch an sie! Trotz ihrer unglaublichen Hartherzigkeit, inmitten all der Turbulenzen und der Geschäftigkeit seiner beruflichen Verpflichtungen dachte er immer noch an sie! In ihrer Dankbarkeit für dieses übermittelte Gefühl konnte Julia die Taktlosigkeit des Mediums fast schon wieder verzeihen. Im Grunde war die Karte ja auch gar nicht so schlimm. Sie war nicht wirklich *schmutzig*. Wahrscheinlich hatte er sie nur ausgesucht, weil er sie ein bisschen aufmuntern wollte, für den Fall, dass sie traurig war …

»Das hätte er nicht machen sollen«, dachte Julia und drehte sich wieder um. »Wie kommt er zu der Annahme, dass ich nicht glücklich bin? Pure Einbildung ist das, nichts als Einbildung! Wahrscheinlich glaubt er, ich heule mir die Augen nach ihm aus!«

Dann setzte sie sich hin und weinte bitterlich.

IV

Von ihrem Stuhl unter den Kiefern beobachtete die alte Mrs. Packett, wie Susan und Bryan den Weinberg nach oben stiegen. Susan ging ein Stück voraus, sie ging wie immer, als würde ihr die Steigung nichts ausmachen. Bryan hatte die Hände in den Hosentaschen und schlenderte lässig hinterher, machte lange Schritte bei den unebenen Stellen, langsamere bei den ebenen. Was für ein entzückendes Paar, dachte Mrs. Packett: Das hatte sie gerade auch in dem Brief festgestellt, den sie an Sir William geschrieben hatte.

Meine Schwiegertochter [fuhr die alte Mrs. Packett in ihrem Schreiben fort] *scheint ihn ebenfalls zu mögen, aber sie hält sich mit ihrer Meinung gebührend zurück, und ich glaube, sie gibt mir auch recht, dass Susan zu jung ist. Es ist alles wunderbar glatt gegangen; wie du weißt, hatte ich meine Vorbehalte (gegen Julias Kommen), aber ich freue mich, feststellen zu können, dass ich mich getäuscht habe. Ich bin sicher, dass sie und du es schon schaffen werdet, Susan dahingehend zu beeinflussen, dass sie Vernunft annimmt. Ich möchte, dass du dich gut mit Julia verstehst, William, und da ich deine Vorurteile kenne, möchte ich dich gleich warnen, dass du dich nicht von ihrem Erscheinungsbild abschrecken lassen darfst, denn das ist ein bisschen überladen. Doch sie ist wirklich eine sehr angenehme und liebenswürdige Person, die an diesem sehr stillen Ort ganz zufrieden leben kann, und ich habe das Gefühl, dass am Ende alles gut werden wird. Wenn ich ein paar Jahre in die Zukunft schaue, sehe ich Susan – so Gott will – verheiratet, und vielleicht beschert sie mir sogar Urenkel, und Julia hat ein nettes kleines Tortengeschäft in der Stadt, dem ich hin und wieder Kontrollbesuche abstatten werde. Ich finde, ich habe wirklich sehr, sehr großes Glück.*

So sah Mrs. Packett die Lage, und durch einen seltsamen Zufall unterbreitete die liebenswürdige Julia, nachdem sie sich die Augen getrocknet und die Nase geputzt hatte, exakt die gleiche Ansicht einem sehr anderen Empfänger.

V

Sie schrieb:

Lieber Fred,

danke für deine Karte, obwohl ich nicht behaupten kann, dass sie nicht ein bisschen ordinär war, aber ich weiß ja, dass du es nur gut gemeint hast. Es ist hier ganz wunderschön: ein großes Haus und Gärten und ein privater Weinberg mit wundervoller Aussicht. Meine Tochter ist das süßeste Mädchen, das man sich nur vorstellen kann, so hübsch und vornehm, und sie ist mir tatsächlich eine richtige Tochter. Ich komme hier wirklich zur Ruhe und genieße den Urlaub sehr. Wie geht es Ma? Die gute alte Seele, sie war völlig erschöpft, oder? Ich denke oft an euch alle, und ich hoffe, ihr habt allen Erfolg und Beifall, den ihr verdient.

Mit freundlichen Grüßen
JULIA PACKETT

Schick mir keine solchen Postkarten mehr, Fred; die Angestellten hier sind Franzosen, und du weißt doch, wie schnell sie auf schmutzige Gedanken kommen.
Herzlich,

DEINE JULIA

Als sie zu Ende geschrieben hatte, schaute sie seine Karte noch einmal an und adressierte einen Umschlag ans Casino Bleu und das Haus in Maida Vale. Sie hatte keine französischen Briefmarken, aber im Billardzimmer lagen welche; Susan und Mrs. Packett hatten einen Vorrat in der Schreibtischschublade.

Julia trat auf den Flur und hielt inne. Konnte sie sich einfach eine Briefmarke *nehmen* oder sollte sie sie bezahlen? Eine Dame würde zweifellos Geld in die Schublade legen (dachte Julia). Sie ging also zurück und holte ihre Tasche, und als sie sie im Billardzimmer öffnete, machte sie die beunruhigende Entdeckung, dass ihr nur noch fünf Franc übrig blieben, wenn sie ihren Brief an Fred abgeschickt hatte.

Fast zum ersten Mal in ihrem Leben verließ Julia der Mut. In London ohne einen Penny dazustehen, war kein Problem, auch in Paris – das ja voller Engländer und Amerikaner war – wäre sie nicht verzweifelt. Doch ohne einen Penny in der Tasche im Hause der Packetts zu stehen – das war so ein heftiger Schlag, dass sie weiche Knie bekam. Sie ließ sich mit der geöffneten Tasche auf dem Schoß auf den nächsten Stuhl sinken und dachte mit panischem Blick über diese Katastrophe nach.

Natürlich hätte sie sich das früher überlegen müssen. Es hätte ihr klar sein müssen. Doch sie war so damit beschäftigt gewesen, einfach nur hierher zu kommen, sie war es überhaupt nicht gewöhnt, weiter als eine Woche vorauszuplanen, dass – nun, sie hatte eben nicht weitergedacht. Und selbst wenn, von wem hätte sie sich schon etwas leihen können? Und von wem – das war noch viel wichtiger – konnte sie sich jetzt etwas leihen? Unwillkürlich schüttelte Julia den Kopf: Wenn die Quelle ausgetrocknet war, als sie London verließ, würde es mehr als ihr Wirken aus der Ferne erfordern, sie wieder zum Fließen zu bringen. Persönlichkeit war das Stichwort, aber man konnte Persönlichkeit ja schlecht per Brief vermitteln, Julia zumindest konnte es nicht. Sie musste persönlich dort sein. Wenn sie jetzt dort wäre, würde sie auch den hartherzigsten Geizhals dazu bringen, ihr Geld zu leihen, das wusste sie genau.

Sie konnte sich von jedem Menschen auf der Welt Geld leihen, außer von Mrs. Packett, Susan und Bryan Relton.

Doch im Moment hatte die Welt beim besten Willen nicht mehr Bewohner als diese drei.

Nachdem sie ungefähr zwanzig Mal über diesen Teufelskreis nachgesonnen hatte, fiel Julia zudem noch ein, dass sie keine Rückfahrkarte hatte.

VI

Oben im Weinberg versuchte Bryan, einen Streit mit Susan vom Zaun zu brechen. Der Anlass war völlig an den Haaren herbeigezogen – sie waren sich uneinig über einen Buchtitel – aber ihre kühle Heiterkeit und ihre vollendete Selbstbeherrschung waren letztlich eine unüberwindliche Herausforderung für ihn. Er wollte sie einreißen, wollte Susan erhitzt und verstört sehen, doch diesen tiefsitzenden Impuls, jemand beherrschen zu wollen, würde sie niemals befriedigen. Wenn Julia Bryan als Eroberer sah, hatte sie recht, aber sie dachte dabei nur an das Physische: Wenn die materielle Eroberung alles gewesen wäre – wenn er Susan am Ende bekommen hätte, indem er ihr durch halb Frankreich nachfuhr – dann wäre die Anziehungskraft mittlerweile stark geschwunden. Tatsächlich hatte ihn die scheinbare Leichtigkeit seines Sieges ein, zwei Tage aus dem Tritt gebracht und enttäuscht: Er fühlte sich wie ein Mann, der sich aufgemacht hat, einen kaum bezwingbaren Gipfel zu erklimmen, nur um herauszufinden, dass bereits eine Seilbahn gebaut worden war. Glücklicherweise funktionierte die Seilbahn aber nicht. Obwohl Susan sein Werben innerhalb einer Woche nach seiner Ankunft in der Villa angenommen hatte, war das, was ihn jetzt an sie fesselte, das Bewusstsein, dass er sie noch kein einziges Mal wirklich hatte beeindrucken können.

»Warum kannst du nicht einfach zugeben, dass du dich täuschen könntest?«, fragte Susan geduldig.

»Warum kannst du es denn nicht?«

»Oh, ich glaube durchaus, dass ich mich auch täuschen könnte«, sagte Susan sofort. »Aber ist ja egal, es liegt auf dem Beistelltischchen in Großmutters Zimmer, und wenn wir wieder zu Hause sind, werde ich einfach gleich nachschauen.«

Aus dem geplanten Streit wurde also nichts. Susan würde später nachsehen, wie versprochen, und wenn Bryan recht hatte, würde sie es ihm sofort erzählen, und wenn er sich getäuscht hatte, würde sie warten, bis er sie selbst darauf ansprach. Sie war perfekt, einerseits voller Gerechtigkeitsgefühl, andererseits voller Großmut.

»Der Lavendel blüht jetzt fast schon‹«, wechselte Susan das Thema.

Sie saßen auf einem hohen Kiesweg, den irgendein ehemaliger Besitzer der Villa rechts und links mit Blumenrabatten bepflanzt hatte. Überlebt hatte jedoch nur der Lavendel, der eine üppige, graugrüne Hecke bildete, an der die dicken Blütenähren angelegt, aber noch nicht aufgeblüht waren. Susan griff danach und brach einen Zweig ab.

»Riech mal«, sagte sie und zerrieb ihn unter Bryans Nase.

Er ergriff ihre Hand, hielt sie fest und drehte sich auf die Seite, so dass er sein Gesicht darin vergraben konnte. Der Geruch des Lavendels, der Geruch von Susans warmer, sonnengebräunter Haut ließ das Blut in seinen Schläfen pochen.

»Susan«, sagte er, »mein Schatz, ich werde keine drei Jahre warten.«

»Das musst du auch nicht«, sagte Susan fest.

»Aber wenn sie nicht nachgeben?«

»Dann warten wir, bis ich einundzwanzig bin.«

»Aber das sind immer noch acht Monate.«

»Kannst du denn keine acht Monate warten?«

Eine Minute lang blieb Bryan ganz still liegen. Er dachte an etwas, was Julia gesagt hatte, und er fragte sich, wie viel wohl von Julia in ihrer Tochter steckte. Nichts, hatte Julia durchblicken lassen, aber hatte sie recht? Was wussten Eltern überhaupt jemals von ihren Kindern? Bryans Gedanken wanderten zu seinen Finanzen: Er hatte noch einen Travellerscheck über fünfzig Pfund – das war genug, um mit Susan nach Como zu fahren oder nach Rom oder vielleicht an die Riviera …

Er drehte sich um und setzte sich auf. Das war sein Fehler.

»Susan …«, sagte er.

Er hielt inne. Er hätte sie nicht anschauen dürfen. Solange sein Gesicht in ihrer Handfläche lag, hätte er noch sprechen können, doch unter diesem klaren, festen Blick brachte er es nicht mehr fertig.

»Ja?«, sagte sie.

»Nichts. Es ist Zeit für Tee. Komm, wir gehen runter.«

Hand in Hand gingen sie den Pfad hinunter. Im Nussbaumhain küssten sie sich. Aber sie waren nicht wirklich glücklich.

11. KAPITEL

I

UNGEFÄHR FÜNF Minuten lang hatten Julia und Mrs. Packett den Abendbrottisch für sich allein. Beide waren in Gedanken verloren: Julia mit dem bedrückenden Problem ihrer Finanzen, Mrs. Packett mit weniger unglücklichen Gedanken, wie man gleich sehen wird.

»Ich habe eine Liste von den Leuten in der Stadt gemacht«, verkündete sie, »die gerne Torten bei dir kaufen würden. Ich habe schon fünfzehn Namen.«

»Bitte mach dir doch nicht so eine Mühe damit«, sagte Julia aufrichtig.

»Das ist doch keine Mühe, meine Liebe, es ist mir ein Vergnügen. Du musst dir eine nette Visitenkarte zulegen, die stecke ich dann mit in meinen Empfehlungsbrief. Ich glaube, Kensington wäre ein geeigneter Ort, Susan hat mir erzählt, dass es dort lauter kleine Wohnungen gibt.«

Julia blickte überrascht auf.

»Das wäre mir noch nie aufgefallen«, sagte sie. »Ich glaube, in Kensington sind die Leute nicht weniger stilvoll als anderswo.«

»Die haben doch keine richtigen Küchen«, erklärte

Mrs. Packett, ohne das Argument ihrer Schwiegertochter zur Kenntnis zu nehmen. »Nur einen Schrank und ein Waschbecken – in so einer Behausung kann man doch keinen Kuchen backen. Ich bin sicher, du würdest dort gute Geschäfte machen. Wo bleibt Susan denn bloß?«

»Die kommt gerade den Weg runter«, sagte Julia.

Die jungen Leute waren tatsächlich schon ganz in der Nähe, nachdem sie die letzten paar Meter gerannt waren, in einem entzückenden Ausbruch übermütiger Lebensfreude.

»Die lieben Kinder!«, murmelte Mrs. Packett. »Verdammt!«, sagte Julia leise.

Sie verdammte niemand Bestimmten, am allerwenigsten Susan. Sie fluchte nur über das Schicksal, das sie ohne einen Penny in der Tasche an einen Ort geführt hatte, an dem es wichtig war, ob man einen Penny in der Tasche hatte.

»Die Aussicht ist heute besonders schön«, sagte Susan. »Ihr solltet auch hochgehen.«

»Ich bin nach dem Mittagessen oben gewesen«, sagte Julia. Susan wollte ihr offenbar vermitteln, dass der Zwischenfall mit der Postkarte vergeben und vergessen war, und Julia wiederum gab sich alle Mühe, fröhlich und leutselig zu wirken. Sie pries den Ausblick in den höchsten Tönen und beschrieb den Mirabellenbaum ziemlich genau. Unter anderen Umständen wäre das genau die Art Unterhaltung gewesen, die sie genossen hätte, aber ausnahmsweise zog Julia kein Vergnügen daraus, vorzuführen, wie wunderbar sie sich verhalten hatte. Sie verfiel in Schweigen und ließ die anderen reden.

Es war sehr heiß. Ihr Tisch unter den Kiefern lag im Schatten, doch selbst durch diese dichten Zweige drangen hie und da noch ein paar Sonnenstrahlen. Auf Mrs. Packetts Schoß lag ein goldener Kreis, ebenso auf Susans Haar, und der Boden von Bryans Stuhl bis zu Julias war gefleckt mit Licht und Schatten. Auf einmal schwiegen sie alle, und in der Pause hörte man von weit oben ein Stakkato wie das Klopfen an einer Tür.

»Ein Specht«, sagte Susan leise.

Alle lauschten, und der Vogel war so freundlich, gleich noch einmal zu klopfen. »Klingt wie das Zeichen eines Bühnenhelfers«, dachte Julia. Ach, wenn es doch nur einer wäre! Wenn sie doch jetzt nur irgendwo in einer Garderobe säße – vielleicht auch mit Bananen auf dem Kopf – was würde es dann schon ausmachen, dass sie keinen Penny mehr besaß? Dann wären andere Mädchen da, von denen sie sich etwas borgen konnte, und vor allem die Jungs, und vielleicht ein besonderer Junge, der nur darauf wartete, sie zum Abendessen einladen zu dürfen. »Dann würde ich Bratfisch essen und dankbar sein«, dachte Julia bei sich. Die Sehnsucht überwältigte sie fast: Sie wollte wieder unter ihresgleichen sein, unter Leuten, die damit rechneten, dass man pleite war, die es als etwas ganz Normales betrachteten, die meistens selbst pleite waren und es deswegen verstehen konnten. »Bratfisch!««, dachte Julia leidenschaftlich. »Ich würde Strandschnecken mit dem Zahnstocher essen …«

»Demnächst«, sagte Bryan, »sollten wir mal einen Tag nach Aix rüberfahren.«

Susan zog die Augenbrauen hoch.

»Wozu?«

»Ach, einfach nur des Ausflugs wegen. Als amüsante Abwechslung für Julia.«

Der Klang ihres Namens riss Julia in die Gegenwart

zurück. Doch selbst der Gedanke an einen Ausflug konnte sie nicht aufmuntern. So was bedeutete doch nur, dass man wieder Geld ausgeben musste …

»Es gefällt mir hier sehr gut«, sagte sie. »Ich mag die Stille.«

»Aix würde dir sowieso nicht gefallen«, versicherte ihr Susan. »Es ist voller Touristen, die in Autos herumrasen. Diese Casinostädte sind doch alle gleich.«

Julia setzte sich auf. Ein Casino – und dann auch noch ein Casino in Reichweite! Die Hoffnung, die sie nie lange verließ, kehrte bebend wieder in ihre Brust zurück – keine bescheidene Taube mit einem Ölzweig im Schnabel, sondern ein Pfau, der sein prachtvolles Rad ausbreitete. Mit fünf Franc konnte man in einem Casino ein Vermögen machen! Man konnte die Bank knacken und als Millionär heimkommen! Julia wusste nichts vom Glücksspiel, außer dass Anfänger immer gewannen, und dass es ein guter Plan war (wenn man eben *kein* Anfänger und völlig verloren war), wenn man so tat, als würde man sich erschießen, und dann wartete, bis einem die Croupiers die Taschen mit Bargeld vollgestopft hatten, und dann aufstand und abhaute. So oder so, es war leicht verdientes Geld, und Julia war so ausgehungert nach ein bisschen Aufregung in ihrem Leben, dass sie fast hoffte, die zweite Variante würde nötig werden. Aber sie würde sich nicht erschießen: Sie würde so tun, als würde sie Gift nehmen – eine Aspirin würde ihren Zweck erfüllen – und dann in anmutig-attraktiver Stellung zu Boden sinken. Sie sah es geradezu vor sich. Und der Mann, der sie so auffand, war dann vielleicht gar kein Croupier, sondern ein amerikanischer Millionär, und in dem Fall würde sie ihm gestatten, sie wiederzubeleben, und er würde sich in sie verlieben und sie mit einem Auto herumkutschieren, so groß wie ein Haus, und dazu würde sie einen Automantel tragen wie die Angewiderte Lady. Wenn er die richtige Sorte Ami war – nein, ein englischer Landsmann wäre besser – könnte sie ihn vielleicht sogar heiraten und Susan damit einen blaublütigen Stiefvater schenken.

So spreizte Julias Pfau seine Federn zu einem prächtigen Rad, und sie verlor sich so in ihren Betrachtungen, dass sie gar nicht merkte, dass Bryan und Mrs. Packett gegangen waren und sie schon ein paar Minuten allein mit ihrer Tochter war.

»Hast du schon mit Großmutter gesprochen?«, fragte Susan unvermittelt.

II

»Über Bryan? Aber selbstverständlich.« Julia konnte sich einen Seufzer nicht verkneifen. Sie wollte nicht über Bryan sprechen, sie wollte sich weiter in ihren schönen Träumen ergehen, sich diesen englischen Landsmann weiter ausmalen, in Gedanken Ausschnitte aus ihren Unterhaltungen mit ihm durchgehen. Was interessierte sie schon Bryan neben so einer edlen, faszinierenden Gestalt? Sie kannte jedoch ihre Pflicht, und Susan hätte ihr sowieso nicht erlaubt, sich darum zu drücken.

»Selbstverständlich«, wiederholte Julia.

»Und, konntest du etwas ausrichten? Sieht sie langsam ein, wie … wie albern das alles ist?«, fragte Susan eifrig.

Julia zögerte. Wenn sie gewollt hätte, wäre dies eine gute Gelegenheit gewesen, die ganze Situation aufzuklären – ihre Rolle als Verbündete aufzukündigen und sich klar und deutlich auf die andere Seite zu stellen, doch wenn sie das tat, würde sie jeglichen Einfluss, wie groß dieser auch sein mochte, verlieren. Im Moment gehörte sie sozusagen keinem der beiden Lager an, und sie fürchtete, noch ein wenig länger in dieser unbequemen Situation aushalten zu müssen, mit dem einen Fuß in diesem Lager, mit dem anderen Fuß im anderen.

»Es ist überhaupt nicht albern«, sagte Julia (womit sie fürs Packett-Lager sprach). »Zumindest nicht aus ihrer Perspektive« (hier wechselte sie die Seiten), »denn du *bist* sehr jung, Susan, du hast noch nicht mal dein College abgeschlossen.«

»Ich könnte meinen Abschluss doch auch nach der Hochzeit noch machen«, sagte Susan rasch.

Julia fand diese Vorstellung sehr seltsam, aber sie gab ihr Hoffnung.

»Aber das wäre doch nicht dasselbe, oder? Dann könntest du nicht mehr …«

»Auf dem Collegecampus wohnen?«, sekundierte Susan.

»Von mir aus, auf dem Campus, mit dem ganzen Spaß, den du da hast. Warum willst du denn nicht abwarten, Susan?«

»Ich will eben nicht«, sagte Susan bockig.

»Wenn du dabei an Bryan denkst …«, begann Julia.

»Natürlich denke ich dabei an Bryan. Das tut ja sonst keiner, niemand sonst scheint sich klar zu machen, dass man ja auch von ihm erwartet, drei Jahre zu warten.«

»Ach«, sagte Julia leichthin, »ich bin sicher, der würde schon klarkommen.«

Da zeigte Susans unerschütterliche Fassung auf einmal ganz kurz einen Riss.

»Das bezweifle ich keine Sekunde«, sagte sie, und mit geröteten Wangen stand sie auf und ging davon.

Julia blieb allein zurück. »Das ist der Grund!«, dachte sie. »*Das* ist also der Grund!«

III

Susan tat ihr sehr leid. Ihr tat jede junge Frau leid, die dahinterkommt, dass ihr Liebster nicht unbedingt der treueste ist, und obwohl es in diesem Fall zweifellos gut war, wenn Susan langsam erkannte, wer Bryan wirklich war, fühlte Julia in diesem Augenblick mehr mit ihr als je zuvor. Sie fühlte mit ihr mit, sie tat ihr leid, aber solcherlei Regungen währten bei ihr nie allzu lange. Susan und ihre Probleme konnten warten: Am wichtigsten war nun die Frage, wie sie, Julia, nach Aix kam.

Ihre fünf Franc, der Grundstein für ihr zukünftiges Vermögen, mussten unangetastet bleiben. Einen Augenblick spielte Julia sogar mit dem Gedanken, ihre Einstellung zu einem Familienausflug zu überdenken. Wenn sie alle zusammen fuhren, würde Mrs. Packett die Autofahrt bezahlen, womit die Transportfrage schon mal geklärt wäre. Andererseits würde dieser Plan ihre Bewegungsfreiheit ganz wesentlich einschränken. Es war gut möglich, dass sie dann nicht alleine ins Casino gehen konnte, und Julia hatte nicht vor, sich in Anwesenheit ihrer Tochter zu vergiften. Susan würde in so einem Moment einfach ein Brechmittel besorgen.

»Ich muss alleine hinfahren«, dachte Julia, »und ich muss kostenlos hinkommen.«

Eine gute halbe Stunde dachte sie darüber nach, während es im Garten kühler wurde und die Hügel zu glühen begannen. Eine große Libelle umschwirrte die Rosenbüsche, und in der abendlichen Stille konnte man das Knarren der heimkehrenden Ochsenkarren auf der Landstraße nach Magnieu ganz deutlich hören. Doch Julias Gedanken waren ausschließlich städtischer Natur: Geistig war sie völlig bei den Tricks und Manövern ihres Londoner Lebens. Sie befand sich hier auf gänzlich unbekanntem Terrain, denn sie konnte nur bis Belley blicken und wusste nicht mal, in welcher Richtung das Casino lag, an dem sie sich demnächst bereichern wollte …

Doch wie bereits erwähnt war Julia sehr einfallsreich, und als die letzten Sonnenstrahlen hinter dem Weinberg verschwunden waren, hatte sie ihren Plan ausgeheckt. Wie bei einer Erleuchtung war ihr plötzlich wieder eingefallen, dass vor dem Pernollet eine ganze Reihe von Autos geparkt hatte. Susan hatte erzählt, dass sie aus Aix kamen, also mussten sie zweifellos auch wieder nach Aix zurückfahren, und wenn sie einen wohlbeleibten Franzosen nicht überzeugen konnte, sie mitzunehmen – na, dann war sie auch nicht mehr die gute alte Julia, die sie einmal gewesen war.

12. KAPITEL

I

AM NÄCHSTEN Tag zu Mittag begann Julia nach der Glocke zu horchen, die den Lunch ankündigte. Es war von größter Wichtigkeit für sie, dass sie pünktlich erklang, denn wenn die Mahlzeit vorbei war – normalerweise war das gegen halb zwei der Fall – blieben ihr anderthalb Stunden für die sechs Kilometer Fußweg nach Belley, denn die Gäste des Pernollet würden kaum vor drei Uhr losfahren. Der abschließende Kaffee war die einzige Gefahr. An trüben Tagen tranken sie ihn im Esszimmer und blieben nicht länger als zehn Minuten sitzen, aber wenn es ein schöner Tag war, verlagerten sie die Runde in den Garten, und zumindest Mrs. Packett hatte die Neigung, sich dort länger aufzuhalten. Und heute war ein schöner Tag, blau und golden, mit einer leichten Brise. Darüber war Julia einerseits froh, denn so war es ihr möglich, ihren weißen Leinenanzug anzuziehen (bevor sie abreiste, hatte sie sich vorgenommen, eine große gelbe Taftschleife dazu zu tragen), aber sie war doch nervös. Mrs. Packett kam nicht gleich mit hinaus, sondern ging erst mal in ihr Zimmer, und sie mussten auf sie warten. Und als sie endlich kam, schickte Susan, die in solchen Fragen heikel war, die Milch noch einmal zum Aufwärmen in die Küche.

»Ich trinke meinen schwarz«, sagte Julia.

Sie kippte ihn herunter und stellte die Tasse wieder auf den Tisch. Susan hatte ein Buch mit rausgenommen, Bryan sah so aus, als würde er gleich eindösen, und in zwei Minuten würde Mrs. Packett auch schlafen. Julia schob den Stuhl zurück und wollte die Flucht antreten.

»Weißt du eigentlich, wie man Shortbread backt?«, fragte Mrs. Packett und schlug auf einmal wieder die Augen auf.

»Ja«, behauptete Julia dreist. »Ich glaube, ich geh mal ein bisschen spazieren.«

Doch wie so viele alte Leute hörte Mrs. Packett nur das, was sie interessierte.

»Was für eine Butter benutzt du – gesalzene oder normale?«

»Normale«, sagte Julia.

»Ich nehme immer gesalzene«, sagte Mrs. Packett. »Ich muss dir welche machen. Und ich zeige dir meine ganz besonderen Käseküchlein.«

»Das wird sicher fein«, sagte Julia.

»Und meine Mandelbrötchen. Ich finde ja immer ...«

»Fein«, sagte Julia noch einmal. »Das wird mir ganz bestimmt gefallen. Ich weiß ja, wie klug du bist. Ich glaube, jetzt geh ich erst mal eine Runde spazieren.«

Anthelmines Erscheinen rettete sie, denn Anthelmine brachte nicht nur die Milch, sondern auch ein schönes, fettes Hühnchen, das ihr der Mann angeboten hatte, der sich um den Weinberg kümmerte, und Mrs. Packett, ganz Geflügelexpertin, vergaß natürlich alles andere, während sie den Finger in die Hühnerbrust bohrte. Sie bohrte, wiegte das Tier in den Händen und gab schließlich ihre Zustimmung, und als sie sich wieder dem Kaffeetisch zuwandte, war ihre Schwiegertochter weg.

Die Straße nach Belley zog sich fast über sechs Kilometer, und es war ein heißer Tag, doch Julia – mit der gelben Schleife um den Hals, den Hut über ein Auge heruntergezogen – war es egal. Sie war außergewöhnlich fröhlicher Stimmung. Sie hatte ein Lächeln für jeden, dem sie begegnete, und verursachte um ein Haar den Tod von zwei Fahrrad fahrenden Soldaten, die sich umdrehten, um ihr zu winken. Julia winkte zurück. Sie winkte auch dem Auto, das die beiden haarscharf verfehlt hatte. Und es dauerte nicht lange, da fing sie an, leise vor sich hin zu singen, während sie ging.

Sie sang die Marseillaise.

Sie war wieder ganz sie selbst.

II

Als sie Belley erreichte, setzte sie sich als erstes unter einen Baum auf der Promenade und überholte ihr Gesicht. Angesichts des langen Fußmarsches sah es gar nicht so übel aus, und mit Hilfe von Lippenstift und Rouge und einem Hauch Augenbrauenstift war sie schon bald wieder frisch wie der junge Morgen. Allerdings hätte kein junger Morgen so hübsche Farben hervorbringen können wie die, in denen Julia jetzt erblüht war: Sie war nicht wirklich angemalt, aber ihr Make-up war deutlich sichtbar. Als sie fertig war, ging sie einmal am großen Café neben der Bushaltestelle vorbei (nur um sich zu vergewissern, dass sie wirklich wirkte) und ging dann auf die andere Seite der Promenade zum Pernollet Hotel.

Davor standen vier Autos, doch nur eines hatte ein englisches Nummernschild. Julia schlenderte vorbei und musterte es gründlich: Es war ein alter, aber gepflegter Daimler, in dem ein älterer, aber adretter Chauffeur saß. Auf dem Rücksitz lagen ein paar Kissen, ein paar englische Zeitschriften und eine große karierte Wolldecke. Die französischen Autos, die dahinter parkten, waren allesamt Zweisitzer, die Sorte Auto, die Herren für gewöhnlich nicht alleine fahren, und nach einiger Überlegung beschloss Julia, sich an ihre Landsmänner zu halten. Sie schaute den Daimler noch einmal an, stellte fest, dass die Zeitschriften die *Strand* und die *Cornhill* waren, dann ging sie ein Stück die Straße hinunter und wischte sich mit einem philosophischen Seufzer den Großteil ihres Lippenstifts wieder ab.

Als sie wieder umkehrte, sah sie, dass sie sich nicht getäuscht hatte: Die Besitzer des Autos, die jetzt gerade einstiegen, passten perfekt. Es waren zwei Engländerinnen mittleren Alters, wie sie die französische Presse so perfekt zu karikieren wusste: Ihre Ähnlichkeit mit Pferden war nicht wortwörtlich zu verstehen, aber irgendwie war sie doch da. Als der zweite Rücken im Wagen verschwand, machte Julia einen Schritt nach vorn und streckte den Kopf hinein.

»Entschuldigen Sie bitte«, sagte sie sanft – in bester Packett-Manier – »aber fahren Sie zufällig zurück nach Aix?«

Nach ihrer ersten Überraschung gaben die beiden Misses Marlowe freundlich zu, dass dem tatsächlich so war.

»Ich dachte mir«, fuhr Julia fort, »ob ich Sie vielleicht

bitten dürfte, mich mitzunehmen? Ich habe gerade gesehen, dass bis vier Uhr kein Bus mehr verkehrt, und meine Kinder warten bestimmt schon auf mich.«

Die Damen tauschten kurz einen Blick. Wenn Julia sich zurückgezogen hätte, hätten sie sich wohl kurz beraten, und dann hätte die Jüngere, die gerade erst einen Kriminalroman von A. E. W. Mason gelesen hatte, vielleicht doch Bedenken geäußert, aber Julia rührte sich nicht vom Fleck. Sie blieb, wo sie war, halb im Auto, und so schlug man ihr ihre Bitte nicht ab.

»Natürlich«, sagte die ältere Dame, »selbstverständlich«, und Julia schlüpfte ins Auto. Es war eine angenehme Fahrt. Das Auto bewegte sich schnell und geschmeidig, und die beiden Samariterinnen hatten keinen Grund, ihre Freundlichkeit zu bedauern. Denn ihre Begleiterin stellte sich als höchst interessant heraus und erzählte ihnen zahlreiche amüsante Anekdoten von ihren drei Kindern – Ronald, Rachel und Elizabeth – die sie der Gouvernante in Aix überlassen hatte.

»Na ja, was heißt überlassen«, lächelte Julia in leutseliger Vergnügtheit, »ich war ja nur drei Stunden fort. Ich dachte, Miss Graham – meine Gouvernante – wollte sie eine Weile für sich allein haben. Und ich glaube, sie ist der Meinung, ich bin nicht streng genug.«

»Schließlich haben sie ja Ferien«, meinte Miss Marlowe nachsichtig.

Julia nickte.

»Das sage ich auch immer. Und sie haben ja jeden Morgen ihren Unterricht. In Französisch, wissen Sie, deswegen bin ich ja mit ihnen hergekommen.«

»Finden Sie Aix nicht zu ruhig?«, fragte Miss Marlowe die Jüngere. »Ich hätte eher gedacht, dass Genf …«

»Ach, das ist wegen meiner Tante«, schob Julia rasch ein. »Sie macht eine Kur und wollte, dass ich sie begleite. Sie hat mich großgezogen, und wir rechnen nicht damit, dass sie noch sehr lange unter uns weilen wird. Kennen Sie eigentlich Yorkshire?«

Sie kannten es nicht, also erzählte sie ihnen eine Menge von ihrer frühen Kindheit in einem trübseligen Ziegelhaus inmitten von violetten Mooren. Julias Phantasie, die jetzt schon seit sechs Tagen ruhen musste, ging zweifellos ein bisschen mit ihr durch. Überzeugende Details, malerische Episoden – es strömte ihr nur so über die Lippen. Sie war mit wilden Ponys ausgerissen, sie hatte sich in jäh aufziehendem Nebel verlaufen, sie kämpfte sich durch den Schnee, um ein kleines Lämmchen zu retten. Die Damen Marlowe lauschten verzückt, und Julia nicht weniger. Sie log nicht, sie unterhielt ihre Zuhörer, und die Unterhaltung war so gut, dass ihr Publikum und sie ganz überrascht waren, als auf einmal Aix in Sicht kam.

»Wie schnell das ging!«, rief die ältere Dame aus, der gar nicht bewusst war, wie schmeichelhaft ihre Feststellung für Julia war. »Wo können wir Sie absetzen?«

Julia zögerte. Die Geographie von Aix war ihr völlig unbekannt, das einzige Gebäude, von dessen Existenz sie mit Sicherheit wusste, war das Casino, und obwohl es keinen Grund gab (nachdem sie die Reise sicher hinter sich gebracht hatte), warum sie nicht einfach das Casino als Ziel angeben sollte, lehnte sich ihr künstlerischer Instinkt dagegen auf. Sie hatten sich so um das kleine Lämmchen gesorgt, und den Sprung von einem kleinen Lämmchen zu einem Casino konnte man ihnen unmöglich zumuten. Julia hatte fast das Gefühl, ihren beiden

Gastgeberinnen eine Entschuldigung zu schulden. Aber am Ende musste es eben doch das Casino sein, denn sie traute sich nicht, länger zu zögern – eine so hingebungsvolle Mutter konnte unmöglich vergessen haben, wo sie mit ihren Kindern verabredet war.

»Am Casino bitte«, sagte Julia. »Ich weiß, das klingt völlig ungebührlich, aber meine Tante liebt es einfach.«

»Ach, das ist doch in Ordnung am Nachmittag, meine Liebe!«, sagte Miss Marlowe lächelnd. »Bis zum Abend spielt dort sowieso keiner.«

III

Nachdem Mrs. Packett einen angenehmen Nachmittag damit zugebracht hatte, lauter Rezepte zusammenzuschreiben, war sie um halb fünf aus dem Zimmer gekommen und hatte Susan und Bryan immer noch unter den Kiefern vorgefunden. Bryan las *Mademoiselle Dax*, Susan hatte einen Band von Molière in der Hand, doch als ihre Großmutter näherkam, ließ sie es sinken und griff nach der großen Kuhglocke, um Claudia mit dem Tee zu rufen.

»Wo ist Julia?«, fragte Mrs. Packett.

Bryan blickte auf.

»Sie hat gesagt, dass sie einen Spaziergang machen wollte. Wahrscheinlich ist sie in irgendeinem Café zusammengebrochen.«

»Du liebe Güte«, sagte Mrs. Packett mit Blick auf die sonnenverbrannten Hügel, »das erste nette Café ist doch erst in Belley. Ich hoffe, sie wird nicht zu müde sein.«

Nur Susan machte sich keine Sorgen um den Verbleib ihrer Mutter. Sie trank ihren Tee, las weiter in ihrem Molière und ermunterte zu keinerlei weiteren Gesprächen. Das war typisch für sie: Wenn sie keine Lust hatte, angesprochen zu werden, sprachen die Leute sie auch nur selten an – sie hatte die Fähigkeit, sich in einen Mantel aus Schweigen zu hüllen, in dem sie sich höflich, aber bestimmt aus der Gesellschaft zurückzog. »Die Packett in ihrer Wolke«, war eine gängige Formulierung im College, und jetzt war sie in ihrer Wolke. Aber dahinter beschäftigten sich auch ihre Gedanken mit der abwesenden Julia.

»Warum ist alles so anders?«, überlegte Susan. »Wir leben hier doch genauso wie vor ihrer Ankunft, und trotzdem ist alles anders.« Zumindest ein Teil dieser Veränderung lag in der Tatsache, dass Susan nicht mehr der unumstrittene Mittelpunkt ihrer winzigen Gesellschaft war – dass die Aufmerksamkeit von Bryan und Mrs. Packett, die sich vorher ausschließlich auf sie konzentriert hatte, jetzt auch in andere Richtungen schweifte. Doch das war ihr gar nicht richtig bewusst. Was ihr jedoch vage bewusst war, war eine allgemeine Lockerung der moralischen Atmosphäre, wenn man so sagen wollte. Sie konnte den Finger nicht genau darauf legen, sie wusste nur, dass es immer schwieriger wurde, Bryan vorzubereiten. Ihren Bräutigam vorzubereiten, war für sie von größter Wichtigkeit: Sie wünschte sich unbedingt, dass er einen guten Eindruck auf Sir William machte, und zwar nicht nur mit seinem Eifer in Liebesdingen, sondern auch mit seinem beruflichen Eifer. Sie wollte ihn als vielversprechenden jungen Mann präsentieren – der er ja auch zweifellos war, wenn er sich nur ein kleines bisschen anstrengen würde …

»Es kommt ganz auf die Leute an, mit denen er zusammen ist«, dachte Susan. Sie war zu anständig, um auch nur im Geiste hinzuzufügen, dass er in schlechter Gesellschaft war, wenn er mit ihrer eigenen Mutter zusammen war, doch ihr kam der Gedanke, dass Julia Muzin mittlerweile ziemlich satt haben musste.

»Wenn Onkel William nach Paris fährt«, erklärte sie beiläufig, »könnte Julia ja mit ihm mitfahren.«

Mrs. Packett schaute ihre Tochter überrascht an.

»Hat sie denn erwähnt, dass sie so bald schon wieder fahren möchte, meine Liebe?«

»Nein, aber auf die Art würde sie ein wenig herumkommen. Das wäre eine wunderbare Gelegenheit, das Land ein bisschen kennenzulernen.«

»Ich dachte, sie bleibt hier und wartet, bis wir auch wieder nach Hause fahren«, sagte Mrs. Packett. »Ich will über den Ärmelkanal fliegen, und ich bin sicher, sie würde gerne dabei sein, wenn du schon keine Lust hast.«

Susan schwieg.

»Ihr muss schrecklich heiß geworden sein, wenn sie zu Fuß unterwegs ist«, fügte Mrs. Packett hinzu. »Ich hoffe wirklich, sie hat irgendwo Tee getrunken.«

Auch darauf antwortete Susan nichts.

IV

Es war ein Glück für Mrs. Packetts mitfühlendes Herz, dass ihr Blick nicht bis zur Place du Revard reichte, denn dort stand Julia in diesem Augenblick in einem beklagenswerten Zustand von Überhitzung und Durst. Aix war eine Wildnis, die sie grausam behandelt hatte: Sie hatte ihre fünf Franc innerhalb von fünf Sekunden verloren, es waren keine Millionäre da (zumindest keine ungebundenen) und nicht ein Auto mit Adelswappen. Die Füße taten ihr so weh, dass sie nicht mal einen Schaufensterbummel machen konnte. Sie war so verzweifelt, dass sie die Aspirin wahrscheinlich genommen hätte, wenn sie wirklich Gift gewesen wäre.

Um die Dinge noch schlimmer zu machen, hatte sie ein großes Café der vornehmeren Sorte entdeckt: Seine breite Terrasse wurde durch eine Reihe von säuberlich getrimmten Büschen, die ihr ungefähr bis zum Kinn gingen, vom Gehweg abgeschirmt; und als Julia vorbeischlenderte, kam sie nicht umhin zu bemerken, dass dahinter eine Menge offenbar sehr glücklicher Menschen saßen. Da waren schöne Damen mit weißen Hüten, weniger schöne Männer, die offensichtlich bezahlen würden, was die Damen aßen und tranken, und beim Anblick so vieler Drinks wurde Julia ganz schwach ums Herz. Sie brauchte einen Drink. Sie brauchte jetzt ganz dringend einen Drink. Inmitten all dieser Hitze, Enttäuschungen und Müdigkeit fühlte sie sich, als hätte sie noch nie so sehr einen Drink gebraucht.

Als sie das Ende der Hecke erreichte, hatte sich ihr sehnsüchtiger Wunsch in Entschlossenheit verwandelt. Sie brauchte nicht nur einen Drink, sie würde auch einen bekommen.

Julia drehte sich um und ging langsam die Strecke zurück, über die sie gekommen war. Wenn man sie ins Gefängnis sperrte, dann würde man sie für drei Manhattans einsperren, hatte sie beschlossen. Doch als sie noch einmal über die Büsche spähte, kam ihr der Gedanke, dass sie dafür vielleicht gar nicht ins Gefängnis gehen musste. Mehrere Tische waren nämlich von einzelnen Herren besetzt, von denen einige offensichtlich noch auf ihre

Begleitung warteten, aber ein oder zwei schienen allein da zu sein, und über Letztere ließ Julia jetzt ihr erfahrenes Auge gleiten. Ihre Wahl fiel schließlich auf einen molligen Mann mittleren Alters, einen wohlhabend aussehenden Angelsachsen, dessen allgemein beherrschtes Benehmen durch seinen aufmerksam schweifenden Blick aufgelockert wurde. Das Glück wollte es so, dass neben ihm ein Tisch frei war, und auf den steuerte Julia jetzt zu.

Zunächst hatte sie zwei Ziele: einen Blick auffangen, einen Blick vermeiden. Ersteren von ihrem Nachbarn, den anderen vom Kellner, und beides gelang ihr, denn die Terrasse war so voll, dass ein Gast, der sich nicht bemerkbar machte, durchaus übersehen werden konnte, während Mr. Rickaby – so war der Name des wohlhabenden Gentleman – mehr als genug Muße hatte, seine Umgebung genau zu betrachten. Julia saß noch keine zwei Minuten da, bevor sich ihre Blicke trafen: Ihr eigener Blick war von der geistesabwesenden Sorte, mit der man sich wunderbar eine solide Meinung bilden konnte, bevor man sich auf irgendetwas einließ, und sie schaute mindestens zehn Sekunden lang hin, bevor sie aus ihrer fingierten Träumerei aufschreckte und sich abwandte. Doch wenig später fing sie wieder an zu träumen, und natürlich wiederholte sich das Ganze. Nach dem dritten Mal ergriff Mr. Rickaby das Wort.

»Sehr langsamer Service hier, nicht wahr?«

»Furchtbar!«, sagte Julia und ermutigte ihn mit einem Lächeln.

Mr. Rickaby fühlte sich so ermutigt, dass er seinen Stuhl so weit herumdrehte, bis er praktisch an ihrem Tisch saß. »Warten Sie auf jemand?«, erkundigte er sich.

Julia verzog den Mund und zuckte mit den Schultern.

Instinktiv hatte sie genau die richtige Taktik gewählt – ein leicht niedergeschlagener Zynismus, den Mr. Rickaby nur zu gern verscheuchen würde. Sie war beinahe sicher, dass er ein Mann war, der gerne Gutes tat.

»Was Sie brauchen«, sagte Mr. Rickaby, »ist ein Drink.« Und ohne eine Antwort abzuwarten – womit er bewies, dass er auch ein Mann war, der sich auskannte – winkte er energisch einen Kellner herbei und bestellte zwei Martinis.

»Danke«, sagte Julia gleichgültig. Sie hatte das Gefühl, dass es immer noch zu früh war, um in Dankbarkeit zu verfallen, deswegen wandte sie ihm Dreiviertel ihres Gesichts zu – nicht das Profil, weil ihr Kinn zur Molligkeit neigte – und ließ sich genauer von ihm betrachten. Offensichtlich gefiel Mr. Rickaby, was er sah, denn als die Drinks kamen, verkündete er sofort seine Absichten.

»*Unsre Augen haben sich getroffen*«, zitierte Mr. Rickaby leise, »*auf die Lippen darf ich hoffen.* Ich trinke auf die Hoffnung. Sind Sie allein hier?«

»Im Moment ja«, sagte Julia.

»Aber nicht lang.« Es lag eine unausgesprochene Frage darin.

Julia zuckte mit den Schultern.

»Ich bin allein in Aix«, sagte sie. »Ich habe kein Gepäck, und ich habe überhaupt nichts mehr. Hoffnung wäre genau das, was ich jetzt gebrauchen könnte.«

Die Mischung aus Pathos und Tapferkeit in ihrer Stimme berührte sie beide. Mr. Rickaby machte ein mitleidiges Geräusch, und Julia merkte, wie in ihren eigenen Augen (ohne, dass sie sich darum bemüht hätte) jeweils eine Träne aufstieg. Es *klang* aber auch schrecklich, wenn man die nackten Tatsachen so aussprach … Die Frage war nur – war es zu schrecklich? Hatte sie ihn damit abgeschreckt? Vorsorglich rückte Julia ein wenig von ihrem Pathos ab und ein wenig näher an die Tapferkeit.

»Ach, was sage ich da«, sagte sie. »Im Grunde ist es alles gar nicht so schlimm.«

»Armes Mädchen!«, sagte Mr. Rickaby.

Der Seufzer, mit dem Julia ihm antwortete, war zum Teil ihrer Erleichterung entsprungen. Es war okay, sie hatte sich nicht getäuscht, er war jemand, der gerne Gutes tat. Jäh blitzte in ihr die Erkenntnis auf, dass er ein Mann war, der sich gern amüsierte, aber hin und wieder mit seinem Gewissen rang, und deswegen war er ein Mann, für den es ein echtes Geschenk des Himmels wäre, wenn er sein Amüsement mit einer guten Tat verbinden konnte …

»Erzählen Sie es mir«, sagte Mr. Rickaby. »Erzählen Sie mir, wie Sie hergekommen sind.«

»Mit Lucien«, sagte Julia.

»Lucien?«

»Dem Modedesigner«, sagte Julia. Sie hätte nicht sagen können, wie sie darauf gekommen war, aber diese zweifelhafte Gestalt war in genau dieser Sekunde ihrer Fantasie entsprungen. Lucien, der Designer … ein Mann um die fünfzig: groß, massig, mit engstehenden, kaffeebraunen Augen …

»Nie gehört«, sagte Mr. Rickaby mit unverhohlenem Stolz. »Irgend so ein Spaghettifresser?«

»Armenier«, korrigierte Julia. »Lucien ist nur der Firmenname.«

»Ein Armenier! Mein Gott!«, sagte Mr. Rickaby.

Julia seufzte zustimmend.

»Denen kann man nicht trauen«, sagte sie düster.

»Und der hat Sie hier sitzen lassen?«

Julia schluckte.

»Heute Morgen – als wir aus dem Hotel kamen – saß da auf einmal eine andere Frau im Auto ... Eine, die er gerade erst kennengelernt hatte, groß, aschblond mit dunklen Augenbrauen.«

»Ich glaube, die habe ich hier schon ein paar Mal gesehen«, sagte Mr. Rickaby.

Einen Augenblick war Julia ganz verblüfft von ihren eigenen Fähigkeiten.

»Nicht die«, sagte sie hastig. »Diese war erst am Abend aufgetaucht ... Aber dann saß sie eben im Auto, und ich hab mich natürlich geweigert, das so hinzunehmen. Und dann – ist er einfach davongefahren. Können Sie sich so was vorstellen?«

»Nein!«

»Mit meinem ganzen Gepäck im Kofferraum!«

Da war die gute, interessante, wasserdichte Story, die sie gebraucht hatte, und Julia war verständlicherweise sehr stolz darauf. Sie erklärte alles, und rief in Mr. Rickaby das angenehme Gefühl rechtschaffener Empörung hervor. Was er über Monsieur Lucien zu sagen hatte, war gnadenlos, aber verdient. Nichts war zu schlimm für diesen teuflischen Designer, fand Julia – vor allem, wenn man daran dachte, wie er seine Angestellten behandelte. Einen Augenblick blieb Julias Fantasie an einer Vision schrecklicher armenischer Exzesse hängen: Denn M. Lucien war bereits so real für sie, dass sie genau wusste, was passierte, wenn er ein Mädchen zu Überstunden dabehielt. Doch sie bremste sich selbst, denn sie wollte ja keine Verleumdungsklage riskieren, und ihr nächstes Stichwort war ohnehin schon überfällig.

»Jetzt erzählen Sie mir aber von *sich*«, sagte Julia ernst.

Und Mr. Rickaby erzählte. Seine Geschichte war nicht annähernd so bunt wie die von Julia, doch es war die, die sie hören wollte. Er war allein in Aix und fand es ziemlich langweilig. Er hatte zu viel gearbeitet – heißgelaufen, nannte es Mr. Rickaby – und sein Arzt hatte ihm einen kompletten Tapetenwechsel verordnet. Er sehnte sich ganz offenkundig nach jemand, mit dem er reden konnte, und innerhalb der nächsten halben Stunde hatte er Julia alles von den komplizierten Verhandlungen erzählt (die Fusionierung zweier Herrenausstatter), die dazu geführt hatten, dass er sich so überarbeitet hatte und nun in Aix war. Es war die Art Gespräch, die Julia gewöhnt war, und sie verstand es so geschickt, die richtigen Fragen zu stellen, dass Mr. Rickaby zu einer sehr hohen Meinung von ihrem Intellekt kam.

»Sie verstehen das«, sagte er schließlich. »Sie sind eine intelligente Frau.«

»Es ist ja so interessant«, sagte Julia bescheiden.

Mr. Rickaby schlug mit der flachen Hand auf den Tisch.

»Da haben wir's. Sie finden es interessant, *weil* Sie intelligent sind. Meine Frau findet das alles überhaupt nicht interessant. Die traurige Wahrheit ist einfach die, dass sie mich nicht versteht.«

Aus reiner Gewohnheit warf Julia einen verstohlenen Blick auf ihre Uhr. Über Jahre hinweg hatte sie eine stehende Wette mit einer Freundin, dass jeder Mann, den man kennenlernte, diesen Satz innerhalb der ersten Stunde aussprach. Sie hatten immer viel Spaß dabei, ihre Opponenten (sozusagen) in Position zu bringen – Julia versuchte, die Erklärung zu verhindern, Louise versuchte, sie ihm zu entlocken, und die Verliererin musste die andere am Ende zum Essen einladen. Die gute alte Louise!, dachte Julia mit einer Anwandlung von Zuneigung. Sie hatte jahrelang nicht mehr an das Mädchen gedacht, doch es war seltsam, wie sie durch diesen unvergessenen Satz auf einmal wieder zum Leben erweckt wurde. Rote Haare hatte sie gehabt, und sie hatte so eine ganz bestimmte Art, die Männer zu behandeln, dass es am Ende fast immer in Streit endete …

»Das haben Sie sicher schon mal gehört, nehme ich an«, sagte Mr. Rickaby und beobachtete Julias Gesicht. »Aber was soll ein Mann sagen, wenn es einfach wahr ist?«

»Eben«, murmelte Julia.

»Ich sage nicht, dass ich ein einfacher Mensch bin«, fuhr Mr. Rickaby fort. »Ich wage zu sagen, dass ich ein bisschen komplizierter bin als andere Männer. Ich habe alle möglichen Interessen – gute Musik zum Beispiel, oder schöne Landschaft. Ich habe – also, naja ich würde sagen, ich habe Ideale. Aber das kann nur eine Frau wie Sie verstehen.«

Julia nickte. Sie hatte oft über diese Frage nachgedacht, warum Ehefrauen es nicht verstanden, wenn Frauen wie sie es verstehen konnten. Die einzige Schlussfolgerung, auf die sie kam, war, dass man eben sehr viele Männer kennengelernt haben musste, um sie zu verstehen – um den vollen Wert ihrer guten Eigenschaften zu sehen, während man ihnen ihre schlechten verzieh. Wenn man dann beispielsweise einen Säufer traf, konnte man sich fast immer an einen erinnern, der noch schlimmer gesoffen hatte, und *der* konnte aber wiederum gewisse Eigenschaften wie Großzügigkeit oder Klugheit besitzen, die ihn über einen Dritten erhoben, der keinen Tropfen anrührte. Aber um all das zu wissen, musste man Erfahrung mit Männern haben, und Ehefrauen hatten in der Regel keine. Die kannten nur einen einzigen Mann, während Frauen wie Julia Dutzende kannten. Andererseits wurden Frauen wie Julia selten Ehefrauen. Es war ein kaputtes System, wenn man es mal so betrachtete …

»Ich glaube, ich habe etwas ausgelassen«, sagte Julia. Ihre Gedanken wanderten zu Susan und schreckten schnell wieder zurück, genauso wie ihre Augen schnell wieder weggezuckt wären, wenn Susan tatsächlich zwischen den Cafétischen aufgetaucht wäre.

»Wo wollen Sie denn heute Abend übernachten?«, fragte Mr. Rickaby unvermittelt.

Julia zögerte. Ihre Lügengeschichte für Mr. Rickaby war an und für sich ganz unterhaltsam gewesen, aber sie war eher ihren Gewohnheiten gefolgt als einem präzisen Plan, und sie hatte noch kein bestimmtes Ergebnis für diese Begegnung im Sinn.

»Ich weiß nicht …«

»Sie müssen in mein Hotel kommen«, sagte Mr. Rickaby bestimmt. »*Ich* werde mich jetzt um Sie kümmern.«

Sie drückte seine Hand. Weniger konnte sie kaum tun. Und sie hatte ja tatsächlich sehr freundliche Gefühle für ihn. Eine stellvertretende Dankbarkeit im Namen dieser anderen Julia – der Julia, die so schändlich von M. Lucien ausgenutzt worden war – erfüllte ihr Herz. Doch ihr Kopf blieb völlig klar.

»Aber wie denn?«, murmelte sie. »So ganz ohne Gepäck?«

»Darum werde ich mich auch kümmern«, sagte Mr. Rickaby. Er benahm sich fürstlich, und das wusste er auch.

»Wir gehen einkaufen. Wir kaufen Ihnen einen Koffer und ein paar Sachen, die Sie da reinpacken können. Was sagen Sie dazu?«

Julia war gebührend überwältigt, doch ihr Kopf ratterte weiter.

V

In Anbetracht der Tatsache, dass sie sich in der Stadt überhaupt nicht auskannte, bewies Julia schon eine gewisse Gewandtheit, indem sie als erstes ein Wäschegeschäft ansteuerte. Ein Laden mit Lederwaren lag direkt auf ihrem Weg, aber sie lotste ihren Begleiter daran vorbei, indem sie ihm plötzlich ins Gesicht schaute und ihn fragte, wie sie ihn überhaupt nennen sollte. »Bill«, sagte Mr. Rickaby. »Ich kann Sie doch nicht Bill nennen!«, meinte Julia. »Das ist zu gewöhnlich.« Und als sie beim Entschluss angekommen waren, dass sie ihn Ronald nennen würde, waren sie an den Koffern schon vorbei. Der nächste gefährliche Punkt war die Schwelle des Wäschegeschäfts, doch hier kam ihr die anständige Natur ihres Begleiters zu Hilfe. »Sie warten draußen, nicht wahr?«, sagte Julia. Sie musste nicht mal hinzufügen, dass sie ihn überraschen wollte. Mr. Rickaby zückte einfach nur seine dicke Brieftasche und gab ihr tausend Franc.

»Wissen Sie«, sagte er und lächelte sie an, »dass Sie wirklich die Antwort auf meine Gebete sind?«

»Und Sie auf meine«, erwiderte Julia, und da dies die letzten Worte waren, die sie jemals zu ihm sagen sollte, war es doch schön, dass sie ihn in dem Moment glücklich machten.

Sobald sie im Geschäft war, fragte sie die Verkäuferin

geradeheraus, ob es einen Hinterausgang gebe. Die Verkäuferin schaute durch die Glastür zu Mr. Rickaby und erklärte lächelnd, es gebe eine. Julia kaufte ein Paar sehr hübsche Strumpfhalter, um den Tausender zu wechseln, gab dem Mädchen ein Trinkgeld, und ließ sich von ihr den Weg hinaus zeigen. Auf der Straße erfragte sie den Weg zu einem Autoverleih, wo sie für die Summe von zweihundertfünfzig Franc ein Auto samt Fahrer mietete, um damit nach Muzin zurückzufahren. Es riss ein grässliches Loch in ihre Finanzen, aber sie hatte immer noch über siebenhundert Plus.

VI

Es war seltsam, dass Julia Gewissensbisse bekam, nachdem sie sich so vollendet damenhaft benommen hatte. Doch genau so geschah es: Als sie so gemütlich im Auto saß und ihre Tasche prall mit Mr. Rickabys Geldscheinen gefüllt war, kam sie nicht umhin, sich … gemein zu fühlen.

»Der hat doch drum gebettelt«, beschwichtigte sie sich. »Er hat gespielt und hat verloren. Ich hoffe, das wird ihm eine Lehre sein.«

Ein paar Minuten schenkte ihr dieser neue Blick auf ihr Benehmen – dass sie Mr. Rickaby ganz bewusst seine Dummheit vor Augen geführt hatte – einen gewissen Trost. Doch der Trost hielt nicht lange vor. Immer wieder musste sie daran denken, wie er vor dem Laden wartete und sich zu wundern begann, und dann vielleicht in den Laden ging und sich vor der Verkäuferin lächerlich machte und dann mit wütend erhitztem Gesicht wieder hinausmarschierte. Das gehörte natürlich alles zur Lehrstunde, aber Männer nahmen sich solche Dinge immer so schlimm zu Herzen …

Um sich aufzumuntern, holte Julia die neuen Strumpfhalter heraus und probierte sie an. Sie waren schwarz mit silbernen Halbmonden. Sie schob den Rock hoch und streckte ihr wohlgeformtes, wenngleich kräftiges Bein aus, und befand die Wirkung für ausgezeichnet. Genau in diesem Moment wandte sich der Fahrer ihr zu, um nach Anweisungen zu fragen.

»*C'est près de Belley, Madame?*«

»*Oui, oui*«, sagte Julia und schob den Rock wieder hinunter.

»Ja, ja«, sagte der Chauffeur grinsend.

»Schauen Sie lieber mal schön auf die Straße«, sagte Julia.

Sie war ebenso wütend auf sich selbst wie auf ihn, und der Vorfall wühlte sie auf. Säße Susan im Auto, hätte er es niemals gewagt. Andererseits hätte Susan auch keine Strumpfhalter anprobiert … »Aber das ist nicht der Grund«, dachte Julia, »es ist irgendetwas an mir. Sie sehen, dass sie mich ausnutzen können, und prompt tun sie es. Einfach gemein, so was.«

Von der Wut wurde ihr warm, und in der unterbewussten Absicht, sich selbst wieder ins Recht zu setzen, richtete sie ihren Ärger auf Mr. Rickaby. Ein Mann, der alt genug war, um ihr Vater zu sein – zumindest fast! »Das alte Rindvieh!«, dachte Julia. Wenn sie nicht die Geistesgegenwart besessen hätte, sich davonzumachen, wer weiß, was da noch alles passiert wäre! Die Vorstellung, dass er immer noch in Aix herumlief und sich zweifellos anschickte, die nächste durstige junge Frau, die ihm begegnete, in seine Fallstricke zu locken, setzte ihr ziemlich zu. Sie hätte der

Polizei von ihm erzählen sollen. Sie hätte ihn verhaften lassen sollen. Der Mann war eine Bedrohung der weiblichen Tugend, es war wirklich kein Wunder, wenn manche Mädchen auf Abwege gerieten …

»Gleichwohl«, murmelte die Stimme von Julias Gewissen – und seltsamerweise war es auch die Stimme der rothaarigen Louise – »gleichwohl, meine Liebe, hast du ihn an der Nase herumgeführt …«

Julia klopfte an die gläserne Trennscheibe und befahl dem Fahrer anzuhalten. Sie waren kurz vor dem Dorf, und sie hatte kein Verlangen danach, Anlass zu unnötigen Bemerkungen zu geben. Als sie dem Mann sein Trinkgeld gab, hob er nicht einfach den Finger an die Mütze, sondern nahm sie mit einer tiefen Verbeugung ab, und obwohl Julia fast sicher war, dass diese Geste höhnisch gemeint war, wagte sie nicht, ihn zurechtzuweisen. Denn sie hatte das starke Gefühl, wenn sie jetzt den Mund aufmachte, würden nur Flüche herauskommen.

VII

Die erste Person, der sie auf dem Grundstück der Villa begegnete, war Bryan Relton. Er kam sofort mit einer übertriebenen Zurschaustellung von Erleicherung auf sie zu.

»Meine liebe Julia! Wo bist du denn gewesen, um Himmels willen?«

»Spazieren«, sagte Julia.

Mr. Relton schaute sie nachdenklich an, fragte aber nicht, wo sie gewesen war. Obwohl Julia keine Lust hatte, noch weiter ausgefragt zu werden, ärgerte sie sich dennoch über sein mangelndes Interesse.

»Und?«, sagte sie in scharfem Ton.

Mr. Relton musterte sie weiter.

»Für meine Augen sehen Sie aus wie eine Katze«, sagte er nachdenklich, »die gerade einen Kanarienvogel verspeist hat.«

Julia starrte ihn sprachlos an.

»Und ich glaube nicht«, fuhr dieser widerlich scharfsinnige junge Mann fort, »dass er Ihnen sonderlich gut bekommen wird.«

Julia schaffte es gerade noch bis in ihr Zimmer, und dann fluchte sie ausgiebig.

13. KAPITEL

I

IMMER WENN Julia nach einer Durststrecke wieder zu Geld gekommen war, gab sie eine Party. Also war Mr. Rickaby, ohne es zu wissen, am nächsten Tag der Gastgeber eines zweiten Mittagessens im Pernollet, als die Bewohner der Villa wieder zum Einkaufen gegangen waren. »Das geht natürlich auf mich«, sagte Julia fröhlich, und anderthalb Stunden lang amüsierte sie sich ganz wunderbar. Doch als sie bezahlte, bekam sie einen ziemlichen Schreck.

»Das ist ja ein wunderbar frischer Geldschein!«, bemerkte Susan beiläufig.

Julia fuhr zusammen. Er war in der Tat hübsch, frisch und glatt, als hätte man ihn gerade erst von der Bank geholt: eine Fünfhundert-Franc-Note. Es war sehr unwahrscheinlich, dass man sich im Wäschegeschäft die Seriennummer aufgeschrieben hatte, aber angenommen, man könnte den Schein eben doch nachverfolgen – und angenommen, Mr. Rickaby erfuhr jemals davon – und angenommen, er *hatte* es nachverfolgen lassen …

»Der würde bestimmt nichts unternehmen«, beruhigte sich Julia. »Er würde nur denken, dass ich einen Wahnsinnsappetit haben muss …« Doch sobald die erste Angst beschwichtigt war, trat die nächste an ihre Stelle. Zum ersten Mal kam ihr in den Sinn, dass Susan es überhaupt nicht gefallen würde, wenn sie wüsste, dass Mr. Rickaby ihren Lunch bezahlt hatte. Susan würde es natürlich nie erfahren – aber was, wenn doch? Bei dem Gedanken wurde es Julia ganz heiß.

Ohne sich bewusst zu machen, wie lang die Pause gewesen war, sagte sie laut: »Die habe ich mir in London eingetauscht. Ich hasse dreckiges Geld.«

»Schmutziger Gewinn«, bemerkte Bryan – sein Ton war ebenso beiläufig wie der von Susan, doch seine Augen waren hellwach. »Mir persönlich wäre es egal, wie schmutzig es ist, solange es nur dieses Mittagessen bezahlt. Ich bin weiß Gott dankbar für das, was ich bekommen habe.«

Susan, die neben ihrem Stuhl stand und darauf wartete, dass Mrs. Packett aufstand, machte den Mund auf, überlegte es sich dann aber wieder anders und klappte ihn wieder zu. Es war nicht zu übersehen, dass hier jemand gleich die Leviten gelesen bekam, und Julia lieferte nur zu gern die Gelegenheit dafür, um es Bryan heimzuzahlen.

»Ihr jungen Leute solltet zu Fuß zurückgehen«, sagte sie energisch. »Es ist nicht zu heiß, und die Bewegung wird euch guttun.«

»Stimmt«, sagte Susan rasch. »Das hab ich mir auch gerade gedacht. Kommst du, Bryan?«

Er schaute Julia an, begegnete einem steinernen Blick und fügte sich dem Unvermeidlichen. Als Julia Mrs. Packett ins Auto folgte, sah sie, wie das Paar sich auf die Promenade begab und in einem ungewöhnlich scharfen Tempo in Bewegung setzte.

11

»Komm, wir machen Rast und trinken ein Bier«, sagte Bryan, als sie das große Café erreichten.

»Warum? Du kannst doch jetzt nicht schon wieder ein Bier brauchen, nach allem, was du zu Mittag schon gehabt hast«, argumentierte Susan.

»Es ist nicht so, dass ich eines brauche. Ich habe Lust auf eines«, erklärte Bryan.

Susan gab keine Antwort, sondern ging einfach weiter. Sie war nicht zu Scherzen aufgelegt. Als Bryan einen Seitenblick auf sie warf, stellte er mit Bedauern fest, dass ihr Profil am besten aussah, wenn ihr Mund sich zu dieser stummen, starren Linie verzog. Wie viel anders ihr Mund aussah als der von Julia, mit der vollen Unterlippe und den tiefen Mundwinkeln! Wie anders sie überhaupt aussah als Julia, diese schlanke junge Amazone, die den Blick fest geradeaus gerichtet hatte, ohne die bewundernden Blicke zu erwidern, die ihre silberblonde angelsächsische Schönheit ihr einbrachte. Wenn man doch nur die Julia in ihr – und so eine lebhafte Mutter musste doch in ihrer Tochter weiterleben – hervorlocken könnte, damit sie aufblühte! Und wie immer spürte Bryan mitten in dieser feindseligen Stimmung, dass ihn die Vorstellung reizte und bezauberte, wie Susan nicht silbern, sondern golden glänzte, nicht kalt, sondern warm. Eine Susan, die er so gerne entdecken und zum Leben erwecken würde – wenn die silberne Susan es ihm nur gestatten würde …

»Warum hast du das beim Mittagessen gesagt?«, fragte Susan unvermittelt.

»Was gesagt, mein Schatz?«

»Dass dir egal ist, wie schmutzig das Geld ist, solange es dir etwas bezahlt.«

Bryan grinste. Er wusste sehr gut, warum er das gesagt hatte: Er hatte die gute alte Julia provozieren wollen, denn er war moralisch ganz sicher, dass mit diesem Geldschein irgendetwas faul gewesen war. Obwohl er nicht genau wusste, was sie an diesem Nachmittag so alles getan hatte, hatte er – ohne im Geringsten seinen Appetit einzubüßen – überraschend gut geraten, wie es im Allgemeinen ausgesehen hatte. Allerdings teilte er auch Julias Meinung, dass das Susan nicht gefallen würde.

»Ach, *das*! Keine Ahnung«, sagte er leichthin. »Wahrscheinlich einfach, um irgendwas zu sagen.«

»Ich wünschte, das hättest du gelassen«, erklärte Susan mit gerunzelter Stirn. »Wenn du es nicht so gemeint hast, war es einfach dumm, und wenn du es so gemeint hast, war es ziemlich mies.«

»Okay, ich bin einfach blöd«, stimmte Bryan gutmütig zu. »Komm, wir gehen hier mal querfeldein.« Er wollte die Hauptstraße verlassen und zwischen den Bäumen im Schutz der Hecke gehen, denn er hatte die fest verwurzelte männliche Überzeugung, dass man jeder Kritik von einer Frau am besten begegnete, indem man sie küsste.

Zu seiner Überraschung nickte Susan. Sie bogen ab und nahmen eine der Straßen, die nach rechts über einen kleinen Hügel führten. Auf dem Gipfel erhob sich die einsame Bauruine einer hübschen neuen Villa: Wie der voreilige Architekt ein bisschen zu spät bemerkt hatte, gab es auf diesem Hügel kein Wasser. »Das muss vielleicht ein Idiot gewesen sein!«, dachte Susan geistesabwesend. Sie hatte kein Verständnis für Leute, die erst handelten und dann dachten – die alles an einer schönen Aussicht aufhängten, ohne sich Gedanken über die Wasserversorgung zu machen, und da sie in diesem Moment sozusagen selbst über eine Wasserversorgung nachdachte, erwiderte sie den Druck von Bryans Hand nicht. Dass er ihr eine schöne Aussicht bieten konnte, wusste sie schon.

»Du bist nicht blöd«, sagte sie ernsthaft. »Und solche Dinge – die machen mir Sorgen, Bryan. Die Dinge, die dir rausrutschen, wenn du nicht nachdenkst.«

Er ließ ihre Hand los und betrachtete die Landschaft mit sichtlicher Erbitterung.

»Mein Schatz, wenn du erwartest, dass ich jedes Wort, das ich sage, zuerst auf die Goldwaage lege …«

»Du weißt, dass ich das nicht tue. Das fände ich ganz furchtbar.«

»… oder wenn du erwartest, dass ich die ganze Zeit so rede, als würde ich unter Eid stehen …«

»Tu ich doch gar nicht!«, rief Susan erneut. »Das ist doch gar nicht der Punkt!«

»Gut, dann glaube ich«, beendete Bryan seine Ausführungen, »dass du hier ein absurdes Trara um nichts und wieder nichts aufführst.«

Erschrocken hielten sie beide inne. Aber für Bryan, der sich oft gewünscht hatte, genau so eine Szene zu provozieren, empfand diesen Moment nicht ohne eine gewisse Befriedigung. Er genoss das Vergnügen zutiefst, sich von seiner Gereiztheit hinreißen zu lassen. Er genoss Susans schreckgeweiteten Augen und die plötzliche Blässe, die ihr Gesicht überzog. Dann ebbte die Erregung ab, und das Herz sackte ihm herab wie Blei.

»Susan … mein Schatz …«

»Schon gut«, sagte Susan leise. Sie hatte sich ebenfalls

erholt und konnte seinem flehenden Blick mit einem Lächeln begegnen. »Es ist nur – wenn du wirklich so denkst, und ich so anders denke, kommt mir die Sache ziemlich aussichtslos vor.«

»Nichts ist aussichtslos, wenn du nur bei mir bleibst«, sagte Bryan eindringlich. Und er meinte es auch so. Seine Reue war so groß, dass er sich zu jedem Opfer in der Lage fühlte – mehr noch, zu jeder langen, erschöpfenden Mühsal – um ihre Gunst wiederzugewinnen. Susan wandte den Kopf ab. Für sie war es ebenfalls ein Moment der Selbstbetrachtung.

»Ich weiß, dass Julia mich für selbstgerecht hält«, sagte sie langsam.

»Pfeif doch auf Julia!«

Aus irgendeinem Grunde entspannten sich Susans Züge sofort. Ihre nächsten Worte kamen leichter, fast stürmisch, als wäre ihr Selbstbewusstsein, das sie gerade verloren hatte, gerade wieder erneuert worden.

»Wenn ich das bin, werde ich es mein Leben lang sein. Und ich will, dass dir das klar ist, Bryan: Wenn du mich jetzt zu … zu schwierig findest, glaube ich nicht, dass es jemals einfacher werden wird. Ich kann mich nicht verstellen. Ich kann nicht so tun, als wären Dinge nicht wichtig, wenn ich ganz genau weiß, dass sie wichtig sind. Dinge, die du für so nichtig hältst, dass du gar nicht weiter über sie nachdenken willst. Ich hab es versucht – und das klingt jetzt wirklich schrecklich eingebildet und selbstgefällig, das ist mir absolut klar – mir selbst auf die Finger zu schauen …«

Es folgte ein langes Schweigen. Sie waren beide zu bewegt, um zu sprechen, beide fühlten sich auf einmal beschämt – Susan durch das Wunschbild ihrer eigenen

Vollkommenheit, einer Heiligkeit des Denkens, Bryan durch das Spiegelbild davon durch Susan. Es war das tiefste Gefühl, das er jemals erfahren hatte, und es war ihm so fremd, dass er es nicht begreifen, sehr wohl aber fühlen konnte. Als er schließlich sprach, waren seine Worte zwar unbeholfen, aber zumindest waren sie getragen von Aufrichtigkeit:

»Du bist das Beste, das mir je begegnet ist, Susan. Und du gibst mir das Gefühl, dass ich das Mieseste bin.«

Sie griff hinter sich – sie ging jetzt leicht vor ihm – und tastete nach seiner Hand. Er ergriff sie und machte weiter.

»Du hast so höllisch – so himmlisch – hohe Ansprüche. Du … du musst mich da mit hochziehen.«

»Kann ich das denn, mein Schatz?«

»Wenn du willst, dann kannst du es, das weißt du. Aber – du musst kräftig ziehen.«

Sie zog ihn dicht neben sich, und sie gingen ihren Spaziergang weiter als Liebespaar.

III

An diesem Abend war Julia zum ersten Mal seit ihrer Ankunft in Muzin unglücklich. Sie legte sich dreimal die Karten, und jede Runde lief schlechter als die vorherige: Sie würde im Alter in Schwierigkeiten geraten, ein schöner Fremder würde sie sitzen lassen, und ihre Pläne würden scheitern. Andererseits war sie kein bisschen überrascht, denn es ging ja jetzt schon alles schief. Ihr erfolgreicher Fischzug in Aix hatte völlig unerwartete Folgen gehabt, ebenso ihr Plan, Bryan Relton eine Niederlage zu bereiten.

Er und Susan waren geradezu strahlend vor Glück von ihrem Spaziergang gekommen: Sie gingen den ganzen Abend auf der Terrasse auf und ab und sprachen über seine berufliche Zukunft. »Das kann nicht lange anhalten«, dachte Julia, doch als sie das Gesicht ihrer Tochter anschaute, kam sie fast ins Zweifeln. Susan war so unheimlich willensstark! Doch selbst wenn sie sich vollkommen durchsetzte, wenn es ihr gelang, dass Bryan sich seinem Beruf gewissenhaft widmete, und sie ihn in eine Stütze der Rechtsprechung verwandelte, konnte sie sein Naturell nicht ändern. Selbst wenn er sich jahrelang wie ein solider Stützpfeiler benahm, eines Tages würde er doch einbrechen, und dann würde Susans ganzes fest gemauertes Haus doch einstürzen. »Vielleicht liegt es auch nur an diesem Mittagessen«, dachte Julia, die bestürzt war über ihre düsteren Vorahnungen. »Dieses üppige Essen ist mir noch nie bekommen …« Doch sie wusste, dass sie sich etwas vormachte: Üppiges Essen war genau das, wovon sie gedieh. Trotzdem zog sie sich auf ihr Zimmer zurück und trank ein Sodawasser mit Minze, und entweder das oder die lange Nachtruhe taten ihr gut. Als sie wieder aufwachte, war sie immer noch melancholisch, aber nur ganz leicht und auf eine eher sentimentale Art, und da sie instinktiv immer das Beste aus einem Gefühl herausholte, schlich sie allein hinaus und stieg empor zu dem verfallenen Pavillon.

14. KAPITEL

I

ER WAR verfallener, als Julia gedacht hatte – und das gleich doppelt, denn sogar die reparierten Stellen waren schon wieder reparaturbedürftig. Eine Zinkplatte unter dem Dach konnte mittlerweile nur noch das harmloseste Wetter abhalten, an jeder Wand verliefen lange, zickzackförmige Risse durch den nachträglich aufgetragenen Putz. Zwischen den Dielen sprossen Pflanzen empor, Spinnweben hatten sich unter den Balken gesammelt, und das einzig Elegante war die kleine, dünne graugrüne Eidechse, die vor Julias Schritten die Flucht ergriff.

Ihre Enttäuschung war groß. Sie hatte sich erhofft, verschlungene Namenszüge von Liebenden vorzufinden, verblasst, aber noch erkennbar, vielleicht sogar einen kleinen Amor oder etwas in der Art. In erster Linie hatte sie aber gehofft, Anzeichen nicht allzu lang zurückliegender Behausung zu finden. Ein Kissen, ein Brief, ein schlichtes Herz, das jemand in die Wand geritzt hatte – all das hätte ihr gefallen und sie glücklich gemacht. Aber nichts dergleichen. Nicht mal ein Ausblick, dazu wuchsen die Nussbäume zu dicht. »Wie schade!«, dachte Julia, und ihr Mitleid galt zur Hälfte einem Besucher, der ähnlich enttäuscht gewesen wäre wie sie, zur Hälfte dem Pavillon selbst. Und das Gefühl (wenn auch vage) war kein Fruchtloses: Mit jäher Entschlossenheit zog sie ihren Lippenstift aus der Tasche und malte selbst ein Herz an die Wand.

Sie war gerade fertig, als sie von unten Stimmen hörte, und rasch trat sie wieder zum Eingang. Sie entdeckte drei Leute auf dem Weg: Susan und Bryan und ein großer Mann, den sie nicht kannte. Er hatte graues Haar und er ließ im Gehen leicht und vertraut eine Hand auf Susans Schulter ruhen. Susan blickte zu ihm auf und lächelte zärtlich. Selbst sie sah klein aus neben ihm. Bryan, der ein wenig hinter ihnen ging, hatte seine beste ehrerbietige Miene aufgesetzt …

Sir William war da.

II

Julia wollte möglichst unbeobachtet ins Haus zurückgehen und sich das Haar richten und wieder herauskommen und im Garten entdeckt werden, und als der Pfad eine Biegung machte, machte sie sich durchaus Hoffnungen, das noch hinzubekommen. Doch Bryan, der bereits zurückgefallen war, ließ die anderen vorausgehen, während er stehen blieb, um sich einen Schnürsenkel zu binden.

»*Psst!* Julia!«, zischte er.

Julia trat vor auf die oberste Stufe der kleinen Treppe und bemühte sich, so würdevoll wie möglich zu wirken.

»Was tust du hier?«, fragte sie streng.

»Die Frage ist wohl eher, was du hier tust, oder? Ich

hab dich schon gesehen, als wir raufgegangen sind, aber ich habe nichts gesagt, weil ich mir dachte, vielleicht ist dir gerade nicht nach Gesellschaft.«

»War mir auch nicht«, sagte Julia ärgerlich. »Und das ist auch immer noch so. Ist das Sir William?«

»Allerdings, meine Liebe. Die Reihen der Götter haben sich um einen vermehrt. Soll ich dir hinunterhelfen?«

Doch Julia wies seine Hilfe zurück und ging die Treppe allein hinunter. Sie hatte jetzt keine Zeit für solche Dummheiten übrig.

»Geh den anderen hinterher«, sagte sie und schickte sich an, den Pfad zum Haus zurückzugehen. »Ich muss noch einen wichtigen Brief schreiben.«

»He, Julia!«

Sie drehte sich um und schaute zurück, einfach nur, damit er aufhörte zu schreien.

»Was ist denn jetzt noch?«

»Wenn du deinen Brief geschrieben und dich umgezogen hast – wo möchtest du dann gerne von uns entdeckt werden?«

Julia hatte gute Lust, diese Frechheit komplett zu ignorieren. Doch sie tat es nicht.

»Unter den Kiefern«, sagte sie rasch, »aber erst in einer halben Stunde.«

III

Genau fünfundzwanzig Minuten später hatte sie sich in Stellung gebracht. Sie trug ein frisches weißes Kleid und nicht zu viel Lippenstift. Auf ihrem Schoß hatte sie *Die Forsyte-Saga* liegen. Sie wünschte, sie hätte einen Hund gehabt, doch die Villa hatte nun mal keinen zu bieten, und Anthelmines Katzen sahen einfach zu gewöhnlich aus.

Die Minuten vergingen langsam, während Julia ihre Pose hielt. Sie hatte Angst, sich anzulehnen, für den Fall, dass der Stuhl Abdrücke an ihrem Kleid hinterließ. Es standen mehrere Liegestühle herum, doch die rustikale Bank sah für sie so viel malerischer aus und hatte sie am meisten angezogen. Wie zuvor auf der unteren Terrasse war sich Julia sehr bewusst, wie entzückend sie als Teil dieses charmanten Bildes wirkte. »Fehlt nur noch ein Mann!«, hatte sie gedacht, und nun, da ein Mann im Anmarsch war, waren ihre Sinne entsprechend geschärft. Sie lauschte angestrengt auf Stimmen vom Weinberg, und als sie schließlich welche vernahm, waren sie auf einmal so viel näher als erwartet, dass sie kaum eine halbe Minute hatte, um in ihrem Buch zu versinken.

Für die näherkommende Gesellschaft war sie jetzt deutlich zu sehen, und Susan rief sie fröhlich von oben. Julia rührte sich nicht. Sie würde überrascht aufblicken, aber das wollte sie erst tun, wenn sie nah genug herangekommen waren. Also blätterte sie einfach um und lächelte leicht in sich hinein, als hätte sie gerade ein kultiviertes Bonmot gelesen.

»He, Julia!«, rief Bryan, aus allernächster Nähe.

Das schreckte Julia tatsächlich auf, denn er war den letzten Terrassenabsatz hinuntergesprungen und sprach ihr jetzt buchstäblich ins Ohr. Sie funkelte ihn an und wandte sich dann mit einem Begrüßungslächeln den beiden Gestalten zu, die sich ihr auf konventionellere Weise näherten, Susan und ihrem Gast.

»Das ist Sir William. Sir William – meine Mutter«, sagte Susan, die Bryan ebenfalls einen tadelnden Blick zuwarf. Es war bedauerlich für den jungen Mann, dass das Wiedergewinnen der Gunst seiner verehrten Dame in ihm genau den wilden Übermut hervorrief, durch den er diese Gunst vorher verloren hatte. Wie Susan selbst gesagt hatte, konnte sie sich nicht verstellen, und sie konnte jetzt auch nicht so tun, als würde sie es gutheißen, dass er den letzten Absatz hinuntergesprungen war und ihre Mutter so erschreckt hatte, als sie ihr gerade Sir William vorstellen wollte …

Julia hingegen nahm das alles gar nicht wahr, denn sie war zu sehr mit ihrem eigenen Benehmen beschäftigt. Es war wunderbar. Sie neigte liebenswürdig den Kopf, streckte liebenswürdig die Hand aus und lud Sir William ein, sich zu ihr zu setzen, indem sie ein wenig auf der Bank zur Seite rückte.

»Setzen Sie sich lieber auf einen Gartenstuhl, Sir«, schlug Bryan boshaft vor. »Dieses Ding da ist steinhart.«

Doch Sir William setzte sich neben Julia. Er war groß und schlank, sonnengebräunt, mit leicht spröden, grauen Haaren und der Art Profil, die sie hoffnungslos bewunderte. Die Raubvogelnase war eine ihrer Schwächen, und Sir Williams Nase war der reinste Adlerschnabel. »Höchst distinguiert!«, dachte Julia nach ihrem ersten diskreten Blick. »Genau so, wie er hier vor mir steht, könnte er einen Botschafter spielen!«

»Was für ein wunderschönes Anwesen!«, rief Sir William höchst distinguiert.

»Bemerkenswert«, pflichtete Julia ihm bei. »Haben Sie eine Schwäche für Landschaften?«

Sir William bejahte. Und fügte hinzu, dass er hoffte, noch einiges davon zu sehen zu bekommen, weil er mit dem Auto gekommen war. Wenn morgen gutes Wetter war, könnten sie ja alle zusammen auf den Grand Colombier fahren und auf dem Gipfel ihren Lunch einnehmen. Von dort aus konnten sie die Rhône und den Mont Blanc sehen.

»Was ist es denn für eines?«, fragte Julia.

Da Sir William ein wenig verblüfft dreinschaute, war es vielleicht ganz gut, dass Bryan die Frage für ihn beantwortete.

»Dunkelblauer Daimler«, sagte er lapidar. »Ich hoffe, das Dach ist dicht, Sir?«

»Das hoffe ich auch«, erwiderte Sir William mit philosophischem Gleichmut, »aber jede Karre, die ein Franzose nicht benutzt, ist mit ziemlicher Sicherheit heruntergekommen. Aber die Wetterlage scheint mir doch einigermaßen stabil.«

Susan blickte zum blau-weißen Himmel empor.

»Die Wolken kommen von Süden her«, sagte sie, »das ist kein so gutes Zeichen. Julia hat die einzig perfekte Woche dieses Sommers erwischt.«

Diese letzten Worte wollten Julia in Verbindung mit den katastrophalen Wahrsagungen, die sie sich selbst am Vorabend gemacht hatte, wie ein Zeichen vorkommen. War es möglich, dass die Ankunft von Sir William, auf die sie sich so gefreut hatte, sich als tödlich für ihren Frieden und ihre Freude über den Charakter der jungen Mrs. Packett erweisen würde? Würde er sie durchschauen, so wie Bryan, und – im Gegensatz zu Bryan – würde er sie enttarnen und fortschicken? Sein Adlergesicht sah auch in entspanntem Zustand furchtbar streng aus – wie würde es erst aussehen, wenn es von rechtschaffener Empörung aufgewühlt war? »Großartig!«, dachte Julia unwillkürlich, denn sie bewunderte Sir William schon jetzt zutiefst. Sie war wie ein Passagier in einem kleinen Boot, der zwar Angst vor einem Sturm hatte, aber trotzdem gerne mal einen tobenden Ozean erleben würde. Sir Williams Zorn würde fürchterlich sein, aber es wäre ein wunderbarer Anblick. »Bis jetzt schlage ich mich doch ganz gut«, dachte Julia und sammelte neuen Mut. »Ich darf jetzt einfach nicht den Kopf verlieren …«

Während des Mittagessens war sie daher sehr schweigsam. Sie wischte sich den Mund vor und nach dem Trinken ab, nahm sich kein einziges Mal einen Nachschlag und war sehr aufmerksam gegenüber Mrs. Packett. Bryan benahm sich nach seinem kurzfristigen Rückfall auch wieder hervorragend und war fast ebenso still wie sie. Susan und ihre Großmutter redeten mit Sir William und fragten nach gemeinsamen Bekannten – von denen einige zu Julias Entzücken einen Adelstitel trugen – und nach seiner Frankreichreise. Die Mahlzeit verlief jedoch insgesamt außergewöhnlich langweilig, deswegen blieb beim Kaffee auch keiner länger sitzen. Vor allem Julia war so erschöpft, dass sie direkt in ihr Zimmer ging und zwei Stunden schlief.

Nach dem Tee am Nachmittag nahm Sir William sie alle zu einer Spazierfahrt in seinem Auto mit. Susan saß vorne, Julia mit Bryan und Mrs. Packett hinten. Das Auto war wunderschön, und sie bekamen einiges an schöner Landschaft zu sehen. Dann kamen sie nach Hause und aßen zu Abend, und anschließend spielten sie Bridge. Bryan (dessen Benehmen schwankte wie eine Fieberkurve) schlug Poker vor, doch Julia fühlte sich verpflichtet, ihn zum Schweigen zu bringen. »Ich verabscheue das Glücksspiel«, sagte sie tugendhaft. »Ich glaube, es ist einfach ganz schlecht für den Charakter.« Daher spielten sie mehrere

Runden Rubberbridge, Mrs. Packett setzte aus. Um halb elf gähnte Susan, um viertel vor elf konnte Julia die geforderte Farbe nicht zugeben, und niemand außer Sir William nahm Notiz davon. Dann brachte Claudia das Gerstenwasser, und sie gingen alle schlafen.

»Ich bin so froh, dass Sir William jetzt da ist«, sagte Mrs. Packett zu Julia, als sie auf dem Weg zu ihren Zimmern den Flur durchquerten. »Jetzt amüsierst du dich vielleicht auch ein bisschen mehr bei uns.«

»Nicht mal ansatzweise«, sagte Julia grimmig.

Doch sie sagte es nur zu sich selbst.

IV

Am nächsten Morgen stellte sich heraus, dass Susans Zweifel berechtigt gewesen waren: Das Wetter schlug um, und der Ausflug zum Grand Colombier wurde einstimmig aufgeschoben. Julia war nicht wirklich traurig darüber, denn sie hatte wenig Verlangen, noch einmal zwei Stunden – am Ende noch länger – eingeklemmt zwischen Bryan und ihrer Schwiegermutter zu sitzen. Selbst in einem Daimler – das war die Sache nicht wert. Die Vormittagsstunden schienen nach der Änderung ihrer Pläne jedoch ungewöhnlich lang. Sie hätte gute Lust gehabt, sich noch ein paar Mal die Karten zu legen, doch sie hatte Angst, dass Sir William sie sehen und dafür verachten könnte. Er wanderte ziellos herum, mal im Haus, mal im Garten. Susan hatte sich zu ihren Französischstudien zurückgezogen, Bryan war nirgends zu sehen, und Mrs. Packett saß im Billardzimmer und war schwer beschäftigt mit einem kleinen Kochbuch. Julia schaute kurz bei ihr hinein und verschwand schnell wieder. Vom Flur aus konnte sie Sir Williams große Gestalt auf den Verandastufen ausmachen. Er war wirklich prächtig gebaut! Er hatte den geradesten Rücken, den Julia bei einem Mann seines Alters jemals gesehen hatte, und einen Augenblick lang blieb sie stehen und betrachtete ihn mit echtem Vergnügen. Dann drehte sich Sir William um, und zwar so schnell, dass sie keine Zeit hatte, eine wirkungsvolle Pose einzunehmen, und so bekam auch er einen unerwarteten und attraktiven Eindruck. Denn wenn Julia sich selbst vergaß, besaß sie eine gewisse bezaubernde Schlichtheit: Sie stand da und bewunderte ihn mit der glücklichen Aufrichtigkeit eines Kindes vor dem Weihnachtsbaum.

»Kommen Sie doch mit hoch auf den Berg«, lud Sir William sie ein, »dann können wir Susans Wolken anschauen.«

»Aber gerne doch«, sagte Julia. Als sie sich ihm anschloss, war sie innerlich jedoch äußerst wachsam. Sie hatte immer noch ein wenig Angst vor seinem Profil, und sie war so ängstlich darauf bedacht, einen guten Eindruck zu machen, dass sie fast kein Wort über die Lippen brachte. Doch die Gelegenheit war in vielerlei Hinsicht eine ganz angenehme, denn zumindest war hier kein Bryan, der sie aus dem Tritt brachte mit seinen vielsagenden Blicken oder mit seiner übereifrigen Zustimmung, wann immer sie eine kultivierte Bemerkung machte …

»Mögen Sie Galsworthy?«, fragte Julia, als sie sich an den Aufstieg machten.

Sir William bejahte. Na bitte! Julia wünschte nur, dass Susan hier gewesen wäre und es gehört hätte.

»Ich lese gerade *Die Forsyte-Saga*«, fuhr sie fort. »Und finde sie wunderbar.«

»Allerdings, das ist wirklich ein hervorragendes Werk«, meinte Sir William. »Insbesondere *To Let.*«

Da Julia noch nicht so weit vorgedrungen war, lauerte hier schon die erste Fußangel. Doch sie schlug sich wacker.

»*Ich* mag ja am liebsten *A Man of Property*. Das finde ich einfach großartig.«

Sir William stimmte ihr erneut zu. Ihre Unterhaltung war nicht unbedingt angeregt, aber sie war sehr vornehm.

»Mrs. Packett sieht bemerkenswert gesund aus«, stellte Sir William fest.

»Ja, nicht wahr?«, sagte Julia.

Es war überraschend, wie schnell sich so ein Gesprächsthema erschöpfte. Als Julia wieder an der Reihe war, zerbrach sie sich vergeblich den Kopf. Natürlich war da noch das ergiebige Thema von Susans Heirat, aber bis sie Sir William besser kennengelernt hatte – bis sie einen guten Eindruck auf ihn gemacht hatte – wollte Julia das Thema lieber nicht anschneiden. Er war ein zu kostbarer Verbündeter, um sich ihm ohne gebührende Vorsicht zu nähern.

»Mögen Sie Aix?«, fragte Sir William.

»Nein«, sagte Julia, die auf diese Frage völlig unvorbereitet war. »Nicht dass ich jemals dort gewesen wäre«, fügte sie hastig hinzu. Sir William war zu höflich, um diese Ungereimtheit zu bemerken, doch die bloße Notwendigkeit, sie zu ignorieren, würgte auch dieses Thema sofort ab. Eine Weile gingen sie schweigend weiter bergauf, und bald war der Zeitpunkt da, an dem Julia nichts mehr hätte sagen können, selbst wenn ihr etwas eingefallen wäre. Sie brauchte ihren ganzen Atem, um nicht zu keuchen. Sir William als Zugehöriger des privilegierten Geschlechts wischte sich ganz unverhohlen die Stirn ab, während Julia verzweifelt versuchte, ihre Poren zusammenzuziehen. Als sie am Fuß des Berges angekommen waren, war ihr beherrschendes Gefühl das Bedauern, ihr Puderdöschen nicht mitgenommen zu haben.

»Nicht mehr weit, oder?«, keuchte sie, als sie stehen blieben. Sie spürte das Blut in ihren Wangen, das Haar, das an ihren Schläfen klebte: Es hätte sie erstaunt, wenn sie erfahren hätte, dass Sir William diesen Anblick höchst attraktiv fand. »*Überladen*«, hatte Mrs. Packett geschrieben, doch Sir William zog mittlerweile das Wort »strahlend« vor. Er dachte sich, wenn Julia einfach nur weiter schweigen würde – oder zumindest aufhören würde, ständig irgendwelche gezierten Bemerkungen zu machen – dann könnte er ihre Gesellschaft tatsächlich sehr genießen.

»Ich liebe solche Ausblicke«, sagte Julia, als sie wieder halbwegs zu Atem gekommen war. Sie schaute hingerissen über die Ebene: Die Wolken waren über die Hügel hinweggezogen und lagen jetzt wie ein Dach auf einer Höhe leicht unterhalb ihrer Gipfel. Doch durch die großen Risse in der Wolkendecke drang immer noch die Sonne, hier auf ein Dorf, dort auf einen kleinen Hügel: Magnieu lag im Schatten, die Dächer von Belley glänzten im Licht. In welche Richtung lag Süden?, fragte sich Julia, hatte aber keine Lust, ihre Wissenslücke durch eine direkte Frage zu zeigen. Stattdessen erkundigte sie sich, was Sir William vom Wetter dachte.

»Auf jeden Fall unbeständig«, erklärte er, »aber mir fehlt natürlich Susans Kenntnis der örtlichen Verhältnisse. Wenn wir ein Gewitter erleben, wird es auf jeden Fall ein heftiges. Würde es Ihnen etwas ausmachen?«

»Nicht im Geringsten«, behauptete Julia, was nicht ganz der Wahrheit entsprach. Gewitter waren ihr ein Graus, und wenn es mitten in der Nacht losbrach und sie ganz allein war, wusste sie immer kaum, wie sie es durchstehen sollte. Louise war genauso – nur dass sie, mit der Energie, die ihrer Rothaarigkeit entsprang, ihnen auch ein bisschen Aufregung abgewinnen konnte: Sie rannte dann immer in ihrem besten Nachthemd hinaus und genoss es in vollen Zügen. »Ich sollte wohl am besten mein rosa Satinnachthemd anziehen«, dachte Julia. »Ich hätte zu viel Angst, um mich noch umzuziehen, wenn das Gewitter erst mal da ist …« Sie zitterte bereits bei dem Gedanken daran.

»Ihnen wird kalt«, sagte Sir William. »Hier oben geht doch immer mehr Wind, als man meint.«

Er drehte sich um und ging voraus, und Julia folgte ihm bereitwillig. Es war so schön, wie er ihr die Zweige zur Seite hielt, und ihr die Hand reichte, um ihr über unebene Stellen hinwegzuhelfen, doch die Notwendigkeit – so empfand sie es zumindest – eine höfliche Unterhaltung zu führen, bereitete ihr immer noch Sorgen. Sir William hatte offensichtlich das Handtuch geworfen, denn sie legten zwei Drittel des Weges in völligem Schweigen zurück. Aber an der Biege unterhalb des Pavillons, zwischen den Nussbäumen, kam Julia eine seltsame Erinnerung in den Sinn, und sie sprach sie ganz gedankenlos aus.

Ich hatt' einen Nussbaum im Garten

rezitierte Julia plötzlich,

Der weiter nichts tragen wollt'
Als eine Muskatnuss aus Silber …

Sie brach ab, denn sie genierte sich auf einmal, doch Sir William war stehen geblieben und lächelte sie an.

»*Und eine Birne aus Gold*«, vollendete er. »Sie haben eine wunderbare Gabe, die Stimmung des Augenblicks vollkommen zu machen.«

Julia wusste nicht recht, was er damit meinte, aber sie fühlte sich trotzdem geschmeichelt. Ihr Mut erwachte wieder, und einem ruchlosen Impuls folgend sagte sie unvorsichtigerweise:

»Wissen Sie, wer mir das beigebracht hat? Ein Clown.«

»Ein Zirkusclown oder ein Pantomime?«, fragte Sir William.

»Ein Pantomime. Als ich klein war, spielte meine Mutter die Kolombine, und manchmal wartete ich in der Garderobe auf sie. Einmal weinte ich wegen irgendetwas, ich weiß auch nicht mehr, was es war, und da kam der Clown herein und nahm mich auf den Schoß und sagte mir dieses Gedicht mit der Muskatnuss auf. Es dauerte Jahre, bis ich dahinterkam, dass er sich die Verse nicht selbst ausgedacht hatte.«

»Und, haben Sie aufgehört zu weinen?«

Julia zögerte. Da Sir William offenbar eine hohe Meinung von diesem Gedicht hatte und sie selbst wiederum eine hohe Meinung von Sir William, hätte sie gerne Ja gesagt, doch die Aufrichtigkeit verbat es ihr.

»Ich weiß nicht mehr«, gestand sie. »Ich habe aufgehört, aber wahrscheinlich eher wegen der Würstchen. Er hat mir Würstchen und seine Narrenpeitsche zum Spielen gegeben.«

»Ein Clown, der Kinderreime aufsagt«, sagte Sir William nachdenklich. »Sie konnte Susan bestimmt ganz wunderbare Geschichten erzählen.«

Julia wirkte zu Tode erschrocken. Sie sollte Susan erzählen, dass ihre Großmutter die Kolombine gespielt hatte? Das fehlte gerade noch! Gott sei Dank hatte das Mädchen nie viel nachgefragt, aber für den Fall, dass sie die Frage jemals stellen sollte, hatte Julia sich längst eine Antwort zurechtgelegt: »Deine Großmutter mütterlicherseits war die Tochter eines Pfarrers, meine Liebe.« Was durchaus stimmen konnte, denn Julia hatte nie ein Wort über ihren Großvater gehört, und da sie nicht wusste, ob er ein Pfarrer gewesen war, wusste sie eben auch nicht, dass er keiner gewesen war …

Brüsk sagte sie: »Ich habe Susan nie irgendetwas erzählt. Ich nehme an, Sie wissen, dass ich nicht wirklich eine Mutter für sie gewesen bin.«

»Wenn Sie es gewesen wären«, sagte Sir William, »wären Sie heute beide nicht die, die sie heute sind.« Und dann zitierte er absurderweise noch einmal den Vers:

… als eine Muskatnuss aus Silber
Und eine Birne aus Gold.«

»Ich weiß nicht, wie es Ihnen geht«, sagte Julia, »aber ich sterbe vor Durst.«

V

Es hätte mehr als Gerstenwasser gebraucht (und mehr bekam sie leider nicht), um ihre Fassung wiederherzustellen. Sie hatte Sir William nur auf den Weinberg begleitet, um einen guten Eindruck auf ihn zu machen. Was zum Teufel war nur in sie gefahren, dass sie auf einmal von Clowns und Garderoben faselte? Warum musste sie ihre zweifelhafte Vergangenheit ausgraben, wenn sie doch auf diese ganz herrlich korrekte Gegenwart Bezug nehmen konnte? Denn er hätte es niemals erraten, dachte Julia versonnen. Wenn sie nur ihre Zunge im Zaum gehalten hätte, würde er sie immer noch für eine echte Dame halten.

Niedergeschlagen setzte sie sich an den Mittagstisch. Die Mahlzeit verlief genauso langweilig wie die vom Vortag – mit dem Unterschied, dass sie jetzt nicht nur gelangweilt war, sondern auch noch nervös. Sie hatte schreckliche Angst, dass Sir William etwas von Clowns oder Kolombinen sagen könnte, oder sie sogar direkt zu ihrer früheren Laufbahn befragte. In der Tat unternahm er beunruhigend viele Anläufe, sich mit ihr zu unterhalten. Doch Julia erstickte sie alle im Keim – alle. Sie weigerte sich sogar, sich in ein Gespräch über Galsworthy verwickeln zu lassen. Galsworthy hatte auch fürs Theater geschrieben, und an Theatern gab es Pantomimen, und Julia wollte ganz bestimmt kein Risiko eingehen. Nach einer Weile gab Sir William seine Versuche auf und widmete sich stattdessen der alten Mrs. Packett. Da amtete Julia auf, und als Claudia die Platten abräumte, hatte sie so viel Mut wiedergewonnen – und auch einen gewissen Appetit – dass sie Susan fragte, was es zum Nachtisch gab.

»Harlekins«, sagte Susan fröhlich.

Julia fuhr zusammen. Dann wich ihre Überraschung der Empörung, als ihr ein höchst abscheulicher Gedanke durch den Kopf schoss. Er hatte … er hatte Susan doch wohl nicht schon davon erzählt?

Doch Susans nächste Worte zeigten, dass er nichts dergleichen getan hatte.

»Tut mir leid, Onkel William, das ist ein französisches Resteessen. Von gestern Abend ist noch eine halbe Tarte übrig, und ein Käsekuchen.«

Julia hörte es, begriff, und spürte, wie ihr Herz wieder gleichmäßig zu schlagen begann. Doch ihr Seelenfrieden war sofort wieder dahin, denn in diesem Moment begegnete sie Sir Williams Blick von der anderen Seite der Tafel.

15. KAPITEL

I

JULIAS ROLLE als junge Mrs. Packett gestaltete sich mittlerweile schwieriger denn je zuvor. Zu Anfang war es schon heikel genug gewesen – Bryan gab immer das falsche Stichwort, Susans Adleraugen entging kein Ausrutscher, und Mrs. Packett versuchte ständig, ihr ihre ganz eigene Nebenhandlung unterzujubeln. Doch die Anwesenheit von Sir William würde alles noch zehnmal schlimmer machen, wie Julia sofort spürte. Er war genauso gefährlich wie Bryan, so aufmerksam wie Susan und würde sich höchstwahrscheinlich für die Kuchen interessieren. Um den Dingen die Krone aufzusetzen, fand Julia ihn auch noch wahnsinnig attraktiv.

»Natürlich!«, dachte Julia verdrießlich.

Zum ersten Mal in ihrem Leben bereitete ihr die Aussicht auf eine neue romantische Begegnung – mit all ihren köstlichen Wechselbädern von Hoffnung und Verzweiflung, den aufregenden Annäherungen an den Austausch von Zärtlichkeiten und den kaum weniger anregenden Hemmungen – überhaupt kein Vergnügen. Sie hatte keine Zeit dafür. Sie brauchte ihre ganze Gewitztheit, ihre ganze

Energie, um ihren Posten zu halten. Ihre einzige Hoffnung lag darin, Sir William ab jetzt nur noch zu treffen, wenn er mit dem Rest zusammen war, und keinen Versuch zu unternehmen, seine Aufmerksamkeit auf sie als Einzelperson zu ziehen. Denn sie hatte nichts von ihm zu befürchten: Wenn er sie auch genauso oft ertappen mochte wie Bryan, er würde ihr Geheimnis nie verraten. Nachdem sich die Dinge wieder etwas beruhigt hatten, würde er sie höchstwahrscheinlich überhaupt nicht mehr beachten.

Leider hatte Julia das dumme Gefühl, dass sie es schier nicht ertragen würde, wenn er sie nicht mehr beachtete.

Als wollte es sich ihrem Kummer anpassen, brach genau in diesem Augenblick das Gewitter los. Julia schaute hinaus in den strömenden Regen und freute sich vorübergehend sogar an der allgemeinen Trostlosigkeit. Dann wandte sie sich angewidert ab: Dieses Wetter bedeutete einfach nur, dass sie hier in der Villa noch viel mehr aufeinandersaßen als vorher. Es gibt keinen Nährboden, der Liebesdinge so begünstigt wie ein Landhaus an einem Regentag (hatte ihr mal jemand erzählt), und so wurde die eine Hälfte ihres Dilemmas entsprechend zugespitzt. Julia wusste, sie hätte einen Fußmarsch durch die Sahara angetreten, wenn sie der Sache damit aus dem Weg hätte gehen können. Dann schloss sich Sir William jedoch mit einem Stapel Papieren in seinem Zimmer ein, und Julia betete um schönes Wetter, damit er wieder herauskam. Sie konnte sich nicht erinnern, sich jemals derart unbehaglich gefühlt zu haben und es regnete immer noch weiter.

Es regnete und regnete. Anthelmine, die Köchin, die unter einem riesigen Regenschirm vom Dorf hochgestapft kam, verkündete, dass es sich jetzt erst mal einregnen würde. Sie war schlecht gelaunt – der Regenschirm, so groß er war, war doch nicht groß genug für sie – und darunter litt das Abendessen. Es regnete die ganze Nacht und den ganzen nächsten Tag. Sogar bei geschlossenen Fenstern konnte man keine Sekunde vergessen, dass es regnete. Den Anblick konnte man ausblenden, nicht aber das Geräusch, und die unverwüstlichen Grillen lieferten ein pfeifendes Konzert zum steten Trommeln von Regentropfen auf Laub. Niemand ging freiwillig hinaus, außer Susan, die ihren Regenmantel anzog, um einen langen Spaziergang zu unternehmen. Bryan in seinem Gästehaus war unsichtbar, Sir William blieb in seinem Zimmer, bis das Wasser durchs Dach tropfte, dann schlenderte er in die Halle und begegnete Julia, die in diesem Augenblick den Weg des geringsten Widerstandes wählte und sich hastig in ihr eigenes Zimmer zurückzog, woraufhin Sir William sich im Billardraum zu Mrs. Packett gesellte.

Die alte Dame kam besser zurecht als alle anderen, denn sie hatte eine unerschöpfliche Quelle. Wann immer sie nichts zu tun hatte, schrieb sie Briefe. Ihr fiel immer ein Empfänger ein, immer ein Anlass, sie brauchte einfach nur Papier und Tinte. Das Ergebnis war so ähnlich wie beim Schnellmalen: unzusammenhängend, aber ohne jedes Zaudern. Tatsächlich schrieb sie, was ihr gerade in den Sinn kam, und da sie in dieser Zeit vor allem Julias Tortengeschäft im Sinn hatte, wurde die Nachricht von diesem Unterfangen rasch in alle vier Winde verbreitet.

Ich vermute, es wird in Kensington sein [so schrieb Mrs. Packett einer angeheirateten Cousine, die in Australien lebte], *denn Susan hat mir erzählt, dass dort viele Leute gezwungen sind, in Wohnungen zu leben. Julia selbst ist noch nicht so ganz überzeugt, aber wir werden uns gründlich umschauen, wenn wir mal wieder alle in die Stadt fahren. Du weißt, dass ich dir das nicht schreibe, um Werbung zu machen, denn du wohnst ja viel zu weit weg, aber wenn du jemals heimkommen solltest, meine Liebe, nehm ich dich selbstverständlich mit auf eine schöne Tasse Tee …*

Das einzige Ereignis an diesem Vormittag war das Eintreffen einer zweiten Postkarte von Fred Genocchio. »Schön, dass du dich amüsierst«, stand darauf. »Liebe Grüße, Fred« Was Julia allerdings am meisten rührte, war die Abbildung von Notre Dame. Sie war so schön und raffiniert, dass sie die Postkarte im Flur liegen ließ, in der Hoffnung, dass Susan sie sehen würde. Als Susan keine Bemerkung dazu machte, holte Julia die Karte wieder, um sie Mrs. Packett zu zeigen. Die alte Dame bewunderte sie sehr, und in der Annahme, sie sei an sie gerichtet, drehte sie sie um und las den Text auf der Rückseite.

»Fred?«, sagte sie mit fragendem Ton. »Doch nicht etwa Fred Trevelyan?«

»Die ist für mich«, sagte Julia hastig, »sie ist von einem Freund« – und sie warf unwillkürlich einen Blick über die Schulter, um zu sehen, ob Sir William es mitbekommen hatte. Danach war sie so verärgert über sich selbst, dass sie in ihr Zimmer ging und den Regen von dort aus beobachtete.

Gegen vier Uhr kam Bryan vom Gästehaus und klagte, dass er zum Mittagessen ranzigen Käse gegessen hatte.

»Warum bist du denn dann nicht hergekommen?«, fragte Susan, die nach ihrem Acht-Kilometer-Marsch in einer freundlichen, annehmbaren Stimmung war, auf die der Rest der kleinen Gesellschaft schrecklich gereizt reagierte.

»Weil ich nicht nass werden wollte, mein Schatz«, sagte Bryan und schüttelte sich das Wasser vom Mantel. »Ich mag vielleicht Engländer sein, aber ich bin nicht verrückt.«

»Jetzt regnet es aber genauso heftig«, wandte Susan ein. »Hättest du gerne ein heißes Bad?«

»Nein«, sagte Bryan. »Außerdem regnet es fast gar nicht mehr.«

Danach spielten sie mehrere Stunden Bridge, bis Mrs. Packett freimütig verkündete, dieses Spiel stelle die Nerven eines Menschen weiß Gott auf die Probe.

Danach gingen sie alle zu Bett. Julia schaute ihr bestes Satinnachthemd an, das sie herausgelegt hatte, für den Fall, dass es gewittern sollte, dann warf sie es zurück in die Schublade und schlüpfte in einen Pyjama.

II

Um Punkt drei Uhr nachts begann der erste Donner über den Hügeln zu grollen und verzog sich wieder. Der nächste Donnerschlag schien direkt über dem Dach loszugehen, und ein greller Blitz erleuchtete die Fenster. Julia wachte auf, wusste nicht gleich, was los war, und wunderte sich über die Stille. Der Regen hatte fast ganz aufgehört, man hörte keine einzige Grille. Sie stand auf, um hinauszuschauen, und als sie das Zimmer zur Hälfte durchquert hatte, ertönte der nächste Donner und erschreckte sie bis ins Mark. Ohne daran zu denken, dass sie nur ihren Pyjama anhatte, rannte sie hinaus auf den

Flur, weil sie sich in diesem Augenblick einfach nur nach menschlicher Gesellschaft sehnte. Dort fühlte sie sich sofort sicherer, weniger ausgeliefert, denn das einzige Fenster war fest mit Fensterläden verschlossen. Julia schaute auf die gegenüberliegende Tür und fragte sich, ob Sir William schon überschwemmt war. Wenn ja, dann unternahm er nichts dagegen, denn das ganze Haus war völlig still. »Denen ist das egal!«, dachte Julia verbittert. »Wenn es nach ihnen geht, kann ich hier vor Angst umkommen!« Noch nie zuvor, nicht mal an ihrem ersten Morgen in der Badewanne, hatte sie sich so verloren gefühlt, so völlig isoliert, so sehr als Fremde unter diesem gastfreundlichen Dach. Sie machte ein paar Schritte auf Mrs. Packetts Tür zu, dann blieb sie stehen. Die alte Dame hatte Nerven aus Stahl und schlief wahrscheinlich tief und fest, oder sie war wach und lenkte sich mit Shortbread-Rezepten ab. Und Susan … Susan war wahrscheinlich noch schlimmer: ganz bestimmt mitfühlend, aber leicht überrascht, dass jemand so ein Feigling sein konnte … »Ich habe niemand!«, dachte Julia, und ihr war ganz elend. Der Donner grollte, und dann stand sie wieder vor Sir Williams Tür. Trotz der Schwüle zitterte sie von Kopf bis Fuß, eine große Welle der Verzweiflung, eine Vorahnung von Kummer ging über sie hinweg und schüttelte sie durch. Sie konnte sich nicht rühren, sie konnte nur dort stehen, die Schultern an die Wand drücken und auf den nächsten Donnerschlag warten.

Schließlich kam er, aber diesmal schon aus größerer Entfernung, gefolgt von einem beruhigenden, gleichmäßig strömenden letzten Regen. Julia riss sich zusammen und kroch wieder in ihr Bett.

III

Am nächsten Morgen um halb sieben stand Bryan bei strahlendem Sonnenschein auf der unteren Terrasse unter Susans Fenster und warf Kieselsteinchen gegen ihre Scheibe. Nach der zweiten Handvoll streckte sie den Kopf hinaus, und ein paar Kieselsteine kamen wieder herausgeregnet.

»Hör auf!«, rief sie. »Die landen doch alle in meinem Bett!«

»Tut mir leid«, sagte Bryan und wich dem Kieselregen aus. »Ich hab's mit Rosen probiert, aber die sind so blöd zu werfen. Geht es dir gut, mein Schatz?«

»Ob es mir gut geht? Natürlich geht es mir gut. Warum sollte es mir nicht gut gehen?«

»Ich dachte, das Gewitter hätte dich vielleicht beunruhigt. Ich wollte schon fast rüberkommen, um dir die Hand zu halten.«

»Na, Gott sei Dank hast du es bleiben lassen«, sagte Susan pragmatisch. »Die Haustür war verriegelt, und niemand hätte dich gehört. Wie spät ist es?«

»Halb sieben, und es ist so ein himmlisch schöner Morgen – komm doch raus, damit du das auch riechen kannst!« Auf einmal trat er einen Schritt vor und stand ganz dicht unter ihrem Fenster, es war so niedrig, dass er nur nach oben greifen musste, um das Fensterbrett zu berühren. »Spring, mein Schatz! Ich fang dich auf!«

Susan lachte.

»Idiot! Ich bin noch im Schlafanzug!«

»Ist doch völlig egal, hier ist niemand. Zieh dir Pantoffeln an und einen Mantel, wenn du magst. Pass bloß auf, dass du nicht im Efeu hängen bleibst.«

Susans blonder Schopf – so strahlend, so bezaubernd – zog sich jäh zurück.

»Ich komme in fünf Minuten raus«, rief sie. »Zieh dir ordentliche Schuhe an, dann steigen wir auf den Berg.«

Einen Augenblick stand Bryan, wo sie ihn hatte stehen lassen, und schaute hinunter auf seine Sandalen. Sie waren durchnässt, ebenso wie seine beigefarbene Hose bis auf Kniehöhe, denn er war geradewegs durchs Gebüsch zur Villa hochgelaufen, ohne den Weg zu benutzen. Er schaute auf seine Füße, dann zu Susans Fenster, dann drehte er sich um, rannte auf die niedrige Mauer der Terrasse zu, kontrollierte seinen Anlauf kurz, wie ein gutes Jagdpferd, und setzte über die Mauer. Er landete im langen, pitschnassen Gras und wälzte sich darin. Die Sonne war heiß, die Regentropfen waren eiskalt, und diese zwei gegensätzlichen Empfindungen lösten in ihm den Wunsch aus, laut zu schreien. Doch er riss sich zusammen. Susan war nicht gekommen, als er sie gebeten hatte, jetzt wollten wir doch mal sehen, ob sie ihn fand …

Doch Susan wäre es nie in den Sinn gekommen, ihn mitten im nassen Gras zu suchen.

IV

Eine seltsame Folge von Sir Williams Ankunft war die, dass die Last von Julias unrechtmäßig erworbenem Gewinn, die sie bis jetzt ohne allzu großen Kummer getragen hatte, sich auf einmal zu einem unerträglichen Gewicht auswuchs. Es war ihr selbst ein Rätsel: Sie wusste nur, dass ihr die verbliebenen vierhundert Franc wie Blei in der Handtasche und auf dem Herzen lagen. So konnte es natürlich nicht weitergehen, und in der Nachmittagshitze, als alle anderen ruhten, zog sich Julia in ihr Zimmer zurück und brachte dort einem unbekannten Gott ein Opfer dar.

Es hätte besser ausgesehen – wesentlich besser – wenn sie die ganze Summe hätte zurückgeben können, aber Mr. Rickaby würde sicher Verständnis haben. Die Scheine, die sie zusammengefaltet in einen halbierten Briefbogen steckte, gaben jedenfalls ein ansehnliches Bündel ab. Julia musterte sie liebevoll, doch ihre Hand zauderte nicht, als sie einen Umschlag zum Beau-Site-Hotel adressierte. Ganz kurz streifte sie der Gedanke, einen Brief dazu zu schreiben, weil es so unhöflich schien, einfach nur wortlos das Geld zurückzugeben, doch ein Brief konnte zu einer Antwort, wenn nicht sogar zum Auftauchen von Mr. Rickaby persönlich führen, und danach stand ihr nun wirklich nicht der Sinn. Am Ende nahm sie einen Stift und schrieb einfach nur »Von einer Wohlwollenden« – und der Stift machte wie von selbst ein paar Kreuze darunter. Dann leckte sie den Umschlag an und sah sich gezwungen, noch eine von Susans Briefmarken zu mopsen.

»Ist ja für eine gute Sache«, dachte Julia unbekümmert.

Es war ein heißer Tag, doch als letzten Akt der Buße beschloss sie, zu Fuß nach Magnieu zu gehen und die Sendung mit der Nachmittagspost aufzugeben.

Das Dorf lag schläfrig in derart grellem Sonnenlicht, dass sie blinzeln musste. Die Bewohner waren alle auf den Feldern, nur das Geflügel war zurückgeblieben und hütete das Haus, marschierte über die Schwelle hinein und hinaus, wie Nachbarn, die zu Besuch kommen. In einem Korb vor der Tür des Zimmermanns schliefen fünf mehrfarbige Kätzchen: Ihre rabenschwarze Mutter lag auf dem Fensterbrett darüber und hatte eines ihrer gelben Augen offen. Alles war ganz still – so still, dass Julia instinktiv ihre Schritte dämpfte und auf die vereinzelten Strohbündel auf dem Boden trat, die die Sonne sogar im Schatten scheinen ließen. Aber weder das Geflügel noch die Katzen nahmen Notiz von ihr.

Sie überquerte den Platz mit dem Brunnen und schlug die Straße nach Magnieu ein. Der Ort war ebenso verlassen wie das Dorf, und bevor sie allzu weit gekommen war, kam sich Julia vor wie der einzige Mensch in ganz Frankreich. Das Gefühl gefiel ihr ganz und gar nicht, sie mochte es nicht, mit so viel Landschaft allein zu sein. Zu ihrer Rechten, ein Feld weit entfernt, ragte ein baumbewachsener steiler Felsen auf, der sich strahlend grün vor einem strahlend blauen Himmel abhob; beide Farben waren so kräftig und so voll, als hätte ein Kind sie mit seinen neuen Wasserfarben dort hingemalt. Zu ihrer Linken erstreckte sich die landwirtschaftlich genutzte Ebene, die farblich abwechslungsreicher war, aber durch die brachiale Kraft der Sonne alle feineren Abstufungen verloren hatte. Julias Sinn fürs Theater verlangte nach einer Wolke oder zwei in passender Größe, oder zumindest nach einem Beleuchtungswechsel, und sie begann ihre Augen auf eine Reihe von Pappeln zu richten, die die Monotonie einer schattenlosen Straße zu durchbrechen versprachen.

Kurz bevor sie sie erreichte, wurde die Monotonie jedoch auf andere Weise durchbrochen. Dicht neben ihr, auf der anderen Seite der Hecke, hörte man eine leise Rangelei, danach einen halb lachenden, halb verärgerten weiblichen Protest, und dann kam aus dem nächsten Tor ein Dorfmädchen heraus gerannt. Sie hatte ein hübsches Gesicht, wie man es in dieser Gegend oft sah – blasse

Haut, blaue Augen – aber auch die hier übliche, weniger attraktive Figur. Als sie Julia erblickte, zögerte sie, dann überquerte sie die Straße und verschwand ins Feld auf der anderen Seite. Julia ging weiter und erreichte das immer noch schwingende Tor genau in dem Moment, als Bryan Relton herauskam.

»Na, so was!«, sagte Julia.

Mit bewundernswerter Geistesgegenwart drehte er sich um und deutete mit schwungvoller Geste auf die Felswand.

»Großartiger Ausblick«, sagte er. »Aber viel zu heiß.«

»Sie haben eben dieses Mädchen geküsst«, bezichtigte ihn Julia.

»Welches Mädchen?«

»Das gerade hier rausgerannt kam. Glauben Sie ja nicht, dass Sie mir mit einer schönen Aussicht Sand in die Augen streuen können.«

Bryan grinste.

»Sie haben ja recht, meine Liebe. Wie immer. Aber ich konnte einfach nicht widerstehen – ich hab noch nie eine Schäfertochter geküsst.«

Das war eine Einstellung, die Julia durchaus nachvollziehen konnte, aber sie dachte an Susan und zog ein finsteres Gesicht.

»Das sollten Sie nicht tun«, sagte sie streng. »Wie war es denn?«

»Überschätzt«, sagte Bryan und schloss sich ihr an. »So ein Glück, dass ich das nun rausgefunden habe! Jetzt kenne ich wieder eine Sorte Mädchen mehr, die ich nie wieder küssen möchte.«

»Sie sollten überhaupt niemand küssen wollen außer Susan.«

»Tu ich ja auch nicht – jedenfalls theoretisch nicht.«

»Susan erwartet aber, dass Theorie und Praxis übereinstimmen.«

»Ja, aber Susan ist eben auch perfekt, und ich nicht.«

»Ich weiß«, sagte Julia. Sie zögerte. »Vielleicht hätte ich Ihnen erzählen sollen, dass ich Ihren Vater kannte.«

Bryan starrte sie an.

»Was zum Teufel reden Sie da? In … äh … in welchem Zusammenhang?«

»Was meinen Sie wohl?«, fragte Julia. »Ich weiß nicht, wie er zu Hause war, aber in einer Theatergarderobe musste man sich ganz schön vor ihm in Acht nehmen.«

»Und die Sünden der Väter«, zitierte Bryan, »sucht er bei den Söhnen heim. Das haben Sie mir also auch noch vorgeworfen, Julia?«

»Nein, das habe ich nicht. Ich weiß, wie wenig so etwas ausmachen kann – schauen Sie sich doch Susan und mich an. Ich hätte dieselbe Meinung von Ihnen gehabt, wenn Ihr Vater ein Bischof gewesen wäre.«

Sie gingen schweigend einige Meter weiter und hielten sich nah an der Hecke, um einem näher kommenden Ochsenkarren Platz zu machen. Als er an ihnen vorbei war, blieb Bryan beim nächsten Tor plötzlich stehen.

»Kommt eigentlich irgendjemand mal auf den Gedanken«, fragte er, während er sich an den Torpfosten lehnte und die Hände in den Taschen vergrub, »dass ich es eines Tages satt haben könnte, dass man ständig auf mir rumhackt und mir Predigten hält?«

Julia verkniff sich die offensichtliche Antwort. Sie hatte das starke Gefühl, dass er in dieser Stimmung ihren eigenen Absichten am ehesten gefügig sein würde.

»Du wirst noch eine Menge mehr Predigten hören,

bevor Sie hier fertig sind«, sagte sie fröhlich. »Begleiten Sie mich jetzt zum Postamt oder wollen Sie hier stehen bleiben und schmollen?«

Bryan überlegte.

»Ich glaube, ich würde mich gerne betrinken«, sagte er. »Ich begleite Sie nach Magnieu und da betrinke ich mich dann. Danach hab ich noch Zeit bis zum Abendessen, meinen Rausch auszuschlafen.«

»Wenn ich eines hasse«, sagte Julia, »dann ist es, wenn jemand so große Töne spuckt wie Sie. Sie gehen jetzt sofort und auf direktem Wege zurück zur Villa, sonst – sonst erzähl ich Susan alles.«

Er ging. Mit einem letzten gekränkten, feindseligen Blick drehte er sich auf dem Absatz um und marschierte davon, während Julia ihren Weg auf der Landstraße nach Magnieu fortsetzte. Es war ihr erster Erpressungsversuch, und – im Gegensatz zu Mr. Rickabys Geld – belastete er ihr Gewissen nicht im Geringsten.

16. KAPITEL

I

ES WAREN mittlerweile vierzehn Tage vergangen, seit sich Julia zum letzten Mal die Haare gewaschen hatte. Als Dunkelhaarige konnte sie es sich bis zu drei Wochen erlauben und immer noch vorzeigbar aussehen, doch seit der Ankunft von Sir William und trotz ihrer Entschlossenheit, ihn zu ignorieren, war vorzeigbar nicht mehr genug. Sie wollte schöne feste Locken und jede Menge Brillantine, und nach einem vergeblichen Versuch, Claudia Informationen zu entlocken (deren eigene Frisur noch von 1890 stammte), ging Julia in den Garten, um Susan zu suchen. Sie unterbrach sie bei ihren Französischstudien.

»Wo lässt du dir die Haare waschen, Susan?«

»Hier? Das mach ich selbst«, antwortete Susan.

Julia betrachtete die Haare ihrer Tochter – weich, golden, mit einer leichten Naturwelle – und lächelte neidisch.

»*Du* kannst dir das natürlich erlauben. Aber ich mit meiner Dauerwelle könnte meine Haare nie so legen. Es gibt doch bestimmt einen Friseur in Belley, oder?«

»Zwei oder drei«, bestätigte Susan. »Wenn wir morgen einkaufen gehen, kann mich ja erkundigen, wenn du magst.«

»Ich würde das lieber heute schon machen lassen«, sagte Julia störrisch. Sie hatte keinen Grund zu der Annahme, dass Sir William genauer hinschaute als die meisten Männer, aber er war selbst immer so herrlich adrett – wie sie in genau diesem Moment wieder Gelegenheit bekam festzustellen. Sir William hatte sich zu ihnen gesellt und war gerade im rechten Moment erschienen, um Julias letzte Worte zu hören.

»Kann ich etwas für Sie tun?«, fragte er.

»Ich würde mir nur gern die Haare waschen lassen«, sagte Julia. »Ich werde es mal in Belley versuchen.«

»Dann fahre ich Sie mit dem Auto hin«, sagte Sir William.

Julia strahlte vor Glück. Er musste sie wohl wirklich mögen! Denn normalerweise hassten Männer Friseurbesuche, weil sie dort immer so lange warten mussten …

»Vor dem Mittagessen werdet ihr das nicht mehr schaffen«, stellte Susan sachlich fest. »Es ist jetzt schon fast halb eins.«

»Dann essen wir eben in Belley zu Mittag«, erwiderte Sir William. »Wir fahren hin, machen einen Termin aus, essen zu Mittag, und dann kann Julia zum Friseur gehen. Was sagen Sie dazu?«

»Wunderbar!« Julia schnappte nach Luft, so überwältigt war sie von der Großzügigkeit dieses Angebots. Dann warf sie einen raschen Blick zu ihrer Tochter, um zu erkunden, ob Susan auch mitkommen wollte. Doch Susan, die sich schon wieder ihren Büchern zugewandt hatte, sah ganz so aus, als wäre sie erleichtert; sie schien sich aufrichtig zu freuen, ihre Mutter so gut versorgt zu wissen.

»Dann lassen wir Susan jetzt mal in Ruhe«, sagte Sir William. »Und ich stehe in fünf Minuten mit dem Auto bereit.«

II

Julia war eine glückliche Frau, als sie sich in den Daimler setzte. In einem großen Auto neben einem Ritter zu sitzen, kam nahe an ihr Idealbild irdischer Wonne, und da obendrein noch ein gutes Mittagessen auf sie wartete, hatte sie das Gefühl, langsam nicht viel mehr vom Leben erwarten zu dürfen. Und das sah man ihr auch an: Ihr Gesicht strahlte vor Freude.

»Bequem?«, fragte Sir William.

»Himmlisch!«, hauchte Julia.

Sie betete ihn an. Sie hatte ihn schon immer als den distinguiertesten Mann bewundert, den sie jemals gesehen hatte, doch in diesem Augenblick begann ihre Anbetung. Irgendetwas in diesem einen Wort – wie er es gesagt hatte, mit einem Lächeln, aber ohne die Augen von der Straße zu nehmen – traf sie direkt ins Herz. Andere Worte hatten sie auch schon direkt ins Herz getroffen, aber niemals mit solcher Wucht.

»Sagen Sie Bescheid, wenn Sie noch ein Polster brauchen«, sagte Sir William. »Hinten liegt noch eines.«

Julia lächelte. Da er sie nicht ansah, war ein Lächeln keine Antwort, aber sie wagte nicht zu sprechen. Auf wundersame Weise hatte sie einen guten Eindruck auf diesen Mann der Superlative gemacht – das Nervenaufreibende daran war nur, dass sie keine Ahnung hatte, wie sie das erreicht hatte. Sie konnte zum Beispiel nicht einschätzen, ob es ihm gefallen würde, wenn sie näher an ihn heranrückte, bis sich ihre Schultern berührten, oder ob es ihm lieber wäre, wenn sie auf Distanz blieb. Sie warf einen verstohlenen Seitenblick auf sein Adlerprofil; es hatte so eine starke Wirkung auf sie, dass sie ganz schnell wieder wegschauen musste.

»Ich glaube, das *ist* es einfach«, dachte Julia nervös. »Ich glaube, besser als so kann es nicht werden. Wenn ich nicht aufpasse, mache ich mich zum Narren.«

Ihre Gedanken rasten weiter, und Sir William wäre höchst überrascht gewesen, wenn er ihren Inhalt gekannt hätte, denn als sie Belley erreichten, hatte Julia sich bereits einem Leben in hoffnungsloser Anbetung verschrieben. Die Aussicht deprimierte sie nicht so sehr, wie man hätte erwarten können, sie fand sie eher aufregend, und sie verschaffte ihr eine gute Meinung von sich selbst. Und in ihrer Vorausschau auf so viele schlaflose, durchweinte Nächte, die vor ihr lagen, war ihr nächstes Ziel, ein Foto von ihm zu bekommen, auf das sie ihre Tränen tropfen lassen konnte.

»Ich glaube, Sie sind sehr fotogen«, brach sie schließlich das Schweigen.

»Ich, fotogen? Ich weiß ja nicht«, sagte Sir William. »Ich bin seit Jahren nicht mehr fotografiert worden.«

Julia war leicht enttäuscht. Wenn sie ihn bat, sich jetzt fotografieren zu lassen, könnte er denken, sie sei – nun ja, an ihm interessiert. Und das wollte sie nicht, ihre Anbetung sollte unbekannt bleiben, unerwidert, so rein und selbstlos wie möglich.

»Ich habe ein paar Schnappschüsse vom Strand bei Cap-Martin«, fügte Sir William hinzu, als er vor dem

Pernollet hielt. »Auf denen sehe ich aus wie eine Vogelscheuche.«

»Ich mag es, wenn Männer dünn sind«, sagte Julia. Doch sie sagte es sehr distanziert, so dass es sich anhörte wie eine allgemeine Überlegung. »Sie sollten die alten Knacker hier mal sehen – die sehen alle aus wie Ananas.«

Sir William musste lachen.

»Das Pernollet ist ihre einzige Abwechslung. Leben Sie mal ein, zwei Monate hier, dann werden Sie schon sehen, wie schwer es ist, der Versuchung zu widerstehen.«

»Ich werde mich hüten«, sagte Julia ernst. »Ich muss aufpassen. Heute Abend werde ich besser fast gar nichts mehr essen.«

»Dann sollten Sie zusehen, dass Sie gut zu Mittag essen«, meinte er.

III

Julia betrat das Restaurant stolz und mit federnden Schritten. Sie ging nicht, sie rauschte dahin. Mit Sir William hinter sich und dem Daimler vor der Tür fühlte sie sich jeder Angewiderten Lady hier ebenbürtig. Doch ihr Triumph war nicht von Dauer, sie rauschte nur drei Schritte, beim vierten stockte sie. Denn der erste Mensch, den sie erblickte, an einem Tisch direkt auf ihrem Weg durchs Restaurant, war Mr. Rickaby.

Sogar in diesem äußerst unseligen Moment war Julias erster Gedanke ein selbstloser: Sie freute sich zu sehen, dass er sich bereits getröstet hatte. Mr. Rickaby war nicht allein, er hatte eine Begleiterin, eine hübsche Blonde mit gutmütigem Gesicht, genau das Richtige für ihn, dachte

Julia, so wie Mr. Rickaby zweifellos genau der Richtige für sie war. Als ihr dieser Gedanke gerade durch den Kopf ging, blickte Mr. Rickaby auf.

»Da kennt Sie anscheinend jemand«, sagte Sir William.

Julia drehte sich um, um es zu leugnen, und dabei entdeckte sie, dass er in eine andere Richtung schaute. An einem Tisch zu ihrer Rechten saßen die beiden Misses Marlowe.

Es blieb ihr nichts anderes übrig, als zu lächeln und das Nicken zu erwidern, und das gelang Julia bewundernswert souverän. Da sie ein halbes Restaurant entfernt stand, hatte sie allen Grund, sich sicher zu fühlen; sie freute sich sogar, dass die beiden sie in der distinguierten Gesellschaft von Sir William sahen. Also lächelte Julia und nickte mit ihrem besten Packett-Benehmen.

Ihr war allerdings nicht klar gewesen, dass sie direkt am Tisch der Damen vorbeigehen mussten. Ein winkender *maître d'hôtel* ließ ihnen keine andere Wahl. Die Damen Marlowe lächelten wieder, und die ältere, die so begeistert von ihrer neuen Bekanntschaft gewesen war, streckte sogar die Hand zu einer freundlichen Geste aus, um Julia kurz anzuhalten.

»Schön, dass wir uns wiedersehen!«, rief sie herzlich. »Haben Sie ihre Kinder dann getroffen?«

In ihrem Rücken spürte Julia ganz deutlich (als hätte sie dort plötzlich einen neuen Nerv entwickelt), wie Sir William verblüfft stutzte.

»Ja, natürlich«, murmelte sie hastig. »Natürlich … nochmals vielen Dank.«

»Vielleicht treffen wir uns mal alle in Aix«, fuhr Miss Marlowe fort. »Dann müssen sie sie uns vorstellen.« Während sie sprach, musterten ihre neugierigen alten Augen jeden Zentimeter von Sir Williams hoch aufgeschossener Gestalt. Offensichtlich hielt sie ihn für Julias Ehemann und machte sich für eine gegenseitige Vorstellung bereit. Doch nach weiterem unzusammenhängenden Gemurmel ging Julia rasch weiter und saß wenig später Sir Williams gelassenem, aber fragendem Blick gegenüber.

»Bestellen Sie das Mittagessen«, sagte sie. »Ich erkläre Ihnen alles, sobald ich einen Drink hatte.«

»Sie müssen es nicht erklären, wenn es Ihnen lieber ist«, sagte Sir William höflich.

Doch Julia musste. Sie dachte, dass sie es einfach nicht fertigbrachte, ihm eine Stunde, vielleicht noch länger gegenüberzusitzen, während die Schatten unerklärter Familienmitglieder zwischen ihnen hingen. Sobald das Essen bestellt war und sie ihre *apéritifs* ausgetrunken hatten, holte sie tief Luft und begann.

»Das«, sagte Julia (und dafür hätte sie ja noch gar nicht so tief Luft holen müssen), »sind zwei Damen, die in Aix wohnen.«

»Bestimmt äußerst nette Bekannte«, sagte Sir William.

»Nicht wahr?« Julia freute sich, dass sie ihm noch mitten in ihrem ganzen Chaos eine gewisse Zustimmung entlocken konnte. Eigentlich seltsam, wenn man mal genauer darüber nachdachte, und Julia dachte so lange darüber nach, dass Sir William ihr wieder ein wenig auf die Sprünge helfen musste.

»Ich hatte den Eindruck, dass sie sich auch für mich interessierten?«

»Stimmt«, sagte Julia. »Das ist es ja gerade.« Sie atmete tief durch. »Ich glaube, sie hielten Sie für den Vater meiner drei Kinder. Elizabeth, Ronald und … ich hab vergessen, wie der dritte hieß …«

Zu ihrer großen Verblüffung und zu ihrer nicht weniger großen Erleichterung warf Sir William nach einem Augenblick verdatterten Schweigens den Kopf zurück und lachte, bis die *pâté* kam.

Danach unterhielten sie sich prächtig. Julia erzählte ihm selbstverständlich nicht alles – Mr. Rickaby unterschlug sie komplett, und ihren Wunsch, das Casino zu besuchen, kaschierte sie als schlichten Wunsch nach einem kleinen Ausflug – doch sie erzählte ihm alles davon, wie sie den Daimler gekapert hatte, und fast alle Geschichten von dem verlorenen Lämmchen auf der Heide und ihrer Kindheit in Yorkshire, mit denen sie ihre Gastgeberinnen unterhalten hatte. Sir William schien das alles äußerst unterhaltsam zu finden, und mit wachsendem Selbstbewusstsein ging Julia zu anderen, ähnlich malerischen Episoden ihrer Vergangenheit über. Zum ersten Mal seit ihrer Ankunft in Muzin war sie ganz sie selbst: Sie hatte alle Vorsicht abgestreift, sie gab sich nicht mal mehr Mühe, sich wie eine Dame zu benehmen. Eine wunderbare Entspanntheit strömte in ihre Seele – sie hatte geistig wie körperlich die Ellbogen auf den Tisch gestützt. Denn Sir William war nicht schockiert, sondern amüsierte sich vielmehr prächtig. Er *mochte* sie, genoss ihre Gesellschaft, als wäre er ein ganz normaler, bodenständiger Kerl, gar nicht wie ein Ritter. Wenn die Packetts sie nur so sehen könnten …

»Du liebe Güte!«, rief Julia. »Sie erzählen davon aber bitte nichts den anderen, ja?«

»Natürlich nicht, wenn Sie nicht wollen«, versprach Sir William. »Aber warum denn nicht?«

»Warum nicht?« Julias runde dunkle Augen weiteten sich vor Verblüffung. »Weil … weil sie glauben, dass ich eine Dame bin.«

»Sind Sie doch auch«, sagte Sir William.

Sie liebte ihn dafür, aber sie wusste auch, dass er es nur aus Nettigkeit sagte.

»Nicht wirklich. Ich bin nicht ihresgleichen. Ich bin nicht vulgär, aber ich muss schon aufpassen, was ich sage. Tatsächlich hat mich Bryan – und irgendwie bin ich froh, dass ich Ihnen das erzählen kann – er hat mich schon durchschaut.«

Als er das hörte, senkte Sir William die Brauen, und auf einmal sah er doch wie ein Ritter aus.

»Dieser junge Mann!«, sagte er grimmig. »Wenn er irgendwie unverschämt zu Ihnen gewesen ist ...«

»War er nicht«, rief Julia. »Es ist eben nur so, dass er ein bisschen vom gleichen Schlag ist ... Und das ist noch so eine Sache: Genau aus diesem Grunde darf er Susan nicht heiraten. Ich konnte es Ihnen vorher nicht sagen, weil ich mich nicht selbst verraten wollte. Aber Sie finden doch auch nicht, dass Sie ihn heiraten sollte, oder?«

»Um Ihnen die Wahrheit zu sagen, meine Liebe«, sagte Sir William zu ihrer Überraschung, »ich habe noch nicht so viel darüber nachgedacht. Natürlich, ich habe Susan sehr gern, und ich möchte auch verhindern, dass sie an einen Taugenichts gerät, aber sonderlich interessant habe ich sie noch nie gefunden.«

Es ist bereits erwähnt worden, dass Julias mütterliche Gefühle höchst wechselhaft waren. Noch eine Minute zuvor hätte eine derart abfällige Bemerkung über ihre Tochter sie in rasende Wut versetzt, sie hätte ihn angefunkelt wie eine Tigerin und ihn angesprungen wie eine Tigerin, aber zwei Worte, die Sir William vor ein paar Sekunden gesagt hatte, hatten alles verändert. Er hatte sie »meine Liebe« genannt! Und diese zwei Worte hatten ihr

Herz so heftig beeinflusst und sich so tief darin eingeschrieben, dass sie Verwirrung zwischen allen früheren Inschriften stifteten. Julia liebte ihre Tochter nach wie vor, doch sie betete Sir William geradezu an, und es wäre ihr nie eingefallen, sein Urteil in Frage zu stellen.

»Ich bin aus reinem Pflichtgefühl gekommen«, fuhr Sir William nachdenklich fort. »Aber ich bin sehr froh, dass ich gekommen bin.«

»Oh, ich auch!«, sagte Julia.

In diesem Augenblick gingen Mr. Rickaby und seine Bekannte auf ihrem Weg zur Tür ganz nah an ihrem Tisch vorbei. Er sah Julia, und Julia sah ihn an, und sie schenkte ihm ein herzliches Lächeln, das direkt ihrem übervollen, frohen Herzen entsprang. Es war unwiderstehlich mit seiner Wärme und Freundlichkeit, und Mr. Rickaby lächelte zurück und bedeutete ihr damit, dass er ihr verziehen hatte. Damit waren die letzten Knitterfältchen in Julias Gewissen ausgebügelt, und als sie das Restaurant verließ, hatte sie Frieden mit der ganzen Welt gemacht.

Den restlichen Nachmittag verbrachte sie wie in einem schönen Traum. Sie fuhren lange spazieren – aber nicht nach Aix – und Julia redete die ganze Zeit. Sie kehrten ein in einem seltsamen kleinen Gasthaus, in dem die *patronne*, die sie bediente, sie ganz freimütig darauf hinwies, dass sie ein sehr schönes Zimmer hätte, und Sir William nahm es nicht übel. »Das liegt an mir«, sagte Julia, mit einer mindestens ebenbürtigen Freimütigkeit, denn sie sorgte sich sehr um Sir Williams Würde. Sie hatte bereits beschlossen, dass sie versuchen würde, sich genau wie eine Ehefrau zu verhalten, wenn er sie durch irgendeine wunderbare Fügung bitten sollte, mit ihm zu kommen – was er natürlich nicht würde, aber nur mal angenommen, er fragte.

Sie kamen gerade rechtzeitig zurück zur Villa, um sich zum Abendessen umzuziehen, wie Susan ihnen erklärte. Wie immer weckte der Anblick ihrer Tochter eine tief empfundene Bewunderung in Julia, doch es kam ihr seltsam vor, dass Sir William und sie – die man quer durch ganz Frankreich bis nach Les Sapins geholt hatte, einzig und allein, um sich mit der Frage von Susans Heirat zu befassen – hier etwas so viel Interessanteres gefunden hatten.

IV

»Hast du einen guten Friseur gefunden?«, fragte die alte Mrs. Packett bei Tisch. Sie war ziemlich kurzsichtig, und die Frage enthielt daher keine Boshaftigkeit. Was Julia jedoch mehr beunruhigte, war der Umstand, dass sowohl Susan als auch Bryan, die beide kein bisschen kurzsichtig waren, diskretes Schweigen bewahrten.

»Nein«, sagte Julia unverfroren. »Die waren alle ganz furchtbar. Ich muss es wohl noch mal in Aix versuchen.«

17. KAPITEL

I

DER AUSFLUG nach Aix fand tatsächlich statt, allerdings schloss sich ihnen Mrs. Packett an. Julia unternahm nichts, um sie abzuhalten, sie freute sich sogar über ihre Begleitung, denn es war ihr ein großes Anliegen, dass die veränderte Beziehung zwischen Sir William und ihr keine Aufmerksamkeit erregte. Sie fürchtete Bryans scharfes Auge und seine noch schärfere Zunge – nicht so sehr ihretwegen, sondern wegen Sir William. Sie konnte den Gedanken nicht ertragen, dass man ihm auch nur einen peinlichen Moment bereitete. Bevor sie auch nur einen Bruchteil seiner Würde aufs Spiel setzte, erlegte sie sich lieber ein Diktat spartanischer Selbstkontrolle auf, damit niemand erriet, dass sie möglicherweise verliebt sein könnte.

Wie schwer ihr das fiel! Denn Julia liebte immer enthusiastisch. Sie legte ihr ganzes Herz hinein. Sie sehnte sich danach, durch ihr Verhalten, durch ihre Stimme, durch jede noch so kleine Tat zu zeigen, dass sie Sir William für die Krone der Menschheit hielt. Da sie (wie immer) ins Extreme fiel, versuchte sie es zunächst mit einer

Maske völliger Gleichgültigkeit und lehnte es sogar ab, an einem Ausflug zum Mont Colombier teilzunehmen, woraufhin alle in der Villa sofort annahmen, dass ihr nicht wohl war. Mrs. Packett schlug ihr eine Aspirin vor, Susan riet ihr zu einem schönen, flotten Spaziergang und bot ihre Begleitung an, was Julia solche Angst einjagte – sie hatte eine Vision, wie sie drei Stunden bergauf wandern musste –, dass sie schleunigst wieder zu ihren normalen Gewohnheiten zurückkehrte. Dazu schienen jetzt auch viele morgendliche Tête-à-têtes mit Sir William im Garten zu gehören. Julia bildete sich irrtümlicherweise ein, dass sie entweder unbemerkt bleiben oder als ganz normale Höflichkeit gegenüber einem allein reisenden Gast gedeutet würden.

Ihre erste Warnung bekam sie seltsamerweise von Anthelmine. Seit Sir Williams Ankunft hatten sie nicht mehr zusammen Patience gespielt, und das fehlte Anthelmine offensichtlich, denn jetzt kam sie immer wieder aus der Küche, suchte unter den Kiefern nach Gesellschaft und stapfte finster zurück. Julia hatte Sir William darauf aufmerksam gemacht, und er hatte über ihre Erläuterung lachen müssen. Hinterher wünschte sie, sie hätte es sich verkniffen. Denn Anthelmine schien unter den Kiefern nun etwas zu finden, was für sie noch interessanter war als Patiencen, und wenn Sir William und Julia alleine dort waren, kam sie häufiger denn je. Manchmal brachte sie ihnen netterweise ein paar Kleinigkeiten zu essen – einen Teller Pflaumen oder ein paar frisch gebackene *petits fours*, aber meistens kam sie einfach nur, um einen Blick auf sie zu werfen. Und Anthelmines Blicke waren eine Klasse für sich – so unverhohlen in ihrer Neugier, und im Laufe der Zeit so freimütig in ihrer Anerkennung, dass Julia nicht wusste, wie sie ihnen begegnen sollte. Zum Schluss bat sie Sir William, ein paar Stühle zur zweiten Terrasse am Weinberg zu tragen, doch Anthelmine folgte ihnen selbst dorthin (mit ein paar feinen Radieschen) und machte es noch schlimmer, indem sie Sir William auf Französisch ansprach.

»Was hat sie zu dir gesagt?«, fragte Julia nervös.

»Pflücke die Rose, solange du kannst«, erwiderte Sir William, »aber sie tut sich schwer damit, die ganze Strecke bis hierher zu klettern.«

Danach erkannte Julia, dass sie vorsichtiger sein musste, aber es war schon zu spät. Durch die strengste Selbstbeherrschung war es ihr zwar gelungen, ungefähr drei Viertel ihrer Gefühle zu verbergen, doch ihre Bewunderung für Sir William war inzwischen so groß, dass das verbliebene Viertel reichte, um Bryans Verdacht zu wecken.

»Was heißt denn ›Liebesnest‹ auf Französisch?«, fragte er Susan. »*Nid d'amour?*«

Susan, die gerade eine Prosaübung machte, streckte automatisch die Hand nach dem Wörterbuch aus, doch mitten in der Bewegung hielt sie inne.

»Ich glaube eher nicht«, sagte sie ernst. »Solche Ausdrücke kann man kaum auf diese Art übersetzen. Warum fragst du überhaupt?«

»Damit ich es ans Tor schreiben kann, denn es wird höchste Zeit, dass dieses Anwesen umgetauft wird. Mein Schatz, du willst doch wohl nicht behaupten, dass du es noch nicht bemerkt hast?«

»Was bemerkt?«

»Julia und Onkel William natürlich. Unsere neue Romanze.«

»Unfug«, erwiderte Susan scharf.

»Nein, das ist kein Unfug, Schatz. Sie lassen sich ja praktisch gar nicht mehr aus den Augen.«

Susan legte den Stift aus der Hand und runzelte die Stirn.

»Onkel William ist einfach nur nett zu ihr, wie ich ihn gebeten habe, und Julia genießt es natürlich, so herumkutschiert zu werden. Ich wünschte, du würdest nicht so was daherreden, denn es ist einfach albern.«

Bryan setzte sich auf eine aufgeschlagene Ausgabe von Racine. Die starken Gefühle, die er hier hervorgerufen hatte, waren ihm unerklärlich, und zum ersten Mal ging ihm auf, dass Susan, genau wie Königin Victoria, eine ganz bemerkenswerte Fähigkeit hatte, Dinge nicht amüsant zu finden. Aber verdammt, es war amüsant – oder zumindest hochinteressant! – zu beobachten, wie sich der distinguierte und anständige Sir William so heftig in die gute alte Julia verknallte …

»Sie ist natürlich mal was ganz was anderes«, sinnierte er laut. »Ob sie ihn wohl Bill nennt?«

»Ich hasse Klatsch«, sagte Susan plötzlich. »Du bist genauso wie diese Weiber im College, die rumrennen und sich zuraunen ›Hast du gesehen, dass Sowieso mit Dem-und-dem Kaffee getrunken hat?‹ Das … das …«

»Ich weiß«, sagte Bryan. »Es beleidigt die menschliche Würde.«

Susan schaute ihn überrascht an.

»Ja. Aber wenn du das sogar einsiehst, warum tust du es dann?«

»Vielleicht weil ich zunächst mal gar keine so hohe Meinung von dieser Würde habe. Und außerdem betrachte ich es größtenteils einfach als amüsante Unterhaltung.«

»Das ist alles?«

»Ja«, bestätigte Bryan fröhlich.

Im nächsten Moment, als er Susans Miene sah, kniete er neben ihr nieder.

»Außer dir, mein Schatz! Du bist sowieso das Einzige, was mir wichtig ist! Du bist alles für mich, Susan – du bist meine ganze Welt!«

Doch sogar in dem Moment, als er das aussprach und spürte, wie sich ihre Hände um seinen Kopf schlossen, konnte er nicht umhin, sich zu überlegen, ob Sir William so etwas wohl auch zu Julia sagte.

II

Bis jetzt jedenfalls noch nicht. Die neue Romanze entwickelte sich nach so höchst unorthodoxen Gesetzmäßigkeiten, dass Sir William die meiste Zeit lachen musste, wenn er mit Julia allein war. Beim Mittagessen im Pernollet hatte er ihr das Gefühl gegeben, sich ihm gegenüber ganz ungehemmt geben zu dürfen. Sie sagte, was ihr gerade in den Sinn kam, erzählte ihm ohne die geringsten Skrupel von einer ganzen Schar alter Männerbekanntschaften und würzte ihre Erzählungen mit Bonmots, die sie in verschiedenen Kneipen aufgeschnappt hatte, wie sie freimütig zugab. Und Sir William war ihres Vertrauens würdig: Die wiederkehrende Gestalt des Mr. Macdermot zum Beispiel schien keine größere Neugier zu erregen, und er hakte nicht einmal nach, warum Julia mit ihrem sicheren Einkommen so offensichtlich von der Hand in den Mund gelebt hatte. Dieser Punkt fiel Julia als besonders taktvoll auf und machte solchen Eindruck auf sie, dass sie eines Tages einfach reinen Tisch machte.

»*Sie* wissen das natürlich nicht«, sagte Julia sorgenvoll, »und das ist das Allerschlimmste. Wie soll ich denn ein Tortengeschäft eröffnen, wenn ich keinen einzigen Penny besitze?«

»Du meinst, du hast überhaupt gar nichts?«, fragte Sir William, den so eine Lage bei einem Menschen, der ihm mehr oder weniger nahestand, natürlich verwunderte.

»Keinen einzigen Penny«, sagte Julia dankbar – denn es wäre schrecklich gewesen, diese Frage zu beantworten, während sie Mr. Rickabys Geld immer noch in der Tasche hatte. »Ich hab nicht mal ein Rückfahrkarte, und wie ich zurückkommen soll, weiß der liebe Herrgott.«

»Mach dir darüber keine Sorgen«, sagte Sir William. Er schwieg, und Julia hielt den Atem an, denn wenn er jemals eine Gelegenheit für Avancen gesucht hatte, dann war diese hier gerade eine ganz großartige. Doch Sir Williams Gedanken kreisten immer noch um ihre außergewöhnlichen Enthüllungen.

»Ich würde ja zu gerne wissen, wie du eigentlich hier hergekommen bist«, sagte er, »das heißt – wenn ich mich damit nicht zum Mitwisser eines Verbrechens mache.«

»Aber *nein!*«, rief Julia. »Das war ganz einfach. Ich habe ein paar wertvolle Möbelstücke verkauft.« Und da der Augenblick fürs große Gefühl offensichtlich wieder verstrichen war, machte sie aus Mr. Lewis und den Gerichtsvollziehern eine tolle Story.

Sie führten aber auch ernstere Unterhaltungen, denn nachdem Julia Sir William nun besser kannte, suchte sie ständig nach einer Gelegenheit, über Susan und Bryan zu reden. So eine Gelegenheit war jedoch überraschend schwer zu finden; Sir William hatte anscheinend alle Rücksichten über Bord geworfen und weigerte sich, sich in irgendeine tiefschürfende Diskussion hineinziehen zu lassen. Er wollte einfach immer nur im Garten liegen und Julias Erinnerungen lauschen oder sie mit dem Auto herumkutschieren und über ihre Bewunderung für die Landschaft lachen. »Es ist doch aber *wirklich* ein schöner Ausblick!«, rief Julia einmal empört. »Ja, aber natürlich«, stimmte ihr Sir William zu. »Warum lachst du dann, wenn ich es ausspreche?«, fragte Julia. »Ich lache ja nicht über das, *was* du sagst, sondern über dein Gesicht, *während* du es sagst. Du hast so einen ganz speziellen Landschafts-Gesichtsausdruck, meine Liebe, du siehst dann immer so zufrieden aus …«

Julia beschloss schließlich, den ersten Moment mit Sir William allein, in dem er nicht gerade laut lachte, als Gelegenheit zu nutzen. Die ergab sich eines schönen, sehr heißen Morgens, als sie beide wegen der Hitze ein bisschen träge waren, und nachdem sie Anthelmines Besuch hinter sich gebracht hatten. Sie hatte ihnen eine Handvoll *dragées* mitgebracht, mit weißem Zucker überzogene Mandeln, die von einer Hochzeit im Dorf kündeten, und somit war die Gelegenheit sogar eine sehr günstige.

»Die sind für Jeanne-Marie«, sagte Julia. »Claudias Nichte. Sie heiratet nächste Woche.«

Sir William grummelte nur vor sich hin.

»William?«

»Was ist denn, meine Liebe?«

»Ich möchte ernsthaft mit dir reden. Über Sue und Bryan.«

Sir William streckte sich auf seinem Gartenstuhl und schaute in den Himmel. Julia verstand ihn gut: Wie jeder Mann, der gerade glücklich und zufrieden im Augenblick lebt, wollte er nicht belästigt werden. Sie im Grunde ja auch nicht, niemals hätte sie ihre köstliche schweigende Vertrautheit auch nur mit einem Gedanken getrübt, wenn es sich eben nicht um Susan gedreht hätte. Doch für Susan musste sie es tun.

»Es ist alles meine Schuld«, begann sie schlau.

Schlagartig richtete sich Sir William auf, wie sie sehr wohl gewusst hatte – und wie glücklich dieses Wissen sie machte!

»Unsinn, meine Liebe! Du hast wirklich eine Leidenschaft dafür, dir an allem die Schuld zu geben. Wie könnte das alles deine Schuld sein?«

»Weil ich entschiedener hätte auftreten sollen, als ich herkam«, sagte Julia ernst. »Sobald ich Bescheid wusste – und zu einem Zeitpunkt, als Susan auch noch zugänglicher für meine Worte gewesen wäre. Ich hätte es ihr auf den Kopf zusagen müssen, dass er nichts taugt. Ich hätte ihn aufs Glatteis führen und bloßstellen sollen, selbst wenn es bedeutet hätte, dass ich mich damit selbst bloßstelle. Aber ich habe es nicht getan, zum einen, weil ich mir so sehr wünschte, dass sie gut von mir denkt, zum anderen, weil ich wusste, dass es sie so verletzen würde. Ich habe einfach kein besonders hartes Herz.«

»Das ist allerdings wahr«, bestätigte Sir William.

»Weißt du, ich bin ganz sicher«, fuhr Julia ernst fort. »Es muss sich komisch anhören, wenn ich sage, dass ich ein Mädchen wie Susan verstehen kann, aber ich verstehe sie wirklich. Sie ist sehr eigensinnig und sehr stolz. Egal wie schlimm Bryan sich aufführen würde, sie würde ihn niemals verlassen oder sich von ihm scheiden lassen oder … oder irgendwas anderes machen. Sie würde einfach bei ihm bleiben, todunglücklich, und versuchen, den Schein zu wahren. Sie würde sich auf wohltätige Arbeit verlegen, nehme ich an, und innerlich an ihrem Kummer ersticken.«

» Ja, ich könnte mir durchaus vorstellen, dass Susan genau die Richtige für wohltätige Arbeit ist«, meinte Sir William.

»Natürlich. Sie sollte Parlamentsabgeordnete werden – ihre Großmutter findet das auch. Aber wie kann sie sich mit ganzem Herzen einer Sache zuwenden, wenn sie doch unglücklich ist?«

»Aber wäre sie nicht ebenso unglücklich, wenn sie jetzt von Bryan getrennt werden würde?«

»Mag sein, aber nur für kurze Zeit«, sagte Julia eifrig. »Sie wird darüber hinwegkommen. Sie ist ja erst zwanzig. Ich weiß, dass sie erst mal eine ganze Weile niemand anderen heiraten wird, wenn die Hochzeit mit Bryan platzt, aber ich glaube, dass wäre auch ganz gut. Susan will jemand, der älter ist als sie, jemand mit einer hohen Stellung, der sie zu schätzen weiß. Ich kann es auch nicht so recht erklären, aber Vorstellungen sind für sie wichtiger als Menschen. Sie hat auch bestimmte Vorstellungen von sich selbst. Wenn du mich fragst, behaupte ich, Bryan ist der erste junge Mann, der es jemals gewagt hat, sie zu lieben, und sie hat das Gefühl, wenn sie nicht bei ihm bleibt, verrät sie sich selbst … Sag mal, du bist doch nicht etwa wieder eingeschlafen, oder?«

»Nein«, sagte Sir William, »ich überlege. Und ich glaube, du hast recht, meine Liebe. Aber was soll ich denn nun in der Sache tun?«

»Eine ganze Menge«, gab Julia zu. »Zuerst mal will ich, dass du es Bryan richtig schwer machst. Rede mit ihm über Familienversorgung, und darüber, wie Susans Geld festgelegt wird, und frage ihn, wann er mal ein bisschen arbeiten will, und wie bald du dich mit seinem Vater unterhalten kannst. So was hasst er wie die Pest. Wenn er sich davor drücken kann, indem er nicht noch ein weiteres Jahr offiziell verlobt ist, dann wird er diesen Weg wählen. Und was Susan angeht – ich will, dass du sie zu dir in die Stadt holst, wo du Dinnerpartys veranstalten und ihr eine Reihe netter Männer vorstellen kannst.«

Sir William dachte ohne große Begeisterung darüber nach.

»Susan ist immer noch in Cambridge«, wandte er ein. »Sie wird nicht ihr Französischstudium vernachlässigen, nur um mir zu helfen, Partys zu veranstalten.«

»Aber sie hat richtig lange Weihnachtsferien«, gab Julia zurück. »Ich mache mir gar keine Sorgen um sie, während sie am College ist. Ein, zwei Monate in ihrer alten Atmosphäre werden ihr guttun – und außerdem wird sie Lunte riechen, wenn du zu schnell damit anfängst. Weihnachten ist da genau die richtige Zeit.«

»Aber ich kenne überhaupt keine jungen Männer. Seit Jahren schon nicht mehr.«

»Ich hab ja auch nicht jung gesagt, ich hab nett gesagt. Ich weiß genauso gut wie du, dass Susan sich nichts aus Tanzen macht. Die Sorte, die wir hier brauchen, sind die ernsthaften – die interessieren sich für soziale Probleme und all so was. Wenn sie sie bitten, bei ihren Komitees mitzuarbeiten, wird sie sich großartig amüsieren.«

Sir William stöhnte.

»Ich habe schon mein ganzes Leben in Komitees zugebracht …«

»Na, siehst du!«

»Und ich hab genug davon. Ich wollte heute Abend meinen letzten Rücktrittsbrief schreiben.«

»Von welchem Komitee denn?«, fragte Julia rasch.

»Da geht es um so einen neuen Club im East End. Alles sehr bildend und mit Selbstverwaltung. Ich habe gestern Abend einen Brief von ihrem Sekretär bekommen, der mich gefragt hat, ob es mir etwas ausmachen würde, eine provisorische Verfassung zu entwerfen, zusammen mit einer Schätzung für die Ausgaben und dem Entwurf für einen Antrag auf Förderung aus der öffentlichen Hand.«

»Und das willst du nicht machen?«

»Ich werde ihnen stattdessen einen Scheck schicken. Ab jetzt bin *ich* die Öffentlichkeit.«

Julia sprang auf und strahlte übers ganze Gesicht.

»Wir werden gar nicht lange warten müssen«, sagte sie freudig. »Genau das ist es! Wo ist Susan?«

III

Susan war im Wintergarten und befüllte ihre Vasen. Für Sir William, der Julias Gleichgültigkeit gegenüber Wildblumensträußen teilte, hatte sie gerade ein hübsches holländisches Blumengesteck aus kleinen Frühdahlien und rotem Jasmin angefertigt. Sie hätte eine gute Floristin abgegeben, und das wusste sie auch. Manchmal, wenn ihre Energie mal wieder übersprudelte, spielte sie mit dem Gedanken, ein Blumengeschäft zu betreiben, als eine Art Nebenbeschäftigung neben ihren wichtigeren Tätigkeiten. Sie hatte das Gefühl, sich um so viele Dinge gleichzeitig kümmern zu können, wie sie wollte – um eine Karriere für Bryan und ihre eigene, und obendrein wahrscheinlich auch noch um das Tortengeschäft ihrer Mutter (falls es denn jemals Wirklichkeit werden sollte). Im Moment fühlte sie sich leicht unterfordert, da sie abgesehen von der französischen Literatur und ihrem Liebsten keine weiteren Beschäftigungen hatte. Deswegen lauschte sie mit großem Vergnügen dem Vorschlag ihres Vormunds, wie Julia es vorhergesehen hatte.

»Aber natürlich, Onkel William!«, rief sie. »Ich hab für die Schule auch schon wohltätige Arbeit gemacht. Ich würde zu gerne mithelfen, wenn du meinst, dass ich mich da nützlich machen kann!«

»Ich bin sicher, dass du da sehr nützlich sein wirst«, sagte Sir William ganz aufrichtig. Nicht einer in diesem wohlmeinenden Komitee hatte Susans Energie – aber es hatte ja auch keiner von ihnen Susans Jugend. Ein Paar wohltätige Witwen, ein Parlamentsabgeordneter, ein unbezahlter Sekretär und – ja, dieser grimmige, etwas ungepflegte junge Mann, der dort in erster Linie die Fäden zog. Der hatte genug Energie – aber kein Taktgefühl. Wenn Susan und der jemals zusammenkamen, dachte Sir William, würden sie ein großartiges Team abgeben …

»Ich muss dir allerdings vorweg sagen«, erklärte er, »dass wahrscheinlich noch ein zweiter Plan entworfen wird, von einem Kerl namens Bellamy. Der wird wahrscheinlich alles, was du vorschlägst, in Stücke reißen. Das macht er ständig.«

Susan riss die Augen auf.

»Bellamy? Der Bellamy, der *Civics of the Slums* geschrieben hat?«

»Höchstwahrscheinlich«, erwiderte Sir William mit erstaunlicher Gleichgültigkeit. »Ich weiß, dass er irgendwas geschrieben hat. Wenn du mitkommst, geb ich dir das ganze Zeug.«

Eine halbe Stunde später saß Susan im Billardzimmer, umgeben von einem Plan der neuen Anlage, den ganzen Informationen, die Sir William so widerwillig zusammengetragen hatte, und einem Stapel von Broschüren über Clubmanagement. Sie war restlos glücklich. Sobald Bryan vom Gästehaus zurückkam, wollte sie ihre Freude mit ihm teilen.

18. KAPITEL

I

EINE NEUE, bemerkenswerte Atmosphäre machte sich jetzt in der Villa breit. Als Julia ankam, war ihr die träge, friedliche Stimmung aufgefallen, aber das war jetzt ganz anders. Susan war ständig auf den Beinen und sah exakt so aus, als wäre sie die Sekretärin eines Komitees, ständig hatte sie eine Broschüre in der Hand oder einen Packen Kanzleipapier unterm Arm. Aber sie trug die Sachen nicht nur mit sich herum – zwischen den Papieren, die Sir William ihr gegeben hatte, befand sich auch der Grundriss des angedachten Clubs, und Susan zeichnete ihn in dreifacher Ausfertigung (um verschiedene Lösungen für die Unterbringung der Garderobe ausarbeiten zu können), die sie an die Wand des Billardzimmers pinnte. Jedes Mal, wenn Julia beim Bridge von ihren Karten aufblickte, schaute sie auf die Worte »Sanitärräume« in roter Tinte. Dieses geschäftsmäßige Ambiente stimulierte auch Mrs. Packett von Neuem, und sie telegrafierte einem Immobilienmakler, er solle sie bitte mit Angaben zu leeren Ladenlokalen in Kensington versorgen. Der Makler, nicht weniger stimuliert, telegrafierte so ausführlich zurück und teilte ihr solche absurd hohen Mieten mit, dass die alte Dame völlig entsetzt war, ebenso wie alle anderen in der Villa. »Was hast du denn in *deinem* Telegramm geschrieben?«, fragten sie, doch Mrs. Packett wollte es ihnen nicht sagen. Unverzagt trat sie nun in Schriftverkehr mit einer Reihe von Damen und Herren, die in der *Lady* inserierten, um »Partner mit Kapital« zu suchen. Einige von ihnen antworteten ebenfalls per Telegramm: »GEBOT NUR ZWEI TAGE GÜLTIG« oder »VIELE BEWERBER, UNTERSCHREIBEN SIE SOFORT?« Mit solch harmlosen Mitteln versuchten sie, Julia in ihre Cafés zu locken. Mrs. Packett, die sich in ihrem Leben noch nie so gut amüsiert hatte, telegrafierte allen zurück: »NEIN. ERBITTE DETAILS UND BILANZEN« – und dann kamen die Bilanzen, die sie von Sir William prüfen ließ.

»Es ist furchtbar«, gestand Julia finster, »aber was soll ich denn tun, William? Ich kann ihr doch nicht sagen …«

»Wohl kaum«, sagte Sir William, der von der hochkomplizierten Buchhaltung des Singing Samovar aufblickte. »Aber für mich ist es auch ziemlich hart. Ich könnte gerade genauso gut in Whitehall sitzen.«

»Kannst du das nicht von Bryan machen lassen?«

»Der kann doch nicht rechnen. Außerdem hat Susan ihn eingespannt, damit er ihr Verträge für den Club aufsetzt.«

Julia seufzte. Es gefiel ihr gar nicht, dass es damit ein weiteres Bindeglied zwischen ihr und diesem fragwürdigen jungen Mann gab, aber es blieb die Tatsache, dass sie und Bryan und Sir William sich instinktiv zu einer passiven Widerstand leistenden Minderheit zusammengeschlossen hatten. Zahlenmäßig mochten sie überlegen sein, doch Susan und ihre Großmutter hatten die moralische Oberhand. Sie waren Packetts. Julia widerstrebten ihre Aktivitäten von ganzem Herzen, aber sie hatte auch noch nie größeren Respekt für die Familie ihres verstorbenen Ehemanns empfunden.

»Da ist Susan ja«, sagte sie. »Gib mir doch mal einen von diesen Zetteln, damit ich beschäftigt aussehe.«

Susan jedoch war nicht gekommen, weil sie Assistenten brauchte, sie schien nur Mr. Bellamys private Anschrift in Erfahrung bringen zu wollen.

»Weil ich mir dachte, ich schreibe ihm lieber direkt, Onkel William«, sagte sie. »Wenn er dann irgendwelche Ideen von mir gerne umsetzen würde, kann er sie in seine eigenen einarbeiten. Es ist sinnlos, einem Komitee zwei Pläne vorzulegen, da fangen sie doch bloß an zu streiten.«

Sir William schaute sie mit gesundem Misstrauen an.

»Wunderbar«, sage er. »Du hast doch nicht etwa Bacon gelesen?«

Susan lachte.

»Ich würde ein Komitee bestimmt an einen langen Tisch setzen, nicht an einen runden. Man kann ihn nicht wirklich gut finden, aber er wusste sehr gut, wie man Dinge anpackt und erledigt.«

Sir William blätterte in seinem Kalender, fand Mr. Bellamys Adresse und schrieb sie für Susan auf einen Zettel. Sie ging sofort wieder hinaus, kurz angebunden und geschäftsmäßig; Julia und Sir William machten hingegen nicht mit ihrer Arbeit weiter, sondern starrten ihr nach.

»Sie mag Bacon nicht besonders«, sagte Sir William schließlich. »Wenn er hier wäre, würde sie ihm das sicher ins Gesicht sagen. Und sie hat natürlich absolut recht.«

»Sie hat immer recht«, sagte Julia. Es war großartig,

eine Tochter zu haben, die immer recht hatte, aber selbst für ihre eigenen Ohren klang das Lob ein bisschen unterkühlt, deswegen fügte sie entschlossen hinzu: »Sie ist so ein Schatz!«

Sir William machte weiter mit seinen Büchern.

II

Das dritte und jüngste Mitglied der Minderheit, Bryan Relton, hatte es noch schwerer als seine älteren Gefährten. Wie Julia hatte er in der ursprünglichen Atmosphäre in Les Sapins genau das gefunden, was ihm entsprach, und der kühle Wind der Effizienz, der jetzt stetig hindurchwehte, erfrischte ihn nicht, sondern ließ ihn nur schlottern. Julia konnte sich zumindest an der Kameradschaft mit Sir William wärmen, Bryan musste draußen in der Kälte bleiben. Als Susan ihm zum ersten Mal von ihrem neuen Hobby erzählte, zeigte er sich sehr mitfühlend und interessiert. Wenn es ihr Spaß machte, bitte sehr, sollte sie seinetwegen ruhig ein verregnetes Wochenende mit ihren Plänen verbringen. Doch dann ging das immer weiter und weiter! Es ging Susan überhaupt nicht mehr aus dem Kopf! Sie war zu streng mit sich, als dass sie ihre Französischstudien vernachlässigt hätte, aber sobald sie damit fertig war, stürzte sie sich sofort wieder auf die Mile End Road.

»Aber es ist doch gar nicht in der Mile End Road!«, erwiderte Susan, als sich ihr Liebster wieder mal bei ihr beklagte. »Es ist in der India Dock Lane.« Und sie zeigte ihm die genaue Stelle auf einem skizzierten Stadtplan. Bryan schaute schmollend darauf. Für ihn war die Mile

End Road – oder meinetwegen die India Dock Lane – nicht so sehr ein echter Ort, sondern eine Geisteshaltung.

»Wenn es dich nicht interessiert«, sagte Susan unvermittelt, »wäre es schön, wenn du auch kein Interesse vortäuschen würdest.«

»Natürlich interessiert es mich, wenn es dich interessiert.«

»Genau das meine ich ja. Du zwingst dir das Interesse meinetwegen ab.«

»So was nennt man Liebe«, protestierte Bryan. »Wusstest du das denn nicht?«

Zu seiner Verblüffung – denn er hätte jetzt eher einen Streit erwartet – faltete Susan jäh die Karte zusammen und bat ihn, sie auf einen Spaziergang zu begleiten. Sie gingen auf die Hügel über Magnieu, bis zur Statue der Heiligen Jungfrau, und nahmen den Rückweg durch den Wald. Die Ausblicke waren überwältigend, ihre Unterhaltung plätscherte angenehm dahin, doch Bryan kam nicht umhin, sich wie ein Welpe zu fühlen, dem man Auslauf verschafft.

III

Mr. Bellamy antwortete mit bemerkenswerter Promptheit, und als Sir William zufällig den Umschlag sah, meinte er zu Julia, dass Susan jetzt wohl eine unschöne Viertelstunde bevorstand. Denn Mr. Bellamy hatte die Angewohnheit, neben alle Vorschläge, die ihm nicht zusagten, das Wort »Blödsinn!« zu schreiben. Das machte er in erster Linie, um seinen Gefühlen Luft zu machen, und wenn er die Papiere zurückschickte, versuchte er die Kommentare wieder wegzuradieren, aber er war eben auch ziemlich zerstreut, und seine Angewohnheit hatte ihn bereits einen ehrenamtlichen Mitarbeiter gekostet.

»Er wird Susans Plan ganz bestimmt nicht als Blödsinn bezeichnen«, sagte Julia empört. »Ich bin nämlich sicher, dass es kein Blödsinn ist.« Und wie es der Zufall wollte, hatte sie recht: Susan kam in den Garten und strahlte übers ganze Gesicht.

»Ich habe ein Kompliment bekommen, Onkel William«, verkündete sie fröhlich. »Mr. Bellamy meint, ich bin die erste Frau, mit der er zusammenarbeitet, die einen gesunden Menschenverstand besitzt.«

Julia schaute ihre Tochter verdattert an. Na, wenn Susan so etwas als Kompliment betrachtete …!

»Da solltest du dich in der Tat zutiefst geschmeichelt fühlen«, sagte Sir William. »Ich schätze, das ist das größte Lob, das man jemals aus seinem Munde gehört hat.«

»Es ging um die Lösung für die Mädchengarderoben«, fuhr Susan fort. »Ich habe die Zahl der Spinde halbiert, damit es nicht zu voll wird. Nächsten Monat fangen sie mit den Umbauten an, sagt Mr. Bellamy, und wenn ich in der Stadt bin, soll ich bei ihm vorbeischauen.«

»Dann tut es mir leid, dass das nichts werden wird, denn du hast für nächsten Monat ja schon andere Pläne«, sagte Sir William. »Du hättest ihn vielleicht davon abhalten können, den Architekten zu beleidigen. Bis jetzt hatten wir noch keine Beleidigungsklage, aber ich rechne damit, dass es jeden Moment passiert.«

Susan schaute nachdenklich zum Weinberg. Die Sehnsucht in ihrem Blick war so greifbar, dass Julia sich erneut wunderte: Nach dem Gesichtsausdruck ihrer Tochter zu urteilen hätte man meinen können, dass sie an einen Jägerball dachte oder ein neues Ballkleid. Es war wirklich seltsam! Aber es war auch ermutigend, und nachdem Susan wieder gegangen war – ihre Besuche dauerten nie lang, denn sie hatte ja so viel zu tun – setzte sich Julia mit zufriedener mütterlicher Haltung auf.

»Wie ist er so, William?«

»Wer, meine Liebe?«

»Na, dieser Mr. Bellamy. Der, von dem Susan so begeistert ist.«

Sir William schaute sie anerkennend an.

»Du hast eine bewundernswerte Vorstellungskraft, Julia. Hast du in Gedanken schon in der ersten Bankreihe in der Kirche geweint?«

»Natürlich nicht«, gab Julia zurück. »Ich habe in meinem ganzen Leben noch auf keiner Hochzeit geweint.« Sie hielt inne und fügte mit ihrer typischen Ehrlichkeit hinzu: »Nicht, dass ich auf so vielen Hochzeiten gewesen wäre. Irgendwie scheint es um mich herum einfach nicht so viele zu geben.«

Daraufhin musste sie noch einmal innehalten, während sich eine zarte Röte – die erste seit zwanzig Jahren – auf ihrem Gesicht breitmachte. Wie schrecklich wäre das, wenn er jetzt denken würde ... wenn es so aussehen würde, als würde sie einen dezenten Vorschlag machen!

»Meine Liebe ...«, begann Sir William.

»Erzähl doch mal von Mr. Bellamy«, sagte Julia hastig. »Wie ist er so?«

Sir William war so freundlich, ihrer Bitte nachzukommen.

»Er sieht aus wie ein ungepflegter Bettler«, sagte er. »Unverheiratet, um die dreißig. Zu ehrlich, um beliebt zu sein, aber höchst intelligent.«

»Sieht er gut aus?«

»Wenn man dieses etwas verhungerte Aussehen mag, dann heißt die Antwort wohl Ja. Du kannst ihn dir ungefähr so vorstellen wie einen viktorianischen Dorfpfarrer, der unter die Kommunisten gegangen ist. Ich glaube, sein Vater war Dozent in Oxford.«

Julia seufzte, halb bedauernd, halb erleichtert. Obwohl sich der junge Mann in ihren Ohren ziemlich furchtbar anhörte, schien er doch die meisten Eigenschaften zu besitzen, die Susan schätzte. Schade, dass er so weit weg war.

»Ich muss dich warnen«, fügte Sir William hinzu, »dass ich als Susans Vormund mich gezwungen sehe, diese Verbindung zu missbilligen. Der macht zweihundert im Jahr, wenn es hoch kommt.«

Susans Mutter lächelte nachsichtig. Sie wusste sehr gut, dass Sir William keine Chance hatte, wenn Susan und sie sich erst einmal etwas in den Kopf gesetzt hatten.

IV

Obwohl Julia im Vergleich zu ihrer Tochter und Schwiegermutter völlig müßig schien, täuschte dieser Eindruck. Sie hatte eine konstante Beschäftigung, auf die niemand gekommen wäre: Gutes tun.

Sie hatte früher auch schon oft Gutes tun wollen. Sie bewunderte Güte sehr, sie liebte sie aufrichtig und demütig, so wie ein Bauer einen Heiligen liebt. Wenn sie noch nie gut gewesen war, lag es nicht daran, dass ihr Geist nicht willig gewesen wäre, sondern dass ihr Fleisch so schwach war. Sie brauchte Hilfe, so viel, wie sie nur bekommen konnte, und wenn diese Hilfe jetzt von einer persönlichen und emotionalen Quelle kam – nämlich von der Tatsache, dass sie Sir William liebte – war Julia nicht zu stolz, sie anzunehmen.

Sie war noch nicht ganz sicher, ob Sir William ihre Liebe erwiderte, aber immerhin mochte er sie, und sie hätte es nicht ertragen, dass er Sympathie für etwas Unwürdiges empfand. Sie wusste jetzt, warum sie Mr. Rickabys Geld zurückgeschickt hatte: Das war der erste instinktive Schritt auf ihrem neuen Weg gewesen. Als sie an ihr Benehmen in Aix zurückdachte, wurde Julia von dermaßen heftiger Reue gepackt, dass sie kurzfristig meinte, sie hätte ein Verdauungsproblem; hinterher tröstete sie sich mit dem Gedanken, dass nur aufrichtige Reue so eine durchschlagende Wirkung haben konnte. Wenn man aufrichtig bereute, reichte das bereits. Dann wurde einem verziehen, und man konnte von vorn beginnen. Julia wünschte sich leidenschaftlich, katholisch zu sein, dann hätte sie eine einzige umfangreiche Beichte ablegen können – aus vollem Herzen, ohne irgendetwas zu verschweigen – um anschließend zu hören, dass alles wieder gut war. Sie wusste, dass sie eigentlich in der Lage hätte sein sollen, das alles aus sich selbst heraus, aus ihrem reinen Glauben heraus zu erlangen, aber sie hätte gern gehabt, dass es ihr jemand sagte. Vielleicht hätte man ihr auch noch irgendeine Buße auferlegt – zum Beispiel ein härenes Gewand zu tragen: Julia hätte es bereitwillig angezogen. Sie hätte auf Zucker in Tee und Kaffee verzichtet. Und sie hätte ihr sündiges Herz sorgfältig und gewissenhaft geprüft.

Aber es war ja nicht alles schlecht gewesen, beschloss sie zögernd. Sie konnte sich nicht entsinnen, jemals wirklich unfreundlich zu irgendwem gewesen zu sein, oder gemein zu einer anderen Frau. Sie hatte die Männer nicht ausgenommen. Ihre zwei großen Fehler bestanden darin, dass sie nicht in Barton geblieben war und – in den Mr. Macdermots in ihrem Leben. Die waren pechschwarz. »Aber ich habe es bereut!«, jammerte Julia im Stillen. »Nie wieder werde ich so etwas tun!« Und sie fasste einen großen, erschütternden Beschluss: Wenn aus ihr und Sir William nichts werden würde, würde sie Mrs. Packett alles gestehen, auch wie sie ihr Geld verloren hatte, und würde sie bitten, den Rest ihres tugendhaften Lebens in Barton verbringen zu dürfen.

Diese Aussicht stimmte Julia nicht wirklich froh, aber andererseits war sie ja auch noch nicht so lange ein guter Mensch.

19. KAPITEL

I

AM NÄCHSTEN Nachmittag war Julia unverhältnismäßig betrübt, weil William zum Nachmittagstee nicht da war. Er hatte Susan nach Belley gefahren, damit sie ein paar Bücher abholen konnte, die sie über den Bibliothekar dort per Fernleihe bestellt hatte, und der ganze Ausflug hätte nicht mehr als zwanzig Minuten dauern müssen, doch gerade als sie losfuhren, und gerade als sie, Julia, es abgelehnt hatte, die beiden zu begleiten, schlug Mrs. Packett in ihrem Übereifer vor, dass sie im Ort bleiben und ihren Nachmittagstee in einem Café einnehmen sollten. Das bedeutete eine Abwesenheit von mindestens einer Stunde, und da es Julia peinlich gewesen wäre, ihre Pläne noch einmal abzuändern, hatte sie seit ihrer Abfahrt an ihrem empfundenen Unrecht gelitten. Es war idiotisch, und das wusste sie auch, aber die Liebe hatte sie nun mal in einen so geistesschwachen Zustand versetzt.

Die Unterhaltung am Teetisch trug auch nicht wesentlich dazu bei, ihre Stimmung zu heben.

»Hat Susan dir schon von ihrer neuesten Idee erzählt?«,

fragte Mrs. Packett. »Sie will, dass wir eine Woche früher heimfahren.«

»Warum?«, fragte Bryan argwöhnisch.

»Um sich anzuschauen, wie sie den Club umbauen«, sagte Julia.

»Nicht nur deswegen, meine Liebe. Sie hat sich gedacht, es wäre doch schön«, erklärte Mrs. Packett, »wenn wir uns alle gemeinsam nach einem Ladenlokal für dein Geschäft umschauen.«

Im ersten Augenblick war Julia sprachlos. So eine Doppelzüngigkeit hätte sie ihrer Tochter niemals zugetraut. Aber – war es denn wirklich so hinterhältig? War es nicht einmal mehr ein Beispiel von Susans wunderbarer Gabe, die Dinge dezent zu organisieren? Sie glaubte ganz aufrichtig, dass so ein Plan vollkommen akzeptabel war, aber für Julia, die ihre Zeit in den letzten Wochen vollständig darauf verwendet hatte, Susan zu organisieren, war es ein Schock, als sie feststellte, dass Susan *sie* organisierte.

»Und ich muss sagen«, fuhr Mrs. Packett vor, »dass mir der Gedanke an eine Woche in der Stadt sehr gefällt. Wir könnten ins Theater gehen, liebe Julia. Wenn Susan zu viel zu tun hat, können wir am Abend allein gehen. Susan geht sonst immer in eine Matinee mit mir, für den Fall, das ich abends zu müde bin; aber ich würde mich einfach vorher hinlegen, nach dem Mittagessen.«

»Natürlich gehen wir!«, rief Julia, die auf einmal ganz gerührt war. »Und hinterher noch in einen Nachtklub, wenn du magst!«

Die alte Dame schaute sie zweifelnd an.

»Ich weiß ja nicht so recht, meine Liebe. Aber vorher gehen wir zum Abendessen in eins der großen Hotels. Nur anderthalb Gläser Champagner für jeden …«

Bryan pfiff anerkennend.

»Ich glaube, ich muss mitkommen und auf euch aufpassen«, sagte er. »Das hört sich ja ganz so an, als würdet ihr durchbrennen.«

Julia bedachte ihn mit einem strengen Blick.

»Du bleibst bei Susan«, sagte sie, »im East End. Und ich würde dir empfehlen, dass du lernst, wie man gurgelt.« Und bevor ihm eine gute Antwort einfiel – bevor sie sich selbst tiefer auf Mrs. Packetts Pläne einlassen konnte – stand Julia auf und ging ins Haus.

Es war die schlichte und betrübliche Wahrheit, dass ihr kein Plan etwas bedeutete, wenn Sir William nicht irgendwie darin vorkam. Bevor sie nicht wusste, was Sir William von ihr erwartete – bevor sie nicht wusste, was er selbst wollte –, war sie wie ein Schiff ohne Kurs, wie ein Wetterhahn, der auf den Wind wartet. Und sie hatte das Gefühl, wenn er wollte, dass sie ein Tortengeschäft führte, würde sie sogar das tun. Sie könnte alles tun! Alles auf der Welt, solange er ihr nur sagte, was es war! Wenn er ihr sagen würde, sie solle ins Kloster gehen – »Aber die würden mich ja sowieso rauswerfen«, dachte Julia, als sie sich besann. Sie setzte sich auf der Stelle hin, wo sie gerade war, in der Eingangshalle, und versuchte, ihren gesunden Menschenverstand in Betrieb zu nehmen. Angenommen, er interessierte sich doch nicht für sie? Angenommen, sie kam in seinen Plänen überhaupt nicht vor? Könnte es nicht sein, dass ihre vollkommene Vertrautheit, die ihr das Kostbarste im Leben überhaupt war, für Sir William einfach nur eine Urlaubsfreundschaft war, nichts Besonderes neben all den anderen? »Dann bin ich erledigt«, dachte Julia. »Ich werde es einfach lächelnd ertragen müssen.« Sie versuchte zu lächeln, aber es fiel ihr außergewöhnlich schwer. Es erinnerte eher an das Gebiss im Schaufenster eines Zahnarztes. Diese Vorstellung und die Angst, dass jemand durch die Eingangshalle kommen könnte, ließ sie schließlich wieder aufstehen. Sie wollte nicht hier angetroffen werden, wenn sie aussah wie eine kranke Grinsekatze.

»Das wird in hundert Jahren noch genauso sein«, dachte Julia düster. In der Zwischenzeit schlenderte sie wieder hinaus, in den verlassenen Teil des Gartens, in den nie jemand ging.

II

Sechs Kilometer entfernt, in Belley, saßen Susan und Sir William gerade auf der Terrasse eines Konditors auf dem Stadtplatz und tranken ihren Tee aus. Beide waren ziemlich schweigsam, doch während Susan es merkte und versuchte, die Unterhaltung sofort wieder aufzunehmen beziehungsweise in eine andere Richtung zu lenken, schien Sir William nichts davon zu bemerken. Seine Augen fixierten das oberste Stockwerk eines großen grauen Gebäudes direkt gegenüber – das oberste Stockwerk war unbewohnt, leicht baufällig, wie der Rest des Gebäudes, besaß aber eine tiefe Loggia mit drei Bögen. Es hatte einen merkwürdigen Charme – wie ein Mastkorb hoch über Belley, und im Sommer wäre es sicher sehr schön, auf diesem Balkon mit Blick auf die fernen Hügel zu frühstücken, während sich unten das geschäftige Treiben der Stadt abspielte.

Auf einmal ertappte sich Sir William bei dem Gedanken, dass er dort gerne mit Julia leben würde.

Diesen außergewöhnlichen Gedanken fand er ebenso

erstaunlich wie erfreulich. Er hätte nicht gedacht, dass er zu so einem jugendlichen Gefühl fähig wäre – denn in den letzten zwanzig Jahren war er dazu nicht in der Lage gewesen. Er war wie ein Mann, der entdeckt, dass er ja doch noch seine Zehen berühren kann. Und dieser ersten Idee folgten andere, nicht weniger jugendliche auf dem Fuße. Er musste an einen Platz in Krakau denken, an dem alle Häuser in hübschen Farben gestrichen waren und auf dem der Blumenmarkt stattfand. Dort war sein Auge, genau wie hier, an einem kleinen blauen Zimmer hängen geblieben, es war wie ein nachträgliches Anhängsel, das wie ein kleines Häuschen auf einem großen grün-gelben Haus thronte. Heute, sieben Jahre später, stellte er sich im Geiste Julia im Fenster dieses Anbaus vor. Und es gab noch andere Orte: Paris im Frühling – »Mein Gott!«, dachte Sir William. »Gibt es nicht sogar ein Lied, das so heißt?« – und das ländliche England im Juni und London im Herbst, wenn sich die Abenddämmerung herabsenkte wie blauer Rauch. Er wusste, was Julia zu all dem sagen würde – »Ist das nicht hübsch, William?« oder »Ich habe wirklich eine Schwäche für schöne Ausblicke!« – aber aus irgendeinem Grund machte gerade die Unzulänglichkeit ihrer Bemerkungen ihre Gesellschaft noch begehrenswerter. Sie waren so lustig. Sie amüsierten ihn und rührten ihn zugleich …

»Kein Zweifel«, dachte Sir William, als wäre er am Ende eines Streits angekommen. Dann schweifte sein Geist wieder ab, diesmal an die Riviera.

In der Zwischenzeit hatte Susan zwei Stück Maronenkuchen gegessen und hatte das Gefühl, dass es an der Zeit war, eine etwas ernstere Unterhaltung zu führen. Ernsthafte Unterhaltungen in der Villa konnten jederzeit unterbrochen werden, entweder von ihrem Bräutigam oder ihrer Mutter, und obwohl der Besuch beim Bibliothekar kein Vorwand gewesen war, freute sie sich auch über eine Gelegenheit, allein mit Sir William sprechen zu können.

»Du hast mir noch gar nicht gesagt«, begann Susan unvermittelt, »was du von Bryan hältst.«

Sir William riss seinen Blick vom Balkon los und kam widerstrebend wieder zurück auf die Erde.

»Ist das denn wichtig?«, fragte er.

»Na ja«, sagte Susan, die ein bisschen vor den Kopf gestoßen war, »ich würde natürlich gerne wissen, was du so von ihm denkst. Ich meine – das war doch auch der Grund, warum du gekommen bist, oder?«

»Stimmt.« Sir William wirkte fast überrascht. »Aber da du ja so oder so entschlossen bist, ihn zu heiraten, ist es wohl nicht sinnvoll, wenn wir das noch diskutieren. Ich glaube, ich nehme noch eine Tasse Tee.«

Als sie ihm nachschenkte, musterten ihn Susans Augen über der Teekanne sowohl aufmerksam als auch verwundert. Sie vermutete eine Falle, denn an einen echten Mangel an Interesse konnte sie einfach nicht glauben.

»Hört sich so an, als hättest du eine Abneigung gegen ihn«, bohrte sie weiter. »Warum?«

»Ich hege weder größere Sympathie noch größere Abneigung«, erwiderte Sir William. »Für mich ist er ein ganz gewöhnlicher junger Mann. Er hat ein bisschen Geld und einen Beruf, wir wissen, aus welcher Familie er kommt, und sobald du einundzwanzig bist, kannst du ihn heiraten, wenn du willst. So, wollen wir dann langsam mal wieder nach Hause fahren?«

Susan stand brav auf und begleitete ihn zurück zum Auto. Ihre Haltung war ruhig, aber sie verspürte eine vage Unzufriedenheit. Wenn sie es in Worte gefasst hätte – Worte, wie Julia sie benutzte – wäre es auf Folgendes hinausgelaufen: Sir William machte nicht genug Trara um die Sache.

»Wenn du ernstzunehmende Einwände hast …«, begann sie.

»Oh nein, nein«, sagte Sir William rasch.

»Ich bin gerne bereit, dich anzuhören. Genauso wie ich Großmutter und Julia angehört habe. Es ist nicht so, dass man mit mir nicht vernünftig reden könnte.«

»Es wäre der Gipfel der Unvernunft«, erklärte Sir William, »eine Frage zu diskutieren, wenn du deine Entscheidung schon getroffen hast. Da würden doch nur alle Beteiligten ihre Zeit verschwenden.«

Susan schwieg. Sie war zu klug, um Sir Williams Argument nicht zu begreifen, doch ausnahmsweise war sie mit einer ausschließlich logischen Betrachtung nicht zufrieden. Wenn sie früher an ihre Hochzeit gedacht hatte, hatte sie sie immer auf der anderen Seite eines Hindernisses gesehen – ein Hindernis, das seinen Ausdruck hauptsächlich in den Diskussionen fand, denen Sir William gerade ein Ende gesetzt hatte, jetzt jedoch erschien sie ihr ganz nah. Es gab kein Hindernis mehr. Sir William war auf ihrer Seite, oder zumindest nicht ihr Gegner, sie konnte Bryan Relton also heiraten, sobald sie einundzwanzig war.

Susan schwieg weiter.

III

Ganz oben auf einer Terrasse des Weinbergs lag Bryan Relton auf dem Rücken und schaute in die Wolken. Genau wie Julia hatte er nach dem Nachmittagstee den Tisch in einem leicht beunruhigten Gemütszustand verlassen, doch das Angenehme seiner Situation hatte die schlimmsten seiner Sorgen schon wieder überlagert. Sie waren auch nie schwer gewesen; sie waren wie die Wolken – klein, und bis jetzt nicht in der Lage, der Sonne wirklich nahe zu kommen. Susans neuer Zeitvertreib zum Beispiel gehörte dazu, er hatte ihre ständige Beschäftigung mit den Garderoben langsam wirklich satt, und wenn sie daraus eine Gewohnheit machen wollte …

Er drehte sich auf die Seite – die Wolken wirkten plötzlich größer als gedacht – und streckte die Hand nach einem Grashalm aus. Der Grashalm war nicht so gut geeignet, um darauf herumzukauen, doch der sinnliche Genuss, den es ihm bereitete, den Stängel aus seiner Hülse herauszuziehen, nahm seine Gedanken für einen Moment komplett in Beschlag. Er ging mit dem Gesicht ganz nah heran und schnupperte eingehend, wie ein junges Tier. Der Geruch nach trockener Erde, der süßere Geruch von Klee. Er hob den Kopf und wurde von einer kühlen Brise gestreift, dann senkte er den Kopf wieder zur warmen Erde, und der Klee roch noch süßer als vorher. Es war der reinste Nasenepikureismus! Seine Fantasie begann zu schweifen – zu Freudenfeuern, zu Teer, der auf ein Schiffsdeck tropfte, zu gebratenem Frühstücksspeck, sogar zur heißen, benzingesättigten Luft von Piccadilly an einem Sommernachmittag. All diese Gerüche waren gut, und die Welt war voll davon. Er hatte einfach nicht genug Zeit, ihnen allen gerecht zu werden – oder all die Dinge zu sehen, die es zu sehen gab, und all die Klänge zu hören, die um seine Aufmerksamkeit wetteiferten. Allem die gebührende Wertschätzung entgegenzubringen, war ein Vollzeitjob, dachte Bryan, und er musste zugeben, dass der verstorbene große Schriftsteller des viktorianischen Zeitalters, Mr. Rudyard Kipling, seine Glaubensmaxime auf den Punkt gebracht hatte: »Um zu bewundern, um zu seh'n« – besser hätte man es nicht formulieren können. Und dann war da doch noch dieser andere Kerl, der immer über den Ozean blickte …

»Das wäre wirklich komisch, wenn ich am Ende noch Dichter werden sollte!«, dachte Bryan, doch er kannte sich zu gut, um sich falsche Hoffnungen zu machen. Er war nicht kreativ. Er würde nie etwas leisten auf dieser Welt, aber zumindest würde er dankbar sein.

Auf einmal bemerkte er, dass er in diesem Plan für sein weiteres Leben Susan überhaupt nicht berücksichtigt hatte. Beim Gedanken an sie und vor allem beim Gedanken an ihren Spaziergang aus Belley nach Hause, rührte sich sein Gewissen. Er hatte ihr alles Mögliche versprochen – Gewissenhaftigkeit, Alkoholverzicht, jede nur erdenkliche menschliche Tugend. Unmögliche Versprechungen, die sie sicher nach ihrem wirklichen emotionalen Wert beurteilt hatte. »Sie muss doch wissen, wie ich bin!«, redete sich Bryan ein. »Sie wird keine Wunder erwarten!« Er vergrub das Gesicht im Gras, atmete den Duft ein und wünschte, sie wäre hier bei ihm. Er hatte so eine unterschwellige Überzeugung, dass er sie bestimmt bekehren konnte, wenn Susan nur einmal die Macht dieses warmen, erdigen Geruchs erfahren könnte.

Er war wieder da, wo alles begonnen hatte. Er war immer noch auf der Jagd.

»Heilige Susan!«, sagte Bryan ins Gras. Die Gräser streiften seine Lippen, lebendig und frühlingshaft; er konnte die Empfindung gerade noch genießen, bevor er einschlief.

IV

Wenn auch etwas kitschig, so wäre es perfekt gewesen, wenn Susan bei ihrer Rückkehr von Belley hochgegangen und ihn dort oben gefunden und mit einem Kuss geweckt hätte. Doch sie marschierte direkt ins Haus, um ihre Bücher auszupacken, und so war es stattdessen Julia, die auf den Weinberg flüchtete, als sich das Auto näherte, und ganz unromantisch über seine Füße stolperte. Bryan setzte sich auf, rieb sich die Beine und merkte sofort, dass er kein Mitleid zu erwarten hatte.

»Da haben Sie sich aber auch wirklich einen dummen Platz ausgesucht, um sich hinzulegen!«, sagte Julia. »Genau auf dem Weg, dass jeder über Sie fallen muss!«

»Wenn die Leute aufpassen würden, wo sie hintreten«, versetzte Bryan, »würde auf anderen Leuten nicht herumgetrampelt werden. Ist Susan schon zurück?«

»Ich glaube ja. Ich habe gerade ein Auto gehört.«

»Und Sir William«, murmelte Bryan. »Jetzt haben wir also beide wieder Gesellschaft.«

Unter seinem wachsamen Auge spazierte Julia ein Stück die Terrasse entlang und setzte sich auf einen großen Stein. Sie konnte noch nicht in den Garten zurückgehen, und sie war müde vom Herumlaufen.

»Ich glaube, Susan sucht Sie«, sagte sie.

»Das bezweifle ich nicht«, stimmte Bryan ihr selbstgefällig zu. »Aber ich verstehe es schon, wenn man mir einen dezenten Hinweis gibt. Haben Sie noch eine Verabredung, meine Liebe?«

Julia ließ sich nicht zu einer Antwort herab. Statt wegzugehen, kam der junge Mann zu ihr hinüber und setzte sich zu ihren Füßen.

»Wirklich großartig«, sagte er in kameradschaftlichem Ton, »was für ein Talent wir beide haben, Leute anzuziehen, die besser sind als wir.«

»Ich weiß nicht, wovon Sie reden«, sagte Julia.

»Seien Sie nicht so bescheiden, meine Liebe. Sie wissen ganz genau, dass sich Sir William in Sie verliebt hat.«

Trotz aller traurigen Überlegungen der letzten Zeit wusste Julia in ihrem Herzen, dass das stimmte, und der Gedanke schenkte ihr eine geheime Freude, aber sie hatte nicht die Absicht, sie mit Bryan zu teilen.

»Sie sollten nicht so von ihm sprechen«, sagte sie scharf. »Du solltest mehr Respekt haben.«

Bryan grinste.

»Sie haben sich also in *ihn* verliebt, stimmt's? Unglaublich, das ist vielleicht ein Haus!«

»Sie haben recht«, sagte Julia ernst. »Das liegt alles nur an diesen ganzen Ausblicken und Rosenbüschen. Ich weiß noch, wie ich am ersten Morgen – als Sie mich so blamiert haben – genau dasselbe dachte. Und das ist alles, was bei Sir William dahintersteckt. Er hat überhaupt keine Absichten.«

»Aber seine Nicht-Absichten sind auch heilig? Passen Sie mal lieber gut auf sich auf, meine Liebe.«

Julia stand auf und ging an die Kante der Terrasse. Sie war eine gute Lügnerin, aber sie wollte nicht, dass Bryan dabei ihr Gesicht sah. Denn – warum sollte man es nicht zugeben? – es lag nicht nur an den Rosensträuchern. Das spürte sie. Sie hätte es nicht aus der Art schließen können, wie Sir William sie anschaute, sondern aus der Art, wie er sie nicht anschaute – bei Tisch zum Beispiel, und wenn andere Leute da waren. Er wollte nicht, dass sie es sahen, und das war ja auch nicht weiter überraschend …

»Wenn Sie dann mal Lady Waring sind …«, sagte Bryan hinter ihr.

Julia drehte sich zu ihm um.

»Sagen Sie nicht solche Sachen!«

»Warum nicht? Wären Sie denn nicht gern Lady Waring?«

»Nein.«

»Warum nicht?«, fragte Bryan noch einmal.

»Weil es mir nicht zu Gesichte stehen würde. Wenn Sie es genau wissen wollen: Weil ich nicht gut genug für ihn bin – so wie Sie nicht gut genug für Susan sind.«

»Sie meinen, wenn er Ihnen einen Antrag machen würde, würden Sie Nein sagen?«

»Ja. Und Sie haben überhaupt kein Recht, so mit mir zu reden. *Wir* haben kein Recht, so über ihn zu reden. Aber da haben Sie es«, sagte Julia verärgert, »ich gehöre zu der Sorte Frau, mit der jeder über alles redet. Ich kann sie mir nicht vom Leib halten.«

Sie ging rasch über die Terrasse zurück zu der Stelle, an der sich der Weg teilte. Entgegen ihrer Gewohnheit ging sie nicht hinunter, sondern bergauf. Denn wenn sie hinunterging – dem Weg des geringsten Widerstandes folgend – stieß sie auf Leute, und Julia wollte ausnahmsweise allein sein. Die Wahrheit, die sie gerade ausgesprochen hatte, hatte einen bitteren Nachgeschmack auf ihrer Zunge hinterlassen: Einen Augenblick hatte sie sich wie von außen gesehen, als die Art Frau, die sie war, und das Bild war ihr verhasst. »Wenn ich es nur gewusst hätte!«, dachte Julia verzweifelt. Wenn sie nur gewusst hätte, dass – dass sie das erwartete, wie anders wäre sie dann gewesen! Aber jetzt war es zu spät, und sie wusste es; das Leben, das sie geführt hatte, war ihr unter die Haut gekrochen, in ihr

Blut, war ein Teil von ihr geworden, den sie jetzt nie wieder auslöschen konnte. Denn in Wirklichkeit war es mit Reue allein nicht getan: Verschüttete Milch ließ sich durch Reue ebenso wenig wie durch Tränen wieder in den Topf zurückbringen; man konnte die Milch mit einem Lappen aufwischen und über dem Topf auswringen, aber schmutzig war sie nun allemal.

Ein Brombeergestrüpp versperrte ihr den Weg; Julia schob sich hindurch, kratzte sich dabei die Arme auf und empfand eine eigenartige Befriedigung über diesen Schmerz. Sie war jetzt weiter oben, als sie jemals zuvor gewesen war, auf einer schmalen Felskante, die so dicht mit Schösslingen bewachsen war, dass sie nicht mal auf der Seite, an der es in den Abgrund ging, hindurchschauen konnte. Es war wie ein schmaler grüner Korridor, der ein Dach gegen die Sonne bildete. Ab und zu ragte ein Fels in den Pfad hinein, und irgendwann setzte sich Julia auf einen davon. Sie hatte sich körperlich erschöpft, aber ihr Geist arbeitete erbarmungslos weiter, ging die ganzen anrüchigen Ereignisse in ihrem Leben durch. Die Male, wenn sie sich betrunken und dann Dinge getan hatte, die ihr hinterher leidtaten. Die Male, wenn sie sich selbst billig verkauft hatte und sich in der Hoffnung auf ein kostenloses Abendessen in Bars gesetzt hatte …

»Oh Gott!«, betete Julia laut. »Mach, dass er es niemals erfährt.«

Die Tränen liefen ihr über die Wangen, sie wischte sie linkisch mit der Handfläche weg, und als sie so weinend dasaß, stieg ein sehr seltsames Bild in ihr auf, vielleicht ausgelöst durch das andere Bild der verschütteten Milch. Sie sah sich wie eine Tasse klares Wasser, die sie selbst irgendwie durch eine Menschenmenge trug, und die sie vorsichtig und erschütterungsfrei hätte balancieren sollen, um keinen Tropfen zu verschütten, damit sie eine volle und saubere Tasse hatte, wenn er sie um Wasser bat. Stattdessen hatte sie unterwegs alle trinken lassen, die wollten, manchmal wegen dem, was sie ihr dafür gaben, meistens aber nur deswegen, weil sie doch alle arme, durstige Kerle waren …

»Woher hätte ich das wissen sollen?«, fragte Julia ihren Schöpfer. »Oh Gott, woher hätte ich es wissen sollen?« Ach, aber woher sollte es überhaupt jemand wissen? Angenommen, man trug seine Tasse ganz hoch, weit oberhalb dieser durstigen Münder, und dann war am Ende keiner da, der daraus trinken wollte? War es nicht besser, wenn man unterwegs ein paar arme Teufel getröstet hatte? Und das seltsame Bild wuchs, bis Julia das ganze Frauengeschlecht vor sich sah, wie sie ihre Wassergefäße trugen und zwischen dem halb-verdursteten Männergeschlecht hin und her liefen, und ganz vorne ging ihre Tochter, die eine Kristalltasse trug und sie hoch über ihren Kopf hielt.

»Ich werde wohl langsam verrückt«, dachte Julia aufrichtig erschrocken. Rasch stand sie auf, der Wind zwischen den Wipfeln rauschte und flüsterte und bewegte das Laub. Das Geräusch erfüllte sie mit Panik, sie wollte zurückgehen, doch auf einmal verursachte ihr der Gedanke an den schmalen, laubüberschatteten Pfad Beklemmungen.

Es kam ihr dunkler vor. Bis Sonnenuntergang war es noch eine ganze Stunde, aber sie ahnte jetzt schon das schleichende Nahen der Nacht.

Mit schnellen, fast schon fliegenden Schritten begann Julia hinunterzulaufen. So hastig, so blind war sie hier vorhin entlanggegangen, dass ihr der Rückweg jetzt fast fremd war: Zweimal blieb sie verunsichert stehen, zweimal sah sie oder meinte zu sehen, wie sich zwischen den Bäumen etwas bewegte. Ihre Angst vor der Einsamkeit verwandelte sich in eine Angst vor unbekannter Gesellschaft. Das Gefühl, beobachtet zu werden, das auch Leuten bekannt ist, die gewohnheitsmäßig durch den Wald gehen, ließ sie endgültig in Panik geraten. Sie begann zu rennen, stolperte und stieß sich schmerzhaft die Füße an den gelockerten Steinen. Es waren mehr, als sie in Erinnerung hatte, und noch mehr Brombeerarme als vorher, die nach ihr griffen und ihre Röcke aufrissen. Julia befreite sich und rannte weiter, schneller und schneller, bis sie schließlich, ohne es zu merken, am Nussbaumwäldchen und dem verfallenen Pavillon vorbeigelaufen war. Sie hatte noch gar nicht gemerkt, dass sie in Sicherheit war, als sich eine große Gestalt auf ihrem Weg zu erheben schien. In blinder Panik schrie sie auf, stürzte und wurde von Sir William aufgefangen.

»Ich dachte, du wärst ein Geist«, schluchzte Julia. Das Gefühl seines Mantels an ihrer Wange gab ihr so eine herrlich sichere Geborgenheit, dass sie sich noch fester an ihn klammerte, bis sie der raue Tweed auf der Haut kratzte. Eine Weile sagte Sir William nichts, aber Worte waren auch gar nicht nötig. Der feste Griff seines Arms, der wie ein starker Wall gegen die Mächte der Dunkelheit war, reichte vollkommen. Julia machte sich ganz klein darin und war ihm aus ganzem Herzen dankbar.

»Hat dich etwas erschreckt?«, sagte er schließlich.

»Nein«, schluchzte Julia. »Gar nichts. Ich bin nur – ich bin so dumm – ich bin zu lange da oben geblieben, und da hab ich Angst bekommen. Ich weiß auch nicht warum.«

»Das ist Brachland dort oben«, sagte Sir Willam, als wäre damit alles erklärt. »Komm mit runter ins Haus, meine Liebe, und wärm dich erst mal auf.«

Aber er rührte sich nicht vom Fleck, genauso wenig wie Julia. Sie legte nur den Kopf zurück und ließ sich von ihm küssen.

V

»Das wollte ich schon lange machen«, sagte Sir William.

»Und warum hast du es dann nicht gemacht?«, fragte Julia, aus echter Neugier.

Sie waren den Weg schon ein Stückchen hinuntergegangen, nicht weit, aber ein wenig weg von den Bäumen aufs offene Gelände. Die Rosensträucher, die die obere Terrasse einrahmten, versperrten ihnen immer noch den Blick aufs Haus.

»Weil ich schon lange nicht mehr verliebt gewesen bin«, sagte Sir William, »und so was macht einen Mann nervös.«

Julia lachte, teils aus echter Freude, teils aus Verblüffung. Dass jemand wegen ihr nervös sein könnte, war so seltsam, aber auch so wundervoll, dass sie es kaum glauben konnte. Ihre Augen weiteten sich, sogar als sie lachte; sie hielt Sir William am Mantel fest und ließ ihn diese überraschende, diese hinreißende Aussage wiederholen.

»Aber warum, William? Weswegen solltest du denn nervös sein?«

»Für den Fall, dass ich alles verdorben habe. Für den Fall, dass du mir einen Korb gibst.«

Julia blieb reglos stehen. Ihm einen Korb geben? Wusste er denn nicht, dass sie ihm überhaupt nichts abschlagen könnte? Oder meinte er – war das wirklich möglich?

Es war möglich. Es war ein Wunder, aber es geschah. Im nächsten Augenblick hielt Sir William in ganz schlichten Worten um ihre Hand an.

»Nein!«, rief Julia wild. »Nein, natürlich nicht! Wo denkst du hin!«

Und sie riss sich von seinem Arm los, flüchtete den Abhang hinunter und rannte zum Haus, wo sie sich erst einmal sicher fühlte.

20. KAPITEL

I

BESTEM VIKTORIANISCHEN Beispiel folgend, schützte Julia Kopfschmerzen vor, erschien nicht zum Abendbrot und trank nur ein kleines Schälchen Suppe in ihrem Zimmer, wo Susan und Mrs. Packett sie besorgt besuchten. »Wenn die wüssten!«, dachte Julia, als sie brav ihre Aspirin schluckte, doch es war offensichtlich, dass sie nicht den geringsten Verdacht hegten. Sie gaben dem schwülen Wetter die Schuld und rieten ihr, einen ruhigen Abend zu verbringen, beziehungsweise gleich eine ganze Nacht lang schön zu schlafen. Julia nahm die Ratschläge an, und als sie gegangen waren, löste sie sich – ebenfalls genanntem Beispiel folgend – in eine nervöse Tränenflut auf. Der Ausbruch erleichterte sie; sie wusch sich das Gesicht und setzte sich ans Fenster und versuchte, ihre moralische Fassung wiederherzustellen.

Sie hatte Sir Williams Heiratsantrag abgelehnt. Eine Weile überlagerte diese eine überwältigende Tatsache alles andere. Sie hatte Sir Williams Heiratsantrag abgelehnt, und obwohl das in dem Moment eine ganz unwillkürliche Reaktion gewesen war, stellte sie die Richtigkeit ihrer Entscheidung jetzt nicht in Frage, und sie würde es auch nie. Während ihres Gesprächs mit Bryan und ihres einsamen Aufenthalts auf dem Hügel hatte sie alle notwendigen Überlegungen zu Ende gebracht, sie war von ihrem Entschluss nicht mehr abzubringen. Sir William hatte sie in seiner gesegneten Unwissenheit und Aufrichtigkeit gebeten, ihn zu heiraten, und Julia konnte sich nur zu seiner Höhe aufschwingen, indem sie den Antrag ablehnte.

»Gott allein weiß, wie ich das fertiggebracht habe«, dachte sie und legte den Kopf aufs Fensterbrett. »Wahrscheinlich, weil ich keine Zeit hatte nachzudenken …«

Doch mit einem melancholischen Stolz wusste sie, dass es auf dasselbe hinausgelaufen wäre, wenn sie nachgedacht hätte. Denn sie hätte an Susan gedacht. Wenn Julia Sir William heiratete, würde sie ihr letztes Argument gegen Susans Heirat mit Bryan zerstören. Es war sinnlos, Bryan von der Unvereinbarkeit der Charaktere zu erzählen, wenn ihre eigenen Taten sie im nächsten Moment Lügen straften! An diesem Nachmittag war ihr zum ersten Mal bewusst gewesen, dass sie Bryan beeindruckt hatte – wie viel stärker wäre dieser Eindruck, wenn er erfuhr, was sie getan hatte! Denn erfahren musste er es, obwohl das bedeutete, dass sie Sir William erst um Erlaubnis bitten musste – und das war wohl das Schwierigste, was sie überhaupt tun musste.

»Wenn ich nur von hier fortkönnte!«, dachte Julia verzweifelt. »Wenn ich es nur ganz klar beenden könnte!« Der Gedanke an heute Morgen war ganz furchtbar, weil er ihr noch einmal lebhaft in Erinnerung brachte, wie nah sie sich gekommen waren. Sie konnte nur beten, dass Sir William – genauso wie sie – bereit war, alles auszulöschen und zu vergessen, was nach dem Moment passiert war, als sie ihm buchstäblich in die Arme fiel. Nicht, dass sie es wirklich vergessen würde – niemals! Sie würde sich Zeit ihres Lebens an dieser schönen Erinnerung wärmen, doch nach außen würde sie so tun, als hätte sie sie aus ihrem Gedächtnis getilgt. Stück für Stück würde sie sich aus der Vertrautheit ihres Umgangs zurückziehen und sich stattdessen höflich reserviert verhalten, damit sie am Ende, wenn sie auseinandergingen, nur noch gute Freunde waren.

»Das gäbe was, wenn die Wahrheit bekannt werden würde«, sagte Julia laut. »Ich wette, er dankt sowieso schon seinem guten Stern, dass es so gekommen ist, wie es gekommen ist.«

Dann drückte sie sich fest die Hand aufs Herz, denn es fühlte sich wirklich seltsam an, als wäre da etwas Schweres, Verletztes in ihrer Brust. Entsagungsszenen waren ganz wunderbar auf der Bühne, aber im richtigen Leben – und ohne ein Publikum – waren sie nicht so amüsant. Julia stand auf und begann automatisch, sich das Haar zu richten. Als sie ihr Gesicht im Spiegel anschaute, war sie überrascht, dass sie eigentlich aussah wie immer. »Es ist zu rund«, dachte Julia leidenschaftslos. »Ich bin einfach nicht für Tragödien geschaffen.« Sie musterte sich immer noch, als Susan klopfte und leise eintrat.

»Wie geht es dir jetzt?«, fragte sie. »Ich dachte, du liegst vielleicht schon im Bett.«

II

»Nein«, sagte Julia, die schuldbewusst zusammenfuhr. »Nein, noch nicht. Ich glaube, es ist etwas abgekühlt.«

»Stimmt«, meinte Susan. »Es geht fast schon ein kühler Wind. Onkel William dachte, es tut dir vielleicht gut, wenn er mit dir eine kleine Ausfahrt macht.«

Julia zuckte wieder zusammen. Mit so einem Frontalangriff hatte sie nicht gerechnet, den musste sie um jeden Preis abwehren.

»Sag ihm herzlichen Dank«, erwiderte sie hastig, »aber ich glaube nicht. Ich glaube, es ist besser, wenn ich ganz ruhig hier im Zimmer bleibe. Ich denke, ich geh ins Bett.«

Susan lächelte sie aufmunternd an, wie eine erfahrene Krankenschwester.

»Also, ich glaube, wenn du dich aufraffen könntest, würde es dir danach besser gehen.« Ihr Blick wanderte zur Suppentasse, die Julia trotz ihrer Seelenqualen mit einem Stück Brot ausgewischt hatte. »In einem Auto bekommst du viel mehr frische Luft.«

»Das Auto ist doch geschlossen«, ließ sich Julia auf das Argument ein.

»Man kann doch alle Fenster aufmachen und das Verdeck zurückklappen. Du kannst dich allein auf den Rücksitz setzen und musst dich gar nicht rühren.« Susan lächelte wieder; sie hatte so eine perfekte Art, sich an einem Krankenbett zu verhalten, dass Julia fast das Desinfektionsmittel riechen konnte. Hastig wechselte sie ihre Verteidigungsstrategie.

»Wenn du es genau wissen willst, Sue, ich möchte Sir William keine Umstände machen.«

»Ach, *das* ist kein Problem«, triumphierte Susan, »er holt das Auto nämlich gerade schon aus dem Schuppen.«

Fünf Minuten später wurde Julia am Fuße der Treppe liebevoll ihrem Entführer übergeben. Der Daimler war so weit geöffnet, wie es das Modell zuließ, man hatte Decken eingepackt, für den Fall, dass die Nacht kühl wurde, und einen Papierfächer (beigesteuert von Anthelmine) für den Fall, dass es unerwartet noch zu heiß wurde.

»Hinten oder vorne?«, fragte Susan, als Bryan galant vorsprang, um ihr die Tür zu öffnen.

Sir William drehte sich um und schaute Julia direkt ins Gesicht.

»Hinten«, sagte Julia.

Mit träger Würde nahm sie Platz. Als Bryan ihr die zusammengefaltete Decke auf den Schoß legte und die anderen auf der Treppe standen und zuschauten, fühlte sie sich wirklich, als würde sie ein Pflegeheim zum ersten Mal für einen Ausflug verlassen. In gewisser Hinsicht war es auch ein schöner Moment – und es sah Bryan ähnlich, dass er ihn sofort wieder verderben musste.

»Wetten, dass sie unterwegs den Platz wechselt!«, sagte Bryan vergnügt.

III

Ungefähr drei Minuten glitt das Auto mit seinen zwei Insassen still durch die Dunkelheit. Es ging ein leichter Wind, wie Susan versprochen hatte, doch Julia konnte sich nicht mal körperlich entspannen. Mit steifen Gliedern saß sie da, umklammerte mit der einen Hand die Decke und stemmte die andere fest aufs Sitzpolster. Selbst nicht in der Lage zu sprechen, fürchtete und ersehnte sie zugleich Sir Williams erste Worte. Als sie schließlich an einer leichten Bewegung seines Kopfes sah, dass er etwas sagen würde, traute sie sich kaum zu atmen.

»Du musst verdammt hungrig sein«, meinte Sir William über die Schulter.

»Nein!«, keuchte Julia.

»Ich wünschte nur, du hättest mir Bescheid gesagt«, sagte Sir William unbekümmert. »Dann hätte ich mir auch Kopfschmerzen zugelegt.«

»Ich hatte wirklich Kopfschmerzen!«, rief Julia empört.

»Ob du welche hattest oder nicht, ich kann mir bestens vorstellen, dass du *jetzt* welche hast. Als Allererstes müssen wir dir jetzt was zu essen besorgen. Warum sitzt du überhaupt da hinten auf der Rückbank?«

»Damit ich nicht reden muss«, erklärte Julia, mit so viel Sarkasmus, wie sie eben aufbringen konnte. Einen Augenblick bildete sie sich etwas auf die Wirkung ein, doch Sir Williams nächste Frage brachte sie erneut aus dem Konzept.

»Was hat der junge Relton da eben noch zu dir gesagt?«

»Nichts«, erwiderte Julia kurz angebunden. »Zumindest – er meinte, es tue ihm leid, dass ich mit meinen Kopfschmerzen noch mal rausgeschleift werde, nur um Susan einen Gefallen zu tun.«

»Sobald du was zu essen gehabt hast, wird es dir besser gehen«, sagte Sir William.

Julia war mittlerweile zu aufgebracht zum Sprechen, aber angespannt war sie nicht mehr. Sie ließ sich geräuschvoll gegen die Lehne plumpsen, ihr Gehirn arbeitete fieberhaft und wie von selbst, während sie nach etwas suchte, was sie noch zu Sir William sagen konnte. Ihr Scharmützel hatte das Eis gebrochen, und als ihr dieser Gedanke durch den Kopf ging, musste Julia auf einmal lachen.

»William!«

»Ja, meine Liebe?«

»Hast du das eigentlich mit Absicht gemacht?«

»Was?«

»Mich aus der Fassung gebracht.«

»Natürlich«, sagte Sir William. »Kommst du jetzt nach vorn auf den Beifahrersitz?«

Er hielt an, Julia stolperte hinaus und stieg vorne ein. Doch nachdem er sein Ziel erreicht hatte, verfiel William wieder in Schweigen, bis nach ein paar Minuten der Stadtrand von Belley vor ihnen auftauchte. Sie hielten nicht vorm Pernollet, sondern auf Julias Wunsch bei einem kleinen Café in der Nähe der Promenade. Sie suchte es aus, weil dort jede Menge Leute saßen und weil sie ausnahmsweise von Leuten umgeben sein wollte. Sie hatte jedoch nicht Sir Williams englische Angewohnheit mit einkalkuliert, alle Ausländer sowieso als Teil ihrer natürlichen und unbelebten Umgebung zu sehen.

»So!«, sagte er, sobald Julia Omelette und Rotwein vor sich hatte. »Wenn man einen Heiratsantrag ablehnt, ist es eigentlich üblich, dass man irgendeinen Grund angibt. Auch wenn man den Mann einfach nur nicht mag, sollte man sich irgendeine höfliche Ausrede einfallen lassen, um seinen männlichen Stolz nicht zu kränken.«

»Nicht mögen!«, rief Julia, die sofort in die Falle ging. »Wenn du das glaubst, dann – dann verstehst du wirklich überhaupt nichts. Ich mag dich lieber als jeden anderen Mann, den ich jemals getroffen habe.«

»Danke«, sagte Sir William. »Das ist sehr nett von dir. Warum willst du mich dann nicht heiraten?«

Julia beschloss, einen Teil der Wahrheit preiszugeben.

»Weil es nicht passend wäre. Weil ich nicht die Art Ehefrau wäre, die die Leute von dir erwarten würden.«

»Pfeif doch drauf, was die Leute erwarten«, sagte Sir

William leidenschaftlich. »Ich hab ein Leben lang getan, was die Leute von mir erwarten, und jetzt bin ich alt genug, um zu tun, was ich gut finde.«

Julia holte tief Luft.

»Du weißt überhaupt nichts über mich.«

»Ich denke, ich weiß durchaus genug. Ich weiß, dass ich die Dinge mit dir genieße, wie ich sie nie wieder genießen zu können glaubte. Ich weiß, dass ich den völlig lächerlichen Wunsch habe, dich zu beschützen, Julia – auch wenn du dich ganz offensichtlich wunderbar selbst beschützen kannst. Wahrscheinlich wirst du mich furchtbar lästig finden.«

»Oh nein, niemals«, sagte Julia ernsthaft. »Ich fände es einfach herrlich. Ich hab so oft diese Frauen mit Ehemännern angeschaut – die nette Sorte, weißt du, die ihren Frauen Zugfahrkarten kaufen – und hab mir immer gedacht, wie schön das sein muss.« Sie hielt inne und merkte, dass das gar nicht in die Richtung ging, die sie eigentlich einschlagen wollte, also setzte sie noch einmal neu an: »Es gibt Dinge, die ich dir erzählen müsste …«

»Lass es gut sein«, sagte Sir William. »Ich habe auch nicht gelebt wie ein Mönch, aber ich werde dich bestimmt nicht mit Einzelheiten langweilen.«

»Oh, ich glaube, es würde mich kein bisschen langweilen«, sagte Julia, wie immer ohne jedes Gefühl für Diskretion.

»Ich werde es dir aber trotzdem nicht erzählen. Wir fangen ganz neu an.«

»Aber ich *muss* es dir sagen«, sagte Julia verzweifelt. »Weißt du, wenn du mich gebeten hättest, mit dir nach Aix zu gehen – oder anderswohin, egal – dann wäre ich sofort gekommen. Für eine Woche, oder so lange, wie du mich eben gewollt hättest. Ich – ich würde auch jetzt noch mitkommen.«

»Ich weiß, meine Liebe.«

»Aber?«, sagte Julia und starrte geradeaus.

»Ich will dich nicht bloß für eine Woche«, erklärte Sir William. »Ich will dich für immer. Und ich bin zu alt, meine Liebe, um unter falschen Namen in Hotels abzusteigen. Ich fände so was schrecklich anstrengend.«

»Wir könnten uns doch irgendwo eine Villa mieten«, schlug Julia ernsthaft vor.

»Das wäre noch auffälliger«, sagte Sir William.

Unwillkürlich musste Julia seufzen. Sie liebte ihn von Minute zu Minute mehr, und das machte die Dinge nicht einfacher. Doch sie dachte an Susan, und ihr Herz wurde wieder hart.

»Es gibt noch was, William – dabei geht es nicht um mich, sondern um Sue und Bryan. Ich habe ihm immer wieder gesagt, dass Beziehungen zwischen zwei Leuten, die so verschieden sind wie sie, keine Chance haben. Aber wir sind ja genauso verschieden: Du bist gut, wie Susan, und ich bin genauso wie er – und das Dumme ist, er weiß das sehr gut. Wenn ich dich jetzt auf einmal heirate, wird er sich denken, dass das alles Unfug war.«

»Ist es ja auch«, sagte Sir William.

»Bei uns vielleicht«, gab Julia zu. »Aber du bist eben auch wieder anders, du bist nicht auf so eine *reine* Art gut, wie Susan es ist. Du bist älter, und du bist ein bisschen herumgekommen in der Welt, und du würdest nicht so viel erwarten. Aber Bryan wird das alles nicht sehen, er wird bloß sehen, dass ich meine eigenen Lehren missachte, und wird nie wieder ein Wort glauben, das ich sage. Du weißt doch, wie die jungen Leute sind.«

»Ich weiß nur eines«, sagte Sir William, »dass ich es mir energisch verbitte, wenn ich irgendeiner Sache zum Opfer gebracht werden soll.«

»Er würde bestimmt eine Doppelhochzeit wollen«, prophezeite Julia, die immer noch in ihren Gedanken gefangen war. »Das würde ihm gefallen. Er würde Susan heiraten, einfach, um zu sehen, was ich für ein Gesicht mache. Tut mir leid, lieber William.«

Sir William war anscheinend ebenfalls noch in seinem Gedankengang befangen. »Ich kann es ja verstehen, wenn du Angst hast, meiner überdrüssig zu werden …«

»Nein!«, rief Julia gekränkt. »Niemals! Das darfst du nicht von mir denken, William! Ich weiß – ich könnte es schwören – wenn ich dich heirate, dann würde ich mein Lebtag keinen anderen Mann mehr anschauen. Ich hätte gar keine Lust. Ich habe schrecklich viel … Treue in mir, auch wenn du dir das vielleicht nicht vorstellen kannst …«

»Wenn ich mir das nicht vorstellen könnte«, sagte Sir William zärtlich, »dann hätte ich dich nicht gebeten, mich zu heiraten. Aber ich glaube, das wäre nur beim Richtigen der Fall, und wenn ich nicht dieser Richtige bin …«

»Aber das bist du doch!«, jammerte Julia, den Tränen nahe. »Ich hab es die ganze Zeit gewusst, das ist ja gerade das Schreckliche. Du kannst dir nicht vorstellen, wie gern ich dir das … zeigen würde. Manchmal hab ich mir gewünscht – nein, nicht gewünscht, nur vorgestellt –, dass du ein hoffnungsloser Pflegefall wärst, oder gelähmt oder so was, damit ich einfach nur bei dir bleiben und mich Jahr um Jahr um dich kümmern könnte. Das würde ich schrecklich gerne tun.«

Einen Augenblick verschlug es Sir William die Sprache; ein so heftiger Ausdruck bedingungsloser Hingabe hätte wohl gereicht, jeden Mann verstummen zu lassen. Dann streckte er die Hand aus und legte Julia den Mantel um die Schultern.

»Komm mit zurück ins Auto«, sagte er.

»Nein«, sagte Julia kläglich. »Sobald du anfängst, mich zu küssen, ist es um mich geschehen.«

»Wir müssen aber irgendwann zurück«, erklärte Sir William.

»Erst, wenn ich es dir begreiflich gemacht habe.« Julia setzte sich auf, und zum Zeichen, dass sie sich vollkommen erholt hatte, rang sie sich sogar ein Lächeln ab. »Du hast mich stolzer gemacht, als ich jemals in meinem Leben gewesen bin, William. Es nützt nur nichts. Es spricht zu viel dagegen. Ich kann nicht alles sagen, was ich fühle, das konnte ich noch nie, aber du wirst immer eine schöne Erinnerung für mich bleiben.«

»Julia!«, sagte Sir William scharf.

»Was, mein Lieber?«

»Du hörst dich selber gerne reden.«

Julia wurde rot. Es war nur zu wahr: Trotz ihres durch und durch echten Elends war ihr aufgefallen, wie schön sie die letzten Worte gewählt hatte.

»Und damit nicht genug«, fuhr Sir William fort, »du hörst dich selber gerne reden, obwohl dein Spaß auf meine Kosten geht. Ich fände es einfach schrecklich, eine schöne Erinnerung zu sein. Und da du hier sowieso nichts Vernünftiges von dir geben kannst, kommst du jetzt besser wieder mit nach Hause.«

Diesmal stand Julia auf. Sir William besaß weiß Gott ein außergewöhnliches Talent dafür, das höchste moralische Flugzeug vom Himmel zu schießen. Leicht zerrupft von ihrem jähen Absturz puderte sich Julia energisch und schweigend die Nase, bevor sie mit ihm zurück zum Auto ging.

In einer Sache hatte sie jedenfalls recht: Sobald er sie küsste, war es um sie geschehen.

IV

»Müsste ich dann Wohltätigkeitsveranstaltungen eröffnen?«, fragte Julia ungefähr eine Stunde später.

Sie fuhren langsam vom Lac du Bar zurück. Für den Heimweg hatten sie eine Strecke genommen, die alles andere als direkt war.

»Du liebe Güte, nein!«, sagte Sir William.

Julia war beruhigt, aber auch ein bisschen enttäuscht. Sie konnte sich wunderbar vorstellen, wie sie auf einem Podium stand, in distinguiertem Schwarz, mit einem Ansteckstäußchen aus Orchideen an der linken Schulter …

»Mit so was wirst du überhaupt nichts zu tun haben«, fuhr Sir William fort, »und wir können wohnen, wo du willst. Im Moment habe ich eine Wohnung in der Stadt …«

»Wo?«, fragte Julia.

»In der Mount Street. Die könnte dir gefallen. Und wenn wir die Wohnung behalten, statt uns ein Haus zu nehmen, können wir verreisen, wann immer wir wollen. Ich würde so gern mit dir ins Ausland reisen, Julia. Du genießt alles immer so.«

Julia rieb die Wange an seinem Mantel. Küssen konnte sie ihn nicht, denn er saß ja am Steuer.

»Ich würde gern mal nach Venedig. Louise – ein Mädchen, mit dem ich mal befreundet war – war dort und hat gesagt, es war himmlisch … William?«

»Ja?«

»Wenn ich von solchen Leuten erzähle – Leute, die ein bisschen komisch sein könnten – denkst du dir dann was dabei?«

Sir William nahm seine linke Hand vom Lenkrad und tastete nach Julias.

»Nicht im Geringsten, meine Liebe. Von allen Leuten, die ich jemals kennengelernt habe, hast du die unterhaltsamsten Freunde.«

»Ein Glück«, seufzte Julia, »denn ich glaube, du wirst noch so einiges von ihnen zu hören bekommen. Und Louise war wirklich ein schrecklich guter Kerl … Wenn du noch einmal anhalten willst, mein Lieber, dann mach das, bevor wir im Dorf sind.«

Zehn Minuten später, an der Auffahrt zur Villa, bat sie ihn, noch einmal anzuhalten – diesmal aber nur, um wieder auf den Rücksitz zu steigen.

»Danke«, sagte Sir William. »Ich muss zugeben, ich war wirklich neugierig.«

»Neugierig?«, echote Julia überrascht. »Warum, was hab ich dir denn erzählt?«

»Was der junge Relton gesagt hat, als wir losfuhren«, antwortete Sir William. »Und dafür hätte er einen Tritt verdient.«

21. KAPITEL

I

DAS LETZTE, worin Julia ihrem freien Willen gehorchte, bevor sie endgültig und freudig in Sir Williams untertauchte, war ihre Bitte an Sir William, ihre Verlobung nicht gleich bekanntzugeben. Sir William wollte alles sofort und gründlich machen und es hinter sich bringen: Er wollte eine Anzeige in der *Times* schalten, es den Packetts mitteilen und Julia so bald wie möglich heiraten. So schmeichelhaft dieses Programm auch war und so sehr sich Julia auch danach sehnte, es durchzuführen, hielt sie ihn zurück. Sie fürchtete die Folgen – und nicht nur bei Bryan, sie hegte auch die bange Überzeugung, dass die Packetts es nicht recht glauben würden. Sie würden einfach nur denken, dass Sir William verrückt geworden war und dass sie ihn aufhetzte. Zu ihrer Überraschung reagierte Sir William ziemlich ungehalten, als sie ihm das erklärte.

»Meine liebe Julia«, sagte er mit fester Stimme, »wenn das dein einziger Einwand ist, marschiere ich jetzt sofort ins Billardzimmer und teile es ihnen mit. Es gibt keinen anderen Weg, um dir zu zeigen, wie albern du bist.«

Julia sprang auf – sie saßen an ihrem üblichen Platz zwischen den Weinreben – und ergriff seinen Arm.

»Nein, William! Noch nicht! Es stimmt schon, ich bin albern – ich bin alles, was du sagst – aber es ist ja nicht nur *das*. Ich muss auch an Susan und Bryan denken. Die Angelegenheit muss ich zuerst geregelt haben.«

»Das regelt sich von selbst«, gab Sir William zurück. »Das wird sich perfekt von selbst regeln. Der junge Relton kommt endlich dahinter, wie Susan wirklich ist, und Susan – die schon lange seinen wahren Charakter erkannt haben muss – beginnt zu begreifen, dass sie ihn niemals ändern kann. In ein paar Wochen – vor allem wenn Susan nach London fährt – wird die ganze Geschichte Schnee von gestern sein.«

Julia fasste seinen Arm noch fester.

»Aber verstehst du denn nicht, wie wichtig es ist, dass man sie nicht – stört? Es geht ja nicht nur um die Sache mit diesem Club, William – das war ja auch meine Idee – es ist auch zum Teil wegen dem, was ich die ganze Zeit zu Bryan gesagt habe. Ich *habe* ihn beeinflusst, obwohl er das niemals zugeben würde. Und wenn wir jetzt plötzlich heiraten, wird er alles vergessen und auch eine Anzeige in die *Times* setzen und höchstwahrscheinlich auch nach London zurückfahren und anfangen, wie wild zu arbeiten und …« Julia holte tief Luft. »Nur aus Bösartigkeit. Wir dürfen da nicht eingreifen, William. Du hast doch selbst gesagt, es ist nur eine Frage von Wochen.«

»Und wenn es länger dauert?«, fragte Sir William. »Wenn es zwei Monate werden, oder zwei Jahre? Sollen wir den Rest unseres Lebens darauf warten, dass zwei junge Idioten zur Besinnung kommen?«

»Jetzt bist du aber albern«, sagte Julia entspannt. »Und die zwei sind überhaupt keine Idioten. Sie sind nur sehr jung. Ich glaube, früher, als *du* noch jungst warst …«

»Danke«, sagte Sir William. »Eines liebe ich an dir, meine Liebe, nämlich dass du mir niemals schmeichelst.«

Julia setzte sich neben seinen Stuhl ins Gras und schenkte ihm einen ihrer langen, aufrichtigen Blicke.

»Ich will dich nicht jung, mein Lieber. Ich will dich genau so, wie du bist, erfahren und verständnisvoll und … und fähig, mit mir zurechtzukommen. Außerdem …«

Sie brach ab, ohne die Augen von ihm zu nehmen, und seufzte voller Glück. Sir William streckte die Hand aus und berührte ihre Wange.

»Außerdem was, meine Liebe?«

»Du siehst wirklich unheimlich distinguiert aus!«, sagte Julia einfach.

Überraschenderweise verspürte Sir William ein wärmendes absurdes Glücksgefühl. Es gab viele gute Gründe, warum eine Frau in Julias Lage sich freuen sollte, ihn zu heiraten, das war ihm selbstverständlich klar, und in seinen nüchternen Momenten – wenn es ihm fast unglaublich schien, dass sie sich einfach in ihn verliebt hatte – hatte er sie sich oft aufgezählt. Doch niemals hätte er sein persönliches Erscheinungsbild auf diese Liste gesetzt …

»Ich sehe schon, ich habe mich getäuscht«, sagte er sanft. »Du bist doch eine Schmeichlerin.«

»Ich schmeichle dir überhaupt nicht«, widersprach Julia ernsthaft. »Ich sage ja nicht, dass du der bestaussehende Mann überhaupt bist – ich würde nicht behaupten, dass du aussiehst wie der arme Valentino – aber du bist wirklich der distinguierteste Mann, den ich je gesehen habe, William. Dein Profil, deine Größe und deine Haltung. Das hab ich mir gleich in dem Moment gedacht, als ich dich zum ersten Mal sah.«

»Dann musst du wohl in mich verliebt sein«, sagte Sir William.

Als sie zum Haus hinuntergingen – die Frage mit der Bekanntmachung ihrer Verlobung hatten sie stillschweigend zurückgestellt –, begann er plötzlich zu lachen. Julia fragte ihn nach dem Grund, doch er wollte ihn nicht preisgeben: Sie hatte ihm so eindrücklich klargemacht, dass er nicht mehr jung war, und er hatte sich in diesem Moment bei dem Gedanken erwischt, dass er zum Abendessen statt im Smoking zu gerne im Frack vor ihr erschienen wäre.

II

Julia hatte das Gefühl, dass der Regen der guten Dinge, der auf sie niederging, schier nicht aufhören wollte. Als wäre Sir William und alles, was dazugehört, noch nicht genug, bekam sie an diesem Abend das erste richtige Zeichen von Susans liebevollem Vertrauen. Susan kam herein, als Julia sich zum Abendessen umzog, und setzte sich – wie eine echte Tochter – auf die Bettkante.

»Onkel William hat mir gerade erzählt«, sagte Susan, »dass es deine Idee war, mich bei der Sache mit dem Club ins Boot zu holen. Wie bist du darauf gekommen?«

Julia lächelte zufrieden.

»Ich wusste, dass das genau das Richtige für dich ist, Sue. Ich meine – ich wusste, dass *du* genau die Richtige für sie bist. Du bist so effizient und scharfsinnig.«

Diese Antwort entsprach nicht nur in großen Teilen der Wahrheit, sie war offensichtlich auch genau die, die

Susan hören wollte. Sie schaute ihre Mutter mit tief empfundener Wärme an.

»Du kannst dir gar nicht vorstellen, wie schön ich es finde, dass du das sagst. Die anderen – Bryan, aber auch Onkel William – scheinen es einfach als ein nettes Hobby für *mich* zu betrachten. Die andere Seite sehen sie überhaupt nicht: dass ich vielleicht wirklich von Nutzen bin. Du hast die richtige Einstellung.«

»Das ist mein Glückstag«, dachte Julia und beschloss, sich noch weiter vorzuwagen.

»Sue, ich glaube, diesen Mr. Bellamy … wenn ich mal wieder in die Stadt fahre, würde ich den gerne mal treffen. Wäre es in Ordnung, wenn ich einfach bei diesem Club vorbeigehe?«

»Oh!«, rief Susan. Sie strahlte bei der Aussicht, endlich jemand bekehrt zu haben. »Natürlich! Ich werde schreiben und deinen Besuch ankündigen. Aber – bist du wirklich sicher, dass dich das interessiert?«

Da war Julia ganz sicher. Sie hatte noch nie einen Mann getroffen, für den sie sich nicht im Handumdrehen interessieren konnte. Sie hatte das Gefühl, dass Susans Interesse gefördert werde musste – Susans Interesse an Mr. Bellamy, nicht nur als guter Arbeiter, sondern als junger Mann.

»Ich hoffe, er verausgabt sich nicht völlig«, sagte Julia nachdenklich.

»Wer? Mr. Bellamy?«

»Sir William meinte, er sei nicht so kräftig«, erklärte Julia. »Er hat gesagt, er sei schrecklich dünn. Ich glaube, er isst nicht genug.«

Susan sah besorgt aus.

»Ich hoffe, er wird nicht krank. Er organisiert das

Ganze nämlich mehr oder weniger im Alleingang. Er ist wirklich wichtig. Hör mal, Mutter …«

Julias Herz machte einen Sprung. Sie konnte es sich gerade noch verkneifen, Susan sofort zu küssen, aus reiner Dankbarkeit. Doch sie riss sich zusammen. Sie wusste, dass man Susan gewisse Dinge nicht zu Bewusstsein bringen durfte, denn dann würde sie dieses schönen Wort nie wieder zu hören bekommen.«

»Was denn, Sue?«

»Ich hab nachgedacht – wenn ich mich mit ihm in London treffe, will er mich wahrscheinlich zum Essen einladen, aber ich weiß, dass er sehr knapp bei Kasse ist. Aber wenn du uns beide in deine Wohnung einladen würdest … oder wenn ich ihn einfach selbst dorthin einladen könnte …«

»Selbstverständlich«, sagte Julia. »Selbstverständlich kommt ihr zu mir! Ich mach ihm Roastbeef und Talgpudding!«

Darüber musste Susan lachen, und Julia lachte auch. Sie hatte keine Wohnung – sie hatte nicht mal einen Esstisch –, und wenn sie diese Dinge durch ihre Heirat mit Sir William erlangte, würde Susan es wahrscheinlich missbilligen und nicht nutzen wollen, doch trotz dieser Hindernisse sah Julia vor ihrem geistigen Auge bereits, wie Susan und Mr. Bellamy rechts und links von ihr saßen und verliebte Blicke über einen wohlgedeckten Tisch tauschten. Das Bild war so klar und erfüllte sie mit solcher Zuversicht, dass sie es wagte, noch eine gespielt naive Frage hinterherzuschieben:

»Und was ist mit Bryan, Sue? Würde der auch gerne mitkommen?«

»Oh!«, sagte Susan. Einen Augenblick sah es so aus,

als wollte sie ihr wirklich das Herz öffnen, und Julia, die an der Frisierkommode saß, hielt im Haarekämmen inne. Dann sah sie im Spiegel, wie Susan langsam aufstand, den Bettüberwurf wieder glattstrich und zur Tür ging.

»Nein, sagte Susan beiläufig. »Ich glaube nicht, dass Bryan sich dafür interessieren würde. Übrigens ist das Abendessen heute ein bisschen früher, weil Anthelmine heute ihren freien Abend hat.«

Julia zog sich zutiefst zufrieden an. Zum ersten Mal fühlte sie sich rundum akzeptiert, von Susan, als Susans Verbündete. Da sie dieses Gefühl so sehr genoss, war es ein Glück, dass sie nicht vierundzwanzig Stunden weiter in die Zukunft schauen konnte.

III

Vierundzwanzig Stunden später ereignete sich etwas im Dorf, was die außergewöhnliche Folge hatte, dass Julia sich gegen ihre Tochter auf Bryans Seite schlug. Jeanne-Marie, die Nichte von Claudia, die die Zuckermandeln geschickt hatte, heiratete, und auf dem anschließenden Hochzeitsfest betrank sich Bryan.

Er ging allein auf das Fest, und wie später durchsickerte, hatte er für großartige Stimmung gesorgt. Es wurde getanzt, also tanzte er. Es wurde gesungen, also sang er. (Noch ein paar Tage drangen Sir William jedes Mal, wenn er durchs Dorf ging, die Klänge von *Forty Years On* ans Ohr.) Um sich zu stärken, brauchte er natürlich so einige Getränke, und als das Fest kurz nach Mitternacht zu Ende ging, war nicht zu übersehen, dass er sie auch gehabt hatte. Selbst dann hätte noch alles gut werden können, denn es gab genügend Freiwillige, die ihn zum Gästehaus begleiten konnten, aber er bestand trotz seines Zustands darauf, noch einmal zur Villa hochzugehen und seinen Freunden gute Nacht zu sagen.

Zufällig waren sie auf Grund der Hitze immer noch wach und im Billardzimmer. Bryan warf die Tür auf, schlitterte ein wenig übers Parkett und landete auf dem Stuhl neben Susan. Dort begann er zu singen.

Er war nicht volltrunken, aber er war unbestreitbar beschwipst.

Susan, Julia und Sir William standen alle gleichzeitig auf, während Susan instinktiv zurückwich. Ihr Gesicht war weiß vor Wut, Julia und Sir William gingen auf Bryan zu.

»Hör auf!«, sagte Julia streng.

Bryan, der gerade eine hohe Note gesungen hatte, schaute sie überrascht an, ohne den Mund zuzumachen. Die Leute hatten seinen Gesangskünsten den ganzen Abend Beifall gespendet, warum sollten sie jetzt plötzlich damit aufhören?

»Warum, meine Liebe?«, fragte er. »Sag, warum?«

»Weil Sie Mrs. Packett stören«, sagte Julia. Sie warf einen Blick über die Schulter und war kurz verblüfft, wie ruhig sich die Dame verhielt. Mrs. Packett sah kein bisschen so aus, als fühlte sie sich gestört. Bryan war inzwischen aufgestanden, nicht aus persönlichem Willen, sondern weil Sir William ihn fest am Arm gepackt hatte.

»Das wich natürlich auf kein Fall«, sagte er. »Chwill gakein stören. Sue, mein Schatz …«

Susan ging an ihm vorbei und aus dem Zimmer. Er machte einen krampfhaften Versuch, ihr zu folgen, spürte aber, wie ihn das Gewicht von Sir William zurückhielt.

»Oh nein«, sagte Sir William. »Sue will auch nicht gestört werden. Du gehst jetzt am besten ins Bett.«

»In Ordnung«, nickte Bryan. »Dann … dann saich nur noch gute Nacht: Gute Nacht allerseits!«

Seine Sorglosigkeit nahm sich neben Susans Verhalten fast schon peinlich aus. Sir William führte ihn weg, und es war wieder ruhig.

»Ich würde eine Aspirin vorschlagen«, meinte Mrs. Packett. »Ich habe welche in meinem Zimmer.«

»Ich habe auch welche«, sagte Julia, und ausnahmsweise gab sie ihrer Schwiegermutter einen Gute-Nacht-Kuss.

IV

Am nächsten Morgen herrschte unbehagliche Verlegenheit. Bryan erschien gegen zwölf Uhr. Er war ein bisschen blass und entschuldigte sich bei der ganzen Runde. Mrs. Packett, Julia und Sir William nahmen ihn gleich wieder gnädig auf, nachdem er seine Reue zum Ausdruck gebracht hatte. Dann hätte auch alles wieder ganz glatt laufen können, wäre da nicht Susans Haltung gewesen. Sie nahm seine Entschuldigung ebenfalls an, aber sie konnte ihm nicht verzeihen. Sie *wollte* ihm nicht verzeihen – das spürte Julia –, denn was er getan hatte, war in ihren Augen unverzeihlich, und dadurch, dass die anderen es verziehen hatten, sanken sie auch in ihrem Ansehen. Julia sah das und war äußerst verärgert, weil das auch Sir William mit einschloss, überdies gingen ihr Bryans kummervolle Blicke ans Herz. Genau genommen hätte sie darüber jubeln müssen, aber Logik war noch nie Julias Stärke gewesen. Sie hatte jedoch beschlossen, sich nicht einzumischen, und wahrscheinlich hätte sie die Füße tatsächlich stillhalten können, wenn Susan das Thema nach dem Mittagessen im Garten nicht bewusst angesprochen hätte.

»Großmutter hat mir gerade erzählt«, sagte sie mit hochgezogenen Augenbrauen, »dass *ihr* Vater Unmengen von Alkohol vertragen hat. Ich schätze, ich soll da wohl Vergleiche anstellen.«

»Deine Großmutter«, sagte Julia in scharfem Ton, »hat mehr Verstand als jeder andere Mensch, den ich kenne.«

»Dann gibst du ihr wahrscheinlich recht«, meinte Susan, »dass der gestrige Abend überhaupt nicht schlimm war.«

»Natürlich nicht!«, rief Julia, die nun endgültig ihre neutrale Position aufgab. »Jeder junge Mann hat ab und zu mal einen Schwips – und in diesen Momenten sieht man, wie sie wirklich sind. Bryan …«

»Ja?«

»Er war nett«, sagte Julia mit fester Stimme. »Er hat überhaupt keinen Ärger gemacht, und hinterher war er auch kein bisschen stolz auf sich. Du tust ja gerade so, als wäre er stockbesoffen gewesen und hätte der Köchin nachgestellt.«

Sie brach ab – etwas erschrocken über die Kraft ihrer Worte. So etwas hätte sie nicht sagen sollen, es verriet zu viel Erfahrung. Doch Susan schien es gar nicht zu merken. Sie war ganz in ihrer Blase gefangen.

»Du findest mich also unbarmherzig?«, sagte sie schließlich.

»Nein«, sagte Julia langsam. Sie hatte ebenfalls Zeit zum Nachdenken gehabt. »Aber du … du *magst* im Grunde keine Menschen.« Sie überlegte noch einmal und änderte dann die Betonung. »Du magst im Grunde keine

Menschen. Du magst nur – das ist wirklich schwierig zu erklären … du magst nur ihre guten Eigenschaften.«

»Du erwartest doch nicht etwa von mir, dass ich ihre schlechten Eigenschaften mögen soll?«, fragte Susan grimmig.

»Nein«, wiederholte Julia, »aber wenn du die *Menschen* mögen würdest, würden dir ihre schlechten Eigenschaften nicht solchen Kummer machen.«

Susan legte die gefalteten Hände in den Schoß und starrte auf die Baumwipfel. Ihre junge Gestalt war ganz steif vor lauter Stolz.

»Ich glaube, da irrst du dich«, sagte sie. »Tut mir leid. Aber ich glaube, dass ich Menschen auch nicht so sehr brauche wie du.«

Julia konnte nur hoffen, dass Susan recht hatte, doch aus instinktiver Angst vor den Folgen einer solchen Einstellung versuchte sie es noch einmal.

»Ich finde auf jeden Fall, du solltest dich mit Bryan versöhnen. Wenn du mit ihm streiten musst …«

»Ich habe gar nicht vor, mit ihm zu streiten«, sagte Susan rasch. »Ich kann ihm auch nicht sagen, dass es nichts macht, aber … aber ich werde nett zu ihm sein.«

Und am Nachmittag war sie nett – so charmant, so fröhlich, dass Bryan ziemlich überrascht war, als sie ihm auf einmal das Versprechen abnehmen wollte, keinen Wein mehr zu trinken, solange sie in Frankreich waren.

»Aber da mach ich mich doch lächerlich!«, sagte er. »Hier steht doch bei jeder Mahlzeit Wein auf dem Tisch.«

»Ich werde auch bloß noch Gerstenwasser trinken«, versprach Susan.

»Nein«, sagte Bryan entschieden. Susans Freundlichkeit war ihm zu Kopf gestiegen: Er hatte das Gefühl, dass ihr unbeugsamer Wille zum ersten Mal Anstalten machte, nachgiebiger zu werden. »Nein, meine Liebe, das ist einfach absurd.«

Auch in dem Moment lächelte Susan nur. Sie blieb den ganzen Tag charmant zu ihm. Aber als sie abends am Esstisch saßen, fiel ihm auf – und allen anderen fiel es auch auf –, dass die Karaffe mit dem Hauswein nur halb voll war.

22. KAPITEL

I

JULIA WAR der Meinung, dass diese halbvolle Karaffe der Auslöser war, warum Bryan genauer über Susans philanthropische Tätigkeiten nachzudenken begann. Sein Unterbewusstsein war zutiefst erschrocken, weigerte sich aber gleichzeitig zuzugeben, wovon es erschreckt worden war. Von Louise wusste Julia viel über das Unterbewusstsein, denn ihre Freundin hatte sich einmal psychoanalysieren lassen – mit sehr vergnüglichen Ergebnissen. Deswegen überraschte es sie nicht, als Bryan sie im Billardzimmer allein abpasste und erklärte, er habe diesen ganzen Club-Unsinn langsam ziemlich satt.

»Das ist kein Unsinn«, erwiderte Julia mit scharfer Zunge. »Das ist eine sehr gute Arbeit.«

»Von mir aus, meine Liebe. Aber – Sir William hat sich ja auch darum gedrückt, das weiß ich.«

»Er braucht Ruhe. Er ist im Urlaub.«

»Susan doch auch. Und, was noch wichtiger ist, ich auch. Schlimm genug, dass sie ständig davongerannt ist, um Französisch zu lernen, aber diese Geschichte geht einfach zu weit. Sie kann ja von nichts anderem mehr sprechen.«

»Tja, es ist wohl besser, Sie gewöhnen sich daran«, antwortete Julia ruhig, »denn das ist genau die Art Arbeit, die sie ihr Leben lang machen wird. Sie ja auch, nehme ich an.«

»Ich ganz sicher nicht«, sagte Bryan, jetzt wirklich alarmiert. »Dazu hab ich zu viel Verstand. Ich kenne meine Grenzen. Alles, was ich will, ist ein ruhiges Leben. Wenn Sie Ihr Tortengeschäft eröffnen, meine Liebe, werde ich mich als Laufbursche bewerben.«

»Ich werde kein Tortengeschäft eröffnen«, giftete Julia, die auf das Thema langsam äußerst gereizt reagierte.

»Nicht mal, um mir eine Anstellung zu geben? Was meinen Sie denn dann, was aus mir werden soll?«

Julia überlegte.

»Es würde mich nicht überraschen«, sagte sie nachdenklich, »wenn Sie am Ende Journalist werden würden.«

»Sie sind ganz schön klug, meine Liebe. Dieselbe Idee hatte ich nämlich auch schon. Ich würde einen verdammt guten Sonderberichterstatter abgeben. Wie sind Sie denn darauf gekommen?«

»Ich kannte früher viele Journalisten«, sagte Julia vage. »Bei denen hatte man immer den Eindruck, dass sie sich nie endgültig niederlassen. Aber was reden Sie denn überhaupt? Sie werden doch Anwalt!«

»Wenn es die Umstände erlauben, meine Liebe, und ich bin nicht sicher, ob ich überhaupt dabei bleibe. Außerdem *sind* die meisten Anwälte Journalisten. Auf die Art verdienen sie sich etwas dazu, um sich mal ein Bier leisten zu können.«

Julia setzte sich erbittert auf. »Verstehen Sie denn nicht«, hätte sie am liebsten gesagt, »*Verstehen* Sie denn nicht, wie aussichtslos diese Sache ist?« Stattdessen – denn sie lernte mit der Zeit auch dazu – merkte sie nur an, dass Susans Einkommen ihm bestimmt erlauben würde, sich Drinks zu leisten, falls seine Einkünfte sich als unzureichend herausstellen sollten.

»Wenn Sie glauben, dass ich mich von Susan aushalten lassen werde …«, begann Bryan hitzig.

»Sie wird viel mehr Geld haben als Sie«, stellte Julia sachlich fest, »vor allem, wenn Sie als Laufbursche arbeiten. Ich weiß es nicht ganz genau, aber ich denke, sie bekommt das ganze Geld der Packetts.«

Bryan stand auf und ging rasch ans Fenster.

»Sie wird es wahrscheinlich alles verschenken«, sagte er über die Schulter. »Für diese wohltätigen Projekte, die Sie so toll finden.«

Julia nickte.

»Das ist ziemlich wahrscheinlich. Ich nehme jedenfalls an, dass sie sich da sehr ernsthaft reinknien wird.«

Er trommelte mit seinen Fingern aufgeregt und ungeduldig gegen die Scheibe.

»Wenn Sie mich fragen«, sagte er zu guter Letzt, »wenn Sie mich fragen …«

»Ich frage Sie aber nicht. Ich sage es Ihnen«, unterbrach Julia. »Ich habe es Ihnen schon die ganze Zeit gesagt.«

Im nächsten Moment knallte er die Tür hinter sich zu.

II

Beim Mittagessen hatte die Gesellschaft einen Teilnehmer weniger: Mr. Relton war auf einem langen Spaziergang – so lautete die Botschaft, die Claudia auszurichten hatte – und würde auch zum Tee nicht zurück sein. Julia warf einen raschen Blick auf ihre Tochter, um abzuschätzen, ob das unumgängliche Gespräch bereits stattgefunden hatte, doch nach Susans Haltung zu urteilen war dem nicht der Fall. Susan machte allerdings keinen Hehl aus ihrem Ärger, weil sie mit Bryan eine Ausfahrt nach Belley geplant hatte und ihre Pläne für den Nachmittag nun über den Haufen geworfen waren. Sie wirkte jedoch nicht so, als wären die Pläne für ihre gesamte Zukunft über den Haufen geworfen worden. Zufällig war ihre Zukunft das, worüber sie hauptsächlich redete, und die war so eng mit den Problemen des Clubmanagements verknüpft, dass Julia sich unwillkürlich fragte, ob Bryans Abwesenheit ihre Zukunft überhaupt über den Haufen werfen würde. »Sie wird schneller darüber hinwegkommen, als ich dachte!«, sagte sich Julia froh. »Wenn sie sich nur ihre Meinung über sich selbst bewahren kann, wird es ihr prächtig gehen!« Eine Verletzung von Susans Selbstwertgefühl war das einzige, wovor Julia wirklich Angst hatte, doch wenn der Bruch von Bryan ausging – und das würde er – ließ sich sogar das vermeiden: Dann hätte nicht Susan ihn verraten, *sie* hätte ihren Teil des beiderseitigen Versprechens gewissenhaft gehalten. Bryans Selbstwertgefühl war Julia herzlich egal, und das sagte sie auch Sir William, als sie ihn um drei Uhr im verfallenen Pavillon traf.

Sie trafen sich jeden Nachmittag dort. Während die anderen Bewohner ihre Siesta hielten, stahlen sie sich hoch – das heißt, Sir William ging, aber Julia stahl sich aus dem Haus. Natürlich gab es keinen Grund, warum sie nicht gemeinsam nebeneinander hätten hingehen können, doch Julias romantisches, sentimentales Herz – hatte sie nicht mit dem Lippenstift eines an die Pavillonwand gemalt? – machte jedes Mal einen Hüpfer, wenn sie durch den Nussbaumhain gegangen war und Sir William entdeckte, der auf sie wartete. Sie genoss diesen Moment zu sehr, als dass sie ihn hätte missen wollen, obwohl sie nie länger blieben als fünf Minuten, weil es keine Sitzgelegenheit gab …

»Was Bryan angeht, der ist mir herzlich egal«, verkündete Julia. »Der sollte mir einfach nur dankbar sein.« Wie immer, wenn sie den Pavillon verließen, streckte Julia die Hand aus und berührte ganz leicht das Lippenstiftherz. Sir William drehte sich auf der Treppe um, um sie zu beobachten. »Und wenn er es jetzt noch nicht ist«, fuhr Julia fort, nachdem sie ihr Ritual ausgeführt hatte, »wird er es in ein, zwei Wochen sein. Ich habe nur in seinem besten Interesse gehandelt.«

»Fast schon wie eine Mutter«, stimmte ihr Sir William zu. »Hättest du Lust, zum Abendessen nach Aix rüberzufahren?«

»In Abendgarderobe?«, fragte Julia sofort.

»Natürlich«, sagte Sir William. »Deswegen fahren wir ja hauptsächlich hin. Ich habe so furchtbar Lust, meinen Frack anzuziehen.«

»Ich wette, du siehst traumhaft aus im Frack«, sagte Julia aufrichtig. Sie ließ sich von ihm auf den Weg hinunterhelfen, und dort blieben sie kurz nachdenklich stehen. Aber sie dachte nicht mehr an Bryan. »Ich kann wirklich nicht mit viel auffahren«, meinte sie bedauernd, »meine Garderobe ist ein bisschen beschränkt. Ich habe ein wunderschönes dunkelblaues Taftkleid, aber ich weiß nicht, ob es dir obenherum gefallen wird. Ich meine – es hat im Grunde obenherum nicht viel, nicht mal schmale Träger. Das soll nicht heißen, dass es *unanständig* wäre, das ist es nicht, aber es ist ein bisschen – na ja, ein bisschen auffällig. Ich habe aber einen schönen Spitzenschal, den ich dazu tragen kann; der war früher mal weiß.«

»Und welche Farbe hat er jetzt?«, erkundigte sich Sir William interessiert.

»Écru. Ich hab ihn Louise mal geliehen, und die ist irgendwo in eine Streiterei geraten – das ist ihr ständig passiert – und hat Kaffee mittendrauf gekleckert. Also haben wir eine ordentliche Menge Kaffee in einer großen Schüssel gemacht und haben den ganzen Schal da hineingelegt, und es ist richtig gut geworden. Dann hat sich Louise das Ganze aber versehentlich aufs Kleid gekippt.«

»Das ist ja der reinste Schneeballeffekt«, stellte Sir William fasziniert fest. »Und dann habt ihr eine ganze Badewanne voll ...«

»Nein. Louise hat die Waschschüssel zerschmettert. Das war kurz nach ihrer Psychoanalyse, und sie hatte schrecklich Angst, zu viel von sich zu unterdrücken. Das hatte sie zwar noch nie, soweit ich das beurteilen konnte, aber sie meinte schon, und wenn sie es früher gewusst hätte, gäbe es jetzt keinen einzigen heilen Teller mehr im Café Royal.« Julia hielt inne und schaute Sir William nervös an. »Sie ist kein ungehobelter Mensch, sie hat nur einfach so ein aufbrausendes Temperament.«

»Das hört sich so an, als wäre sie eine ganz reizende und unterhaltsame Freundin«, sagte Sir William. »Ich will nicht behaupten, dass ich es schade finde, wenn sie heute Abend nicht mit uns kommen kann, weil ich dich ganz für mich allein haben will. Aber wenn wir in London sind, wird es mir ein Vergnügen sein, sie kennenzulernen.«

Julia schaute ihn voller Verehrung an.

»Du weißt ja gar nicht, wie wunderbar das ist, William. Ich fände es furchtbar, sie fallen lassen zu müssen, und ich fände es auch furchtbar, wenn ich mich hinter deinem Rücken mit ihr treffen würde – aber das würde ich ja nicht, weil ich dir versprochen habe, dass ich niemals jemand kennen möchte, den du nicht magst. Du wirst dich nie für meine Freunde schämen müssen, William – ganz bestimmt nicht!«

»Ich bin sicher, das wird nicht passieren«, sagte Sir William.

Das meinte er ganz aufrichtig. Er hatte sich schon lange klar gemacht, dass ihm die Heirat mit Julia ein paar sehr seltsame Bekanntschaften bescheren würde, aber er war auch überzeugt, dass man sich vollkommen auf ihren Instinkt für Menschen verlassen konnte. Ihre Freunde mochten durchaus sein, was sie »seltsam« nannte, sie würden aber auch sein, was sie »gute Kerle« nannte. Ihre Gesellschaft wäre wahrscheinlich über die Maßen unterhaltsam, und er befürchtete keinen schlechten Einfluss, denn Julia war zu klug, um zuzulassen, dass er gelangweilt oder beschwindelt wurde. Seine einzige Befürchtung war die, dass sie ins andere Extrem verfallen könnte und verlangen würde, Wohltätigkeitsbasare zu eröffnen. Na, wenn sie das wollte, konnte sie ruhig. Sir William hatte das Gefühl, dass sogar Julias Achtbarkeit noch etwas Verschwenderisches und Fröhliches haben würde …

»Du würdest eine erstklassige Spendensammlerin für die Arbeiterwohlfahrt abgeben«, sagte er zu ihr, und da kam er auf einmal ins Überlegen, wie viele von seinen eigenen Bekannten angesichts dieser Bemerkung wohl den Anlass erraten könnten – *Sir William spricht mit der zukünftigen Lady Waring.*

»Bestimmt keiner!«, rief Julia, nachdem er ihr erklärt hatte, warum er gelacht hatte. Dann überlegte sie und meinte leicht entrüstet: »Und sie würden es auch nicht denken, nachdem sie mich gesehen haben. Ich werde nämlich eine vollendete Dame sein.«

Sir William beugte sich zu ihr herunter und küsste sie. »Ob es mir gefällt oder nicht?«

»Ob es dir gefällt oder nicht«, sagte Julia entschieden.

Fünf Minuten später wurde sie schon wieder geküsst, diesmal allerdings von Fred Genocchio.

III

Es passierte folgendermaßen: Julia, die unbedingt nachsehen wollte, ob ihr Taftkleid aufgebügelt werden musste, ging allein hinunter zum Haus und wurde auf der oberen Terrasse von Anthelmine und der Frau vom Gästehaus abgefangen, beide offensichtlich auf der Suche nach ihr. Sie hatten eine Visitenkarte, die Anthelmine der anderen Frau aus der Hand nahm und mit schwungvoller Geste Julia unter die Nase hielt.

Es war die Karte von Fred Genocchio.

Einen Augenblick blieb Julia reglos stehen, ganz Opfer der heftigsten widerstreitenden Gefühle. Erst Staunen, dann Bestürzung, dann eine Welle geschmeichelter Aufregung. Sie wollte Fred nicht mehr haben, vor allem wollte sie ihn nicht hier und jetzt, aber wie rührend von ihm, dass er hergekommen war! Der arme alte Fred!

»Wo ist er?«, fragte sie. »*Oú est-il?*«

»*Là-bas*«, antwortete Anthelmine und deutete mit einer Bewegung ihrer Schulter Richtung Tor. Sie schaute

Julia mit freundlichem Verschwörerlächeln an, denn ihr war offenbar klar, dass dieser Besucher nichts mit Sir William zu tun hatte.

»*Je vais*«, sagte Julia hochmütig. »*Merci beaucoup.*«

Anthelmine lächelte wieder und bewies ein Höchstmaß an Takt, indem sie ihre Freundin Richtung Küchentür schob. Julia wartete, bis sie weg waren, dann huschte sie die Auffahrt hinunter. *Lieber* alter Fred!, dachte sie, als sie um die Kurve bog. Sie würde nur fünf Minuten mit ihm sprechen, sehr freundlich und überlegen, bevor sie ihn fortschickte. Das war das Mindeste. Weniger zu tun, wäre unhöflich, ja, undamenhaft. In ihrer Nervosität, weil sie es ja schnell hinter sich bringen wollte, rannte Julia fast, so dass Mr. Genocchio, der sie von unten beobachtete und keine Ahnung vom wahren Grund hatte, eine gute Entschuldigung hatte, warum er die Situation prompt so falsch interpretierte. Er sah, wie Julia auf ihn zulief, wie sich ihr Rock an einer Rose verfing, sie stehen blieb, den Stoff ungeduldig losriss und weiterlief. Mit frohem (obschon unbegründetem) Selbstvertrauen machte er einen Schritt vor, fing sie in seinen Armen auf und küsste sie herzhaft.

»Fred!«, rief Julia.

Er ließ sie sofort los. Der abwehrende Ton war unmissverständlich. Julia trat ein Stück zurück und hielt ihm die Hand hin.

»Ich muss schon sagen, Fred«, sagte sie liebenswürdig, »das ist wirklich eine Überraschung!«

Doch er besaß nicht ihre Geistesgegenwart. Statt ihre Hand zu schütteln wie ein Gentleman, starrte Mr. Genocchio sie einfach nur erstaunt an.

»Was ist los?«, fragte er ohne Umschweife. »Freust du dich denn nicht, mich zu sehen?«

»Natürlich freue ich mich.«

»Na, das sieht aber nicht so aus.«

»Ich bin eben überrascht, dich zu sehen«, erklärte Julia. »Ich dachte, du bist in Paris. Ist eure Tournee schon beendet?«

»Ja, die ist beendet«, sagte Mr. Genocchio bedrückt. »Ma und die anderen sind gestern zurückgefahren.«

»Geht es Ma wieder gut?«

»Ja, es geht ihr gut.«

»Und den anderen?«

»Den anderen geht es auch gut. Und dir?«

»Oh, mir geht es auch gut«, sagte Julia.

»Das merkt man«, sagte Mr. Genocchio. »Du siehst großartig aus.«

Die alte Bewunderung lag warm in seiner Stimme und ließ seine Augen leuchten, und Julia konnte es sich nicht verkneifen, ein bisschen zurückzufunkeln. Er war aber auch *wirklich* gut gebaut, das sah man sogar in einem normalen Straßenanzug. Wenn er in seiner eng anliegenden Hose gekommen wäre, hätte sie für nichts garantieren können …

»Amüsierst du dich gut hier?«

»Ganz wunderbar«, sagte Julia.

»Hättest du nicht gern mal etwas Abwechslung? Ich meine – hättest du nicht Lust, mal nach Aix zu fahren oder so – oder sogar nach Paris – für ein zwei Tage?«

Julia holte tief Luft.

»Ich muss es dir sagen, Fred – ich hätte es dir sofort sagen sollen – ich werde heiraten.«

Mr. Genocchio starrte sie einen Moment schweigend an, dann wandte er sich brüsk ab und starrte stattdessen auf einen Rosenstrauch.

»Herzlichen Glückwunsch«, sagte er über die Schulter. »Der Kerl wohnt auch hier, oder?«

»Ja. Jetzt schau nicht so, Fred!«

»Warum nicht?«

»Weil es – weil es mich aus der Fassung bringt.«

»Ich bin auch aus der Fassung«, sagte Mr. Genocchio. »Ich weiß, ich habe kein Recht darauf, aber es ist nun mal so.« Er brach einen Rosenzweig ab und drehte ihn in den Händen. »Ich habe extra ein Auto gemietet«, sagte er.

Julia schniefte. Sie war so hoffnungslos mitfühlend veranlagt, dass sie in einem anderen Augenblick geweint hätte.

»Es tut mir so schrecklich leid, Fred. Ehrlich.«

»Es gibt keinen Grund, warum es dir leidtun müsste«, sagte Mr. Genocchio, der sich langsam wieder erholte. »Zumindest glaube ich, dass es keinen Grund gibt. Ist er ein guter Kerl?«

Dieser Ausdruck, der so völlig unpassend war für einen Mann wie Sir William, tat Julia im Ohr weh. Doch eine seltsame Scheu, eine Art Bescheidenheit, hielt sie davon ab, Fred die wahre Großartigkeit ihrer Zukunftsaussichten zu erklären. Wie sie es selbst formuliert hätte, wollte sie es ihm nicht auch noch unter die Nase reiben …

»Einer von den Besten, Fred. Ich hab verdammt Glück gehabt.«

»Ich weiß, wer hier das Glück hatte«, murmelte Mr. Genocchio. »Na ja, das gehört nun mal zum Spiel. Es ist wohl besser, wenn ich jetzt gehe.«

Julia zögerte. Es kam ihr ganz schrecklich vor, ihn den ganzen Weg machen zu lassen und ihm dann nicht mal etwas zu trinken anzubieten, aber was hätte es genützt? Ihm wäre unbehaglich, ihr ebenso. Und als sie sich ausmalte, wie sie ihn den Packetts vorstellen würde, insbesondere Susan, war der Ausdruck Unbehaglichkeit noch viel zu schwach. Ohne jemand zu nahe treten zu wollen, es wäre schlichtweg haarsträubend …

»Ich weiß, dass es besser ist«, sagte Mr. Genocchio langsam. »Ich habe dich verärgert mit meinem Kommen. Tut mir leid.«

Wenn er sich nur mit großer Geste auf seinem Trapez hätte davonschwingen können und unter Trommelwirbel verschwinden! Wenn er doch nur in sein Auto hätte springen und mit neunzig hätte davonbrausen können! Doch vom Tor trennten ihn sieben Meter Kies, und das Tor war zu hoch, um elegant darüber hinwegzusetzen. Es war der schlimmste Abgang, den er jemals antreten musste: Er konnte sich nur davonmachen …

Doch auch Julias Enttäuschung war so groß, dass es fast unerträglich war. All ihre Liebe fürs Theater, zusammen mit ihrer echten Zuneigung für diesen Mann, rebellierte. Sie fasste ihn bei der Schulter, drehte ihn zu sich herum und hielt ihm ihr Gesicht hin, um sich küssen zu lassen.

»Julie!«

»Mein lieber Fred!«

Er hielt sie fest (»Ich hoffe, das gibt nicht den nächsten blauen Fleck!«, dachte Julia, die jetzt bereits erleichtert war), danach stieß er sie fast von sich und eilte davon. Julia wandte sich ebenfalls um, und ging wieder die Auffahrt hinauf, ohne sich umzudrehen. Bis zum ersten Absatz begleitete sie die Selbstzufriedenheit: Sie fand, dass sie die Situation künstlerisch gesehen gut gehandhabt hatte – was bedeutete, dass sie rausgeholt hatte, was ging – und vor allem auch auf eine damenhafte Art und Weise.

Sie war sehr zufrieden mit sich. Doch als das Haus in Sicht kam, schlug ihre gute Laune um. Sie hatte das seltsame Gefühl, die Brücken hinter sich einstürzen zu lassen. Das war seltsam und unangenehm genug, doch das Gefühl, das darauf folgte, war noch schlimmer. Ein schrecklicher Zweifel beschlich Julia: Hätte eine Dame – ein echte Dame – ihm diesen letzten Kuss angeboten, ohne darum gebeten zu werden? Und, noch wichtiger – hätte sie es so *genossen*? Nachdem Julia gründlich über diese zwei Fragen nachgedacht hatte, musste sie die erste Frage mit Ja beantworten (weil Fred es sich so sehr wünschte, und es wäre eine Schande gewesen, es ihm abzuschlagen) und die zweite mit Nein. Das war sehr schlecht, denn sie hatte es voll und ganz genossen. Sie hatte es genauso genossen, als wäre sie überhaupt nicht mit Sir William verlobt.

»Ich bin furchtbar«, dachte Julia mit aufrichtiger Schwermut.

Und sie bereute sehr. Sie bereute es sehr, den ganzen Abend lang, bis es Zeit wurde, nach Aix loszufahren, und dann ließ der Anblick von Sir William im Frack alle anderen Gedanken aus ihrem Kopf verschwinden.

23. KAPITEL

I

NACH EINEM Abend voll ungetrübten Vergnügens kehrten Julia und Sir William um ein Uhr morgens wieder zur Villa zurück. Sie hatten gegessen, sie hatten ein bisschen getanzt, aber in erster Linie hatten sie die Leute beobachtet – Julia kommentierte wie immer jeden und alles, was sie sah, Sir William hörte wie immer zu und lachte über ihr Geplauder. Zu Julias Entzücken sahen sie auch die Angewiderte Lady, die großartig aussah in eisblauem Satin und die Dienste ihres professionellen Tanzpartners gleichermaßen genoss und verachtete, während ihr Begleiter aus dem Pernollet sie aus der Ferne anhimmelte. »Ist sie nicht großartig?«, fragte Julia. »Erstaunlich«, stimmte Sir William zu, »das reinste Sammlerstück.« Und Julia strahlte ihn an, denn genau das hatte sie auch Susan vermitteln wollen, und er begriff es sofort. Sie selbst sah auch gut aus, sie zog viele bewundernde Blicke auf sich, und Sir William … »Du bist der distinguierteste Mann hier!«, erklärte Julia. »Schau mich so verliebt an, wie du nur kannst, William!« Und Sir William schaute sie so verliebt an, als wäre er ein Franzose – nur, dass ihn jeder hier (das wusste Julia ganz genau) für einen englischen Lord hielt …

In Muzin stellte Sir William das Auto ab, um das Haus nicht zu wecken, und gemeinsam gingen sie den stillen Garten hoch zum Anwesen. Der Vollmond sank silbern zwischen die Bäume, und raubte den Farben mit seinem hellen Licht jegliche Lebendigkeit, ließ die roten Rosen blasser aussehen und die weißen dunkler, betonte dafür aber mit einem Strich von Silberstift hier und einer Linie mit Kohlestift da die Umrisse von jedem Ast und jedem Zweig, den das Tageslicht sonst zu einem Grün zusammenschmelzen ließ. Julia blieb stehen und ließ sich den Schal von den Schultern gleiten. Auf einmal ergoss sich das Mondlicht über sie und ließ sie weißer aussehen als Milch.

»Was für eine herrliche Nacht!«

»Herrlich«, echote Sir William. »Meine Liebe, dieses Kleid musst du jedes Mal anziehen, wenn wir Vollmond haben.«

Julia breitete ihren weiten Rock aus und ließ das Licht darauf spielen. Der Stoff war nicht mehr blau, sondern schwarz und silbern.

»Ich werde immer so eines haben«, versprach sie. »Ich … ich werde mich darin begraben lassen, William.« Auf einmal begannen ihre Stimme und ihre Hände zu zittern, die steifen Stofffalten fielen mit einem langen, raschelnden Seufzer in sich zusammen. »William!«, sagte sie. »William – ich habe Angst!«

Wie damals, als sie in heller Panik aus dem Wald gerannt kam, war sofort sein Arm da, um sie zu beschützen.

»Angst? Warum hast du denn jetzt Angst, mein Schatz?«

»Weil es zu schön ist. Es kann nicht von Dauer sein.«

»Unfug«, sagte Sir William sanft. »es wird unser Leben lang so bleiben.«

»Dann stirbst du zuerst, und ich werde es nicht ertragen können. Oder es wird irgendwas passieren, was uns aufhält.«

»Unfug«, sagte Sir William wieder. »Du bist müde, meine Liebe, und überreizt. Diese ganze Geschichte hat dich mitgenommen, und morgen werde ich der Sache ein Ende bereiten. Wir werden sofort heiraten.«

Doch Julia hörte ihn gar nicht. Sie war zusammengefahren, wandte sich von ihm ab und starrte in die Schatten neben dem Haus.

»Da hat sich was bewegt!«, flüsterte sie. »Da ist jemand!«

Sir William machte drei große Schritte von ihr weg und legte die Hand auf die dunkle Mauer.

»Hier ist niemand«, sagte er. »Komm mit rein, meine Liebe. Du fantasierst.«

Er führte sie ins Haus und machte die Flurlampen an. Als Julia sicher innerhalb der vier Wände der Villa war, konnte sie zu ihm aufblicken und darüber lachen, während er sie für ihre Albernheit schalt. Dann gab sie ihm einen Gutenachtkuss, ging ins Zimmer und setzte sich vor den Spiegel. Ihr Spiegelbild leuchtete ihr entgegen, mit geröteten Wangen und strahlenden Augen; ihre Schultern …

Ihre Schultern!

»Ach je!«, sagte Julia laut. »Jetzt hab ich doch glatt meinen Schal draußen vergessen!«

II

Es war ein schöner Schal – er war wirklich mal richtig gut gewesen – und der Tau würde ihn ruinieren. Julia sprang auf und ging zur Tür, in der Absicht, Sir William zu bitten, ihn für sie zu holen, doch als sie in der Eingangshalle stand, hielt sie inne. Sie hatte so eine Ahnung, dass Sir William sich ungern in Unterwäsche erwischen ließ; sie stellte sich vor, dass er in solchen Dingen wirklich empfindlich sein konnte. Schließlich ging sie selbst hinaus, und tatsächlich musste sie nicht weit gehen, denn der Schal lag genau am Fuß der Verandatreppe. Julia hob ihn auf, drehte sich um, um wieder hinaufzugehen, und auf einmal blieb ihr fast das Herz stehen.

Da *hatte* sich etwas bewegt. Wie sich auch vorhin etwas bewegt hatte.

Ein Schatten löste sich aus den Schatten, nahm Konturen an, zeigte ein weißes Gesicht im Mondlicht. Und fand eine bittere, hämische Stimme.

»Dann darf ich also viel Freude wünschen?«, sagte Bryan Relton.

Instinktiv hob Julia die Hand, als wollte sie einen Schlag abwehren. »Warte!«, sagte die Geste. »Tuen Sie mir nicht weh! Warten Sie!«

Doch er wollte nicht warten. Seine Stimme fuhr fort, hart und höhnisch.

»Sie werden ihn also heiraten, Julia? Sie werden sich also reinwaschen und sauber leben und Lady Waring werden? Wissen Sie noch, was Sie gestern gesagt haben, Julia? Wissen Sie noch, was Sie auf dem Weinberg zu mir gesagt haben, und was Sie mir seit Wochen sagen – liebe Julia?«

Seine Fragen prasselten auf sie nieder wie ein Hagel aus Steinen. Sie wich davor zurück, bis sie mit dem Rücken zur Wand stand.

»Hören Sie auf!«, flüsterte sie rau. »Seien Sie still! Sie verstehen nicht …«

Bryan schaute sie an und lachte.

»Ich verstehe in der Tat sehr gut: Das war einfach ein zu dicker Fisch, den konnten Sie unmöglich vom Haken lassen. Aber glauben Sie nicht, dass ich Sie dafür tadle, meine Liebe, denn wir sind doch aus demselben Holz, oder? Nehmen wir nicht beide, was wir kriegen können?«

Julia befeuchtete die Lippen.

»Nicht Susan«, sagte sie. »Nicht Susan!«

»Auch nicht, wenn ich sie kriegen kann, meine Liebe? Ist sie nicht immer noch mit mir verlobt? Morgen wäre sie es freilich nicht mehr gewesen – ich war den ganzen Tag aufgewühlt und habe meine Rolle für die Entsagungsszene geprobt – und die ganze Zeit hab ich daran gedacht, wie nobel Sie sind, Julia. Und ich war so aufgewühlt, dass ich hier im Mondschein herumgelaufen bin – und das war mein Glück, wie sich herausgestellt hat! Sie haben mir die Augen geöffnet, Julia. Jetzt ist mir klar, was für einen Narren Sie beinahe aus mir gemacht hätten. Warum sollte ich Susan nicht nehmen, wenn ich sie haben kann?«

»Weil es nicht halten wird«, sagte Julia, jetzt schon fester. »Es würde keine zwei Jahre halten.«

»Gut, dann hätte ich eben diese zwei Jahre mit ihr gehabt. Wie Sie sagen, meine Liebe, zwei Jahre werden wahrscheinlich für uns beide genug sein. Ich glaube, Sie werden mich mehr vermissen als alle anderen, Julia. Nie wieder werden Sie einen Schwiegersohn finden, der so durch und durch aus demselben Holz geschnitzt ist wie Sie.«

Endlich bewegte sich Julia. Sie löste sich von der Wand und setzte den Fuß auf die unterste Stufe. Sie musste dabei nahe an Bryan vorbeigehen, doch sie schaute ihn nicht an.

»Sie sind überhaupt nicht aus demselben Holz geschnitzt wie ich«, sagte sie. »Sie sind böse.«

Dann floh sie ins Haus, in ihr Zimmer, und setzte sich zum zweiten Mal vor ihre Frisierkommode.

III

Ihr Spiegelbild sah völlig verändert aus. Innerhalb von zehn Minuten schien es alt geworden zu sein. Doch Julia musterte es nicht lang, denn sie hatte eine Menge zu tun.

Zuallererst musste sie packen.

Es war seltsam – das fiel ihr erst auf, als sie wieder in London war – wie leicht es ihr fiel, ihre Entscheidung zu treffen. Beziehungsweise, sie traf die Entscheidung gar nicht: Sie sah einfach alles vor sich wie eine Abfolge von festgelegten Schritten, wie bei einer Rolle in einem Theaterstück, die unausweichlich so ausgeführt werden mussten. Die Gründe schob sie beiseite, selbst der Gedanke an Susan war farblos und weit weg.

Sie musste packen, unbemerkt das Haus verlassen und eine Mitfahrgelegenheit nach Paris finden. Um diese Jahreszeit gab es immer Autos, die in aller Frühe aus Aix losfuhren; eines von ihnen – vorzugsweise ein schneller Wagen mit einem Mann allein am Steuer – würde an der Gabelung nach Muzin anhalten, um sie mitzunehmen. Es würde einfach nur wieder eines ihrer vergnüglichen Abenteuer werden …

»Ich sollte jetzt wirklich ein bisschen schlafen«, dachte Julia.

Aber sie konnte nicht. Die kurze Nacht verging, ohne dass sie ein Auge zumachte. Zuerst befüllte sie langsam und ungeschickt ihre beiden Koffer. Als ihr dann klar wurde, dass sie zu schwer zum Tragen sein würden, beschloss sie, nur einen mitzunehmen. Das bedeutete, dass sie beide auspacken und wieder von vorn anfangen musste. Sie war sehr langsam; immer wieder ertappte sie sich dabei, wie sie reglos dastand, mit einem Strumpf in der Hand oder einem Nachthemd über dem Arm, und dann wusste sie nicht, wie lange sie wie gelähmt dagestanden hatte, oder warum. Gegen vier Uhr morgens gaben die Beine unter ihr nach, sie legte sich auf das weiche Bett und schaltete das Licht aus. Doch das Zimmer war nicht dunkel, es war grau im Zwielicht des frühen Morgens, und da sie panische Angst davor hatte zu verschlafen, raffte Julia sich noch einmal hoch. Gott sei Dank gab es etwas, was sie tun konnte. Sie trug immer noch ihr Taftkleid, sie hatte vergessen, es einzupacken, und jetzt ließ sie es einfach am Boden liegen, an der Stelle, wo es hinfiel – ein Häufchen Schwarz auf dem weißen Boden. Sie wusch sich Gesicht und Arme mit kaltem Wasser, zog ihren Leinenanzug an und verbrachte eine halbe Stunde mit dem Versuch, Rouge und Lippenstift natürlich wirken zu lassen. Dann war sie fertig. Sie beschloss, ihren großen Mantel nicht mitzunehmen, denn er war ziemlich schäbig. Sie fand, dass sie ohne ihn unbeschwerter aussehen würde.

Nun blieb nur noch eines, und das war das Schwierigste.

Mein liebster William [schrieb Julia], *es tut mir sehr leid, aber ich werde dich nicht heiraten, also sage ich hiermit auf Wiedersehen.*

Die Worte kamen ihr albern vor, als sie sie so las, aber ihr fielen keine anderen ein. Sie starrte sie an, bis sie jegliche Bedeutung verloren hatten, dann faltete sie das Blatt in der Mitte zusammen und ging hinaus, um es unter Sir Williams Tür hindurchzuschieben.

In der Eingangshalle war es immer noch dunkel, weil die Fensterläden verschlossen waren. Auf einmal fiel Julia die Gewitternacht wieder ein. An derselben Stelle hatte sie gestanden, vor Sir Williams Zimmer, zitternd, genauso wie jetzt. »Worüber war ich da bloß so unglücklich?«, fragte sich Julia. »Damals konnte ich es doch noch gar nicht wissen.« Sie schob das Rätsel beiseite und vollzog den nächsten in der Abfolge der notwendigen Schritte. Sie ging zur Haustür, schob den Riegel zurück und trat hinaus. Der folgende Schritt war der, dass sie den unteren Pfad nahm, neben dem Kräutergarten (denn sie wollte das Dorf meiden), und durchs Tor trat. Mechanisch führte Julia ihn aus. Im Haus regte sich niemand. Sie ging einen halben Kilometer bis zu dem Punkt, an dem die Straße von Muzin auf die Hauptstraße mündete. Aix lag zu ihrer Linken, Paris irgendwo zu ihrer Rechten. Julia ließ ihren Koffer in den Staub fallen und setzte sich darauf, um zu warten.

24. KAPITEL

I

DIE DAMEN Marlowe waren stolz darauf, im Allgemeinen sehr reiseerfahren zu sein, und besonders stolz waren sie auf ihre Angewohnheit, auf Autoreisen immer in aller Frühe loszufahren. »Von sechs bis neun«, so erklärte Miss Marlowe oft einem interessierten Zuhörerkreis in Wimbledon, »hat man *kühle* Luft und *freie* Straßen.« – und obendrein genossen ihre Schwester und sie das Gefühl, das Hotel zu verlassen, wenn alle anderen noch schliefen. Dann hatten sie immer das Gefühl, der Zeit ein Schnippchen geschlagen zu haben, und vor allem auch den anderen Reisenden. Tatsächlich fuhren die Franzosen ebenfalls gerne früh los, doch den Reigen der Engländer und Amerikaner führten grundsätzlich die Schwestern Marlowe an.

Und so geschah es, dass Julia, die immer noch an der Gabelung nach Muzin saß und Ausschau hielt, um zehn Minuten vor sieben ihren Posten verlassen und sich hinter der Hecke verstecken musste. Der alte Daimler war leicht wiederzuerkennen, und sie hatte kein Bedürfnis, von seinen Insassen erkannt zu werden. Sie würden sie natürlich mitnehmen, würden aber auch zu viel von ihren drei Kindern hören wollen. Trotzdem blickte Julia ihnen sehnsüchtig hinterher. Sie war mutlos, ihr Körper war ganz steif, und bis jetzt hatte sie kein Glück gehabt. Von den drei Autos, die bereits vorbeigefahren waren, hatte in einem ein sehr miteinander beschäftigtes Paar gesessen, in einem anderen eine große Familie (mitsamt auf dem Dach festgezurrtem Kinderwagen), und der dritte war so schnell gefahren, dass er sie fast überfuhr.

»Ich sollte mich zu Fuß auf den Weg nach Belley machen«, dachte Julia, und mit dem Mut der Verzweiflung – wie ein Seemann, der vom Floß springt und anfängt zu schwimmen – machte sie ein paar schnelle Schritte auf der staubigen Straße. Doch ihre Knie fühlten sich seltsam schwach an, also blieb sie stehen, drehte sich um und warf noch einen letzten Blick nach hinten. Ein weiteres Auto war gerade um die Kurve gekommen und näherte sich jetzt mit nicht allzu hoher Geschwindigkeit: ein schäbiger zweisitziger Citroën. Das war nun überhaupt nicht die Art Fahrzeug, die sie sich erhofft hatte, aber zumindest saß ein einzelner Mann darin. Julia trat auf die Straßenmitte und winkte; als das Auto verlangsamte, sah sie, dass der Fahrer sogar ein sehr junger Mann war – sogar noch jünger als Bryan. Sein Haar, sein Teint und sein Burberry identifizierten ihn als Angelsachsen. »Immerhin«, sprach Julia sich selbst Mut zu. »Er wird zumindest verstehen, was ich sage. Er wird mich lieben. Er wird mich für eine Abenteurerin halten.«

Der Citroën blieb stehen. Sie ging darauf zu und stellte einen Fuß aufs Trittbrett.

»Können Sie mich mitnehmen?«, fragte sie.

Der junge Mann schaute sie an. Es war ein seltsamer

Blick – nicht frech, sondern eher verblüfft, es lag etwas darin, was Julia nicht zuordnen konnte.

»Wo wollen Sie denn hin?«, fragte er.

»Das ist mir egal«, sagte Julia unverblümt. So hatte sie das nicht sagen wollen. Sie hatte sagen wollen: »Immer der Sonne nach!« oder »Ihr Weg ist meiner!« – irgendetwas Sorgloses und Abenteuerliches in der Richtung, aber dann waren ihr die drei kläglichen Worte schon herausgerutscht. Mit großer Mühe schenkte sie ihm eines ihrer Gute-alte-Julia-Lächeln und fragte ihn, wohin er unterwegs war.

»Na ja, letztlich will ich irgendwann in Paris sein«, sagte der junge Mann, »aber ich weiß nicht, wann ich da ankomme. Dieses Auto ist nicht das zuverlässigste.«

»Für mich reicht's«, sagte Julia und hievte ihren Koffer auf die Kante des Notsitzes. Der junge Mann zögerte kurz, dann stieg er nach einem weiteren befremdlichen Blick aus, verstaute den Koffer sicherer und hielt ihr die Autotür auf. Er machte eine Bemerkung zur Hitze und zog seinen Burberry aus. Julia war überrascht, denn sie zitterte, bis er ihr seinen Mantel ungeschickt über die Beine breitete. Mit einem Seufzer der Erleichterung ließ sie sich in die Polster sinken: Sie hatte es geschafft, sie hatte es wieder hingekriegt, und automatisch tastete sie nach ihrer Puderdose. Doch sie benutzte sie nicht. In der Sonnenblende war ein Spiegel, und der Anblick ihres Gesichts machte ihr ganz plötzlich und brutal klar, was der Blick des jungen Mannes bedeutet hatte.

Er nahm sie nicht mit, weil er sie für eine Abenteurerin hielt, sondern weil sie aussah, wie eine müde, tränenverschmierte, unglückliche alte Frau.

II

Es war kurz nach acht, als Sir William in seinem Daimler von der Abzweigung nach Muzin auf die Hauptstraße abbog. Julia hatte in dem Moment kaum mehr als siebzig Minuten Vorsprung, und der Geschwindigkeitsunterschied der beiden Autos war beträchtlich. Der Citroën fuhr im Schnitt fünfunddreißig, der Daimler siebzig. Unglücklicherweise fuhren sie aber in entgegengesetzte Richtungen – jedenfalls aus der Perspektive von Sir William.

Sir William fuhr Richtung Aix. Er machte sich zu diesem Zeitpunkt noch keine übermäßigen Sorgen. Julias Nachricht hatte ihn aus der Fassung gebracht, weil er wusste, wie schlimm es ihr gegangen sei musste, als sie sie verfasste, aber bei ihm hatte sie nun wirklich keine Verzweiflung ausgelöst. Er fuhr mit mäßiger Geschwindigkeit, wobei er fast schon damit rechnete, sie noch auf dieser Straße zu überholen, entweder zu Fuß oder in einem Auto. Da er wusste, dass Julia keinen Penny besaß und bis zu einem gewissen Ausmaß ihren Eingebungen folgte, hatte er keine Sekunde an ihrem ersten Ziel gezweifelt. Sie würde versuchen, nach Paris zu kommen und von dort zurück nach London: Deswegen brauchte sie entweder Geld für eine Zugfahrkarte oder eine Mitfahrgelegenheit, und Aix (Sir William wusste mittlerweile alles über Mr. Rickaby) war ja ihr naheliegendes Jagdrevier. Sein Fehler lag natürlich darin, dass er die Schlichtheit von Julias Plänen unterschätzte: Ihm war gar nicht in den Sinn gekommen, dass sie sich einfach an den Straßenrand stellen und versuchen würde, direkt nach Paris zu kommen. Selbst bei dem, was er von ihr wusste, glaubte er, dass sie mindestens einen halben Tag brauchen würde, um sozusagen ihre Verbindungen aufzubauen, daher beschäftigte ihn hauptsächlich der Gedanke, in welcher Art von Gesellschaft er sie antreffen würde.

Nachdem er Julia nicht schon auf der Landstraße überholt hatte, frühstückte Sir William in Aix vor einer *pâtisserie*, in der er die Passanten beobachten konnte. Dann verbrachte er die nächste Stunde damit, methodisch die größten Cafés und Straßen abzusuchen. Und so war es bereits halb elf, als der Daimler die Abzweigung nach Muzin mit voller Geschwindigkeit erneut passierte und den Weg nach Paris einschlug.

II

Ungefähr fünfzig Kilometer hinter Bourg überholten die Schwestern Marlowe, die mit ihrer üblichen moderaten Geschwindigkeit von dreiundvierzig Stundenkilometern unterwegs waren, einen kleinen und sehr lauten Citroën. Es war halb elf, denn sie hatten in der Stadt Halt gemacht, um sich mit einem guten Frühstück zu stärken.

»Mit dem würde ich ja ungern fahren«, stellte Miss Marlowe fest. »Der hört sich ja an, als würde er gleich auseinanderfallen.«

Mit unüblicher Geschmeidigkeit drehte sich ihre Schwester auf ihrem Sitz herum, um aus dem Heckfenster zu schauen.

»Hast du gesehen, wer da drinsaß?«, rief sie. »Diese nette Frau, die wir nach Aix mitgenommen haben!«

»Na!«, sagte Miss Marlowe, die ebenfalls einen Blick riskiert hatte. »Das ist aber sicher nicht ihr Mann, der da am Steuer sitzt!«

»Nein, der ist ziemlich jung. Außerdem haben wir die beiden ja in einem Daimler vom Pernollet wegfahren sehen. Das ist ja äußerst seltsam!«

Der Vorfall lieferte ihnen ein interessantes Gesprächsthema auf dem Weg nach Saulieu, wo sie im Hôtel de Poste etwas zu reichlich zu Mittag aßen.

IV

In der Villa saßen Susan und ihre Großmutter allein am Tisch, als das Mittagessen serviert wurde. Sie waren beide ziemlich schweigsam; die seltsame Geschichte, die Claudia erzählt hatte, beschäftigte ihre Gedanken, lähmte ihnen aber die Zunge. Die junge Madame Packett, so Claudia, musste wirklich sehr früh abgereist sein, denn um halb acht war sie schon nicht mehr in ihrem Zimmer, und ihr Bett sah so aus, als wäre es gar nicht benutzt worden. Der Monsieur war erst um acht Uhr weggefahren. Sie, Claudia, musste ihn sogar wecken, als sie mit seiner morgendlichen Tasse Tee kam, und dann fand sie die Nachricht auf dem Boden …

»Und er selbst hat keine Nachricht hinterlassen?«, fragte Mrs. Packett.

Gar nichts, antwortete Claudia. Der fuhr davon wie der Wind. Er fragte, ob das große Auto noch an seinem Platz war, und sie rannte hinunter und schaute nach, und rannte zurück, um zu sagen, dass es noch da war, und schon – war er bereit zur Abfahrt!

»Das klingt ja wie die reinste Schnitzeljagd«, sagte Susan, in einem ihrer seltenen Versuche, Leichtigkeit zu verbreiten. Es war etwas passiert, was sie nicht begriff, und instinktiv versuchte sie, es herunterzuspielen. Doch in Wirklichkeit war sie zutiefst verstört, denn es hatte noch einen weiteren Vorfall gegeben – von dem ihre Großmutter nichts wusste – dessen Folgen sie sich noch gar nicht vorstellen mochte. Bryan hatte neben ihnen in der Eingangshalle gestanden, als Claudia begann, ihre Geschichte zu erzählen. Daraufhin war er wortlos in Julias Zimmer marschiert, hatte die Tür aufgerissen, wieder zugeknallt und war aus dem Haus gegangen. Susan hatte gewartet, bis Mrs. Packett weg war, dann tat sie es ihm gleich, und sah nur ein blaues Taftkleid in einem Haufen auf dem Boden liegen. Kein seltsamer Anblick für sie – Julia war immer unordentlich –, und einen Augenblick stand sie verblüfft davor: Nach Bryans Gesichtsausdruck war sie schon darauf vorbereitet, Julias Leiche zu entdecken. Dann, ohne recht zu wissen warum, rannte sie hinaus, die Auffahrt hinunter, und als sie Bryan am Tor sah, rief sie ihm nach, wo er hinwollte.

»Julia suchen«, sagte Bryan knapp.

»Aber – aber das ist doch total absurd!«, rief Susan. Sie war jetzt ziemlich nahe bei ihm, nur noch das Tor trennte sie. Der Klang ihrer erhobenen Stimme erschreckte sie selbst, sie senkte die Lautstärke und versuchte, ganz vernünftig zu sprechen. »Das ist doch absurd, Bryan! Julia ist doch kein vermisstes Kind!«

Seine Antwort war völlig zusammenhanglos. Als er sich umdrehte und weitereilte, rief er ihr nur kurz über die Schulter zu:

»Übrigens – ich hab ein Telegramm bekommen. Ich muss heute Abend noch abreisen.«

Das war alles. Susan ging zurück ins Haus und verbrachte ihren Vormittag wie üblich mit den Dramen von

Racine. Sie war nicht ganz sicher, ob sie richtig gehört hatte. Als Mrs. Packett zu Mittag fragte, warum Bryan nicht da war, sagte sie jedenfalls nur, dass er zu einem seiner langen Spaziergänge aufgebrochen war.

Aber sie fühlte, dass ihr etwas passiert war.

V

Julia und der junge Mann aßen in einem kleinen Café in Arney-le-Duc, und der junge Mann übernahm die Rechnung. Julia ließ ihn. Es blieb ihr gar nichts anderes übrig. Sie hatte nicht mal genug Energie, ihm im Gegenzug ein, zwei Geschichten zu erzählen. Bis jetzt hatte sie noch nicht den geringsten Versuch unternommen, ihre Situation zu erklären, und das tat sie auch den ganzen langen, heißen, staubigen Nachmittag nicht. Sie saß einfach stumm und elend neben ihm und hörte es nicht mal, wenn ihr Reisegefährte eine seiner kurzen, unbehaglichen Bemerkungen von sich gab. Sie saß da wie eine Frau in Trance, oder eine halbtote. Ihr Gesicht war so seltsam ausdruckslos, dass der junge Mann vor Angst in Auxerre von der Straße abbog und in die Stadt fuhr, um ihr eine Tasse Tee zu besorgen. Was Frauen anging, hatte er großes Vertrauen in Tee – seine eigene Mutter, das verwitwete Oberhaupt einer großen Familie, ließ sich fünf Mal täglich immer wieder davon beleben. Die Idee an sich war gut, aber aus seiner eigenen Perspektive ungünstig, denn Sir Williams Daimler war jetzt nur noch dreißig Kilometer hinter ihnen. Wenn der Citroën auf der Hauptstraße geblieben wäre, wäre er nach weniger als einer Stunde überholt worden, und die Verantwortung des jungen Mannes hätte ein willkommenes Ende genommen. Doch er bog ab, Sir William fuhr weiter geradeaus, und die Chance war vertan.

Vor dem Café de la République saß Julia und trank schweigend ihren Tee. Es tat ihr bis zu einem gewissen Grad durchaus gut, es fiel ihr danach leichter, ihre unmittelbare Umgebung zu erfassen, sich vielleicht sogar für sie zu interessieren. Und die Umgebung war höchst malerisch, sie war auch schon von Walter Pater bewundert worden (wie der junge Mann ihr mitteilte). Irgendetwas in seiner Stimme ließ Julia aufblicken, nicht empor zum Dach, sondern zu ihm, und zum ersten Mal wurde ihr klar, dass er sich richtig Sorgen um sie machte.

»Hören Sie«, stotterte er und ließ die Landschaft aus den Augen, um ein vorübergehendes Aufblitzen von Intelligenz zu nutzen. »Hören Sie – es tut mir wirklich schrecklich leid, aber …«

»Ich weiß«, sagte Julia müde. »Ich falle Ihnen schrecklich zur Last.«

Der junge Mann wurde feuerrot.

»Nicht im Geringsten. Ich hasse es, allein zu fahren. Nur – das Dumme ist – ich meine, bis jetzt bin ich gut zurechtgekommen, aber jetzt habe ich nur noch haargenau das Geld, um es bis nach Paris zu schaffen – für Essen und Benzin und so weiter. Ich meine, es reicht gerade so für einen. Verstehen Sie …«

»Schon gut«, fiel ihm Julia ins Wort. »Ich verstehe. Es war furchtbar nett von Ihnen, mich überhaupt bis hierher mitzunehmen. In der Tat ist es so …« Sie zerbrach sich den müden Kopf nach einer überzeugenden Geschichte. »… dass ich hier Freunde habe. Die hier wohnen. Ab hier komme ich wunderbar allein zurecht.«

Der junge Mann war nicht überzeugt. Er starrte in die Luft, die Stirn hatte er immer noch gerunzelt, und dann sagte er verlegen:

»Hören Sie ... kann sein, dass ich mir damit zu viel rausnehme, aber warum gehen Sie nicht einfach zu einem Konsulat? Das nächste ist zwar erst in Paris, aber wir könnten im Hotel fragen, ob sie dort anrufen können.«

Julia streckte die Hand über den Tisch, nahm sich eine Zigarette aus der Schachtel des jungen Mannes und ließ sie sich von ihm anstecken. Zu einem Konsulat zu gehen, war in ihrer Vorstellung genauso, als würde man ins Armenhaus gehen – das bedeutete, man war so tief gesunken, dass einem nur noch staatliche Hilfe übrig blieb. »Gut«, dachte Julia, »ich werde es annehmen. Ich muss. Ich muss ja irgendwie nach Hause kommen ...«

»Die machen das jeden Tag«, sagte der junge Mann mit einer Art ungeschicktem Taktgefühl. »Ich meine ... dass sie Leuten helfen, nach Hause zu kommen. Ein Freund von mir ist letztes Jahr in Genua hängen geblieben. Und ein anderer Bekannter in Paris. Die Chancen stehen zehn zu eins, dass ich selbst in Paris stecken bleibe.«

»Gut«, sagte Julia laut. »Fahren Sie ruhig, und ich mach mich gleich auf den Weg.«

»Ich begleite Sie.«

»Nein«, sagte Julia, die nun doch noch ein Lächeln zustande brachte. »Wenn ich alleine bin, ist der Notfall überzeugender. Britischer Bürger in Not – das ist jetzt meine Masche.«

Der junge Mann stand auf, wühlte in seinen Taschen und zog eine Handvoll zerknitterter Zehn-Franc-Scheine heraus.

»Wenn Sie versuchen, die bei mir zu lassen«, sagte Julia, »dann … dann steige ich wieder in Ihr Auto.«

Um ihm den Abschied leichter zu machen, tat sie so, als wäre sie vollauf damit beschäftigt, ihr Gesicht im Spiegel zu betrachten. Es dauerte eine geraume Weile, und als sie wieder aufblickte, war sie allein.

VI

Wie die Mutter des jungen Mannes, wie jede andere Engländerin wollten die Damen Marlowe um halb fünf am Nachmittag ihren Tee.

»Wenn ich jetzt nicht bald eine Tasse bekomme, schlafe ich ein«, klagte die ältere. »Das liegt an dieser schrecklichen Hitze.«

»Das liegt am Mittagessen«, sagte ihre Schwester etwas realistischer. »Aber in zehn Minuten sind wir in Joigny, da ist ein Café.«

»Ein *schönes* Café?«, fragte Miss Marlowe sehnsüchtig.

»Vom Britischen Automobilclub empfohlen«, antwortete Miss Ann.

Die zwei Damen beugten sich vor und hielten eifrig nach dem ersten Anzeichen einer Eisenbahnbrücke Ausschau.

Beim Überqueren, wie es Sir William eine halbe Stunde später auch tat, müssen sie langsamer fahren; dann steht das Modern Hotel direkt und einladend vor ihnen. Sir William schaute es an und merkte, dass er eine extrem ausgedörrte Kehle hatte. Mit einer kurzen Unterbrechung fürs Mittagessen war er jetzt ungefähr acht Stunden gefahren, und langsam packte ihn die Nervosität. Zu seinen Befürchtungen gehörte auch die Angst, dass er einen blinden Fleck entwickelt haben könnte – dass sein Auge, das automatisch jedes Auto auf der Straße fixierte, vielleicht aufgehört hatte, die Botschaften ans Gehirn weiterzuleiten. Und jetzt gab es noch ein Auto, das seine Aufmerksamkeit erregte: einen sehr alten Daimler, der vor dem Hotel parkte. Sir William betrachtete ihn sorgfältig, und diesmal machte sein Auge jedenfalls keinen Fehler.

Es war das Auto, das Julia ihm vor dem Pernollet gezeigt hatte, das zwei alten Damen gehörte, die sie einmal mitgenommen hatten.

Sir William hielt daneben an, stieg steifbeinig aus und betrat das Hotel, als die Fräulein Marlowe gerade ihren Tee bezahlten. Julia war nicht bei ihnen. Einen Augenblick stand er auf der Schwelle und versuchte, sich irgendeine plausible Frage auszudenken, die er ihnen stellen konnte, wobei er gereizt daran dachte – denn sein Sinn für Humor war ihm gerade gänzlich vergangen –, dass er dank Julias tadelnswerten Angewohnheiten nicht mal wusste, unter welchem Namen sie sich den Damen vorgestellt hatte. Während er noch zögerte, blickten die beiden Damen auf und entdeckten ihn.

»*Oh!*«, riefen die Schwestern Marlowe wie aus einem Munde. »Wir haben Ihre Frau gesehen!«

Ohne eine Aufforderung abzuwarten, ging Sir William zu ihnen und setzte sich mit an ihren Tisch. Aus irgendeinem Grunde schien man davon auszugehen, dass er verstört war, denn die beiden Damen zeigten sich nicht überrascht von seinem Mangel an Förmlichkeit.

»Junge Männer sind so leichtsinnig!«, rief die ältere. »Ist sie noch nicht zurückgekommen?«

»Nein«, sagte Sir William, der geistig sofort hellwach war. Ein junger Mann – das war ja wenig überraschend! Aber wo kam der Leichtsinn ins Spiel? »Haben sie die Geschwindigkeitsbegrenzung überschritten?«, fragte er. »Ich weiß, auf diesen Straßen ...«

»Nein, ganz und gar nicht!«, rief Miss Marlowe. »Die kamen ja kaum voran. Und das Auto hat so komische Geräusche gemacht ...«

»*Stotternde* Geräusche«, warf ihre Schwester ein.

»... dass wir uns wirklich große Sorgen gemacht haben.«

»Die mache ich mir auch«, gestand Sir William. »In der Tat suche ich sie gerade. Dieser junge Mann – ein junger Bekannter von uns – hat darauf bestanden, eine Spritztour mit meiner Frau zu machen, und ich befürchte, sie könnten vielleicht eine Panne gehabt haben. Könnten Sie mir sagen, wo genau Sie sie gesehen haben?«

»Gleich hinter Bourg«, sagte Miss Marlowe prompt, »aber das war gegen halb elf. Wenn sie auf der Straße nach Paris geblieben sind, müssten sie irgendwo hinter uns sein. Wohin waren sie denn unterwegs?«

»Ach, irgend so eine Sehenswürdigkeit«, sagte Sir William vage. Wenn sie wirklich auf dieser Straße waren, warum war er dann nicht an ihnen vorbeigekommen? Hatte er am Ende doch einen blinden Fleck gehabt? Hatte Julia ihn vorbeifahren sehen – und ihm kein Zeichen gegeben?

»Auxerre vielleicht?«, schlug Miss Ann vor. »Wenn Ihre Frau gerne Pater liest ...«

Trotz seiner Erschöpfung und Besorgnis musste Sir William lächeln. Er machte sich eine Notiz im Hinterkopf, dass er Julia eines Tages *Marius* geben musste und abwarten, was passierte.

»Das ist sehr wahrscheinlich«, sagte er laut. »Das hätte ich mir ja selbst denken können: Das ist der einzige Ort, wo ich sie hätte verpassen können. Ich glaube …«, er stemmte sich wieder hoch, »… ich fahre da jetzt gleich mal hin.«

VII

Als er langsam durch die malerischen Straßen von Auxerre fuhr, sah Sir William ein kleines, schäbiges Auto, wie es gerade stotternd von einem kleinen verlassenen Café davonfuhr. Es saß nur ein Fahrgast darin, doch es war ein junger Mann, wie ihn die Damen Marlowe beschrieben hatten. Sir William gab Gas, wurde dann von einem langsam dahinrollenden Karren blockiert, überlegte es sich doch noch einmal anders und bremste jäh. Den Citroën konnte er mühelos später noch einholen, in der Zwischenzeit stieg er aus und überquerte die Straße zum Café de la République. Auf der anderen Seite der Ligusterhecke saß eine Frau an einem leeren Tisch, die Ellbogen zwischen dem Geschirr aufgestützt, den Kopf auf den Fäusten.

»Julia!«, sagte Sir William.

Julia blickte auf, mit offenem Mund und aufgerissenen Augen, und machte eine seltsame, panische Bewegung, als wollte sie versuchen, sich hinter ihren eigenen Händen zu verstecken. Sir William ging zu ihr und lehnte sich mit seinem ganzen Gewicht an den Tisch.

»Meine liebe Julia!«, sagte er. »Was lässt du dir wohl als Nächstes einfallen?«